EL COCO

UN ESCALOFRIANTE THRILLER POLICIAL CON UN GIRO IMPACTANTE

LA INSPECTORA STEPHANIE BROADBENT: SERIE DE THRILLERS POLICÍACOS

LIBRO 2

JACK PROBYN

CAPÍTULO
UNO

No hay nada más hermoso que un niño dormido. El ascenso y descenso constante, casi angelical, de su pecho es como las olas en un mar en calma. La preciosa sonrisa en su rostro inmaculado mientras sueña feliz con sus series de televisión favoritas y el recreo en el colegio. La forma en que su cuerpo está acurrucado, profundamente dormido, ajeno a lo que le rodea.

Esta niña no es diferente.

Pósteres de Gabby's Dollhouse y Dora la Exploradora compiten por el espacio en las paredes. Aunque, en lo que respecta a su funda nórdica, hay una clara ganadora: Dora la Exploradora y su compañero el mono ocupan un lugar de honor, a juego con su pijama. Apoyado a su lado descansa un peluche del oso Paddington. Viejo y gastado, posiblemente de segunda o tercera generación, transmitido de madre a hija. En la mesilla de noche hay un pequeño globo terráqueo que emite un débil pero cálido resplandor amarillo. Una luz quitamiedos. Encima, unas estrellas especiales que brillan en la oscuridad relucen suavemente. Esta noche, la niña no se ha rendido a la oscuridad. No del todo. Tiene los brazos extendidos y los labios ligeramente entreabiertos.

Todo es tan seguro, tan corriente.

Pero el pestillo de la ventana de abajo ni siquiera estaba echado. Nunca piensan que vaya a ocurrir aquí.

Me quedo inmóvil, respirando hondo, inhalando el aroma a

polvos de talco, gel de ducha de fresa y champú. Es dulce y delicioso, igual que la estampa. No sé cuánto tiempo esperaré, hasta que me harte, hasta que lo haya aprovechado al máximo.

O hasta que me sienta en peligro, que oiga algún ruido. Lo que ocurra primero.

La niña se remueve ligeramente bajo el edredón. Me quedo helado, observando la pequeña contracción de sus dedos, el batir de sus pestañas, la repentina y entrecortada inspiración que se escapa lentamente de sus labios. Pero no se despierta.

Me acerco más a la cama. Su mano cuelga del edredón y del borde de la cama, con los dedos curvados como si se estuviera preparando para una pelea. Tiene una costra en un nudillo. Dos. Tres. La prueba de una infancia vivida plenamente. Claro, probablemente pase mucho tiempo delante de la pantalla, viendo sus series favoritas en el iPad, pero esto demuestra que la infancia no ha muerto. Que juega en la calle, experimentando el mundo y todo el dolor que este puede ofrecer. Está aprendiendo valiosas lecciones de vida desde una edad temprana.

Permanezco allí otros diez minutos, en silencio, observando, escuchando, manteniendo la mirada perfectamente fija en la hermosa criatura que tengo delante. No quiero hacerle daño. No quiero asustarla.

Solo quiero mirar.

Como un ángel, un guardián.

Mientras yo esté aquí, ella está a salvo.

Cuando llega el momento de irme —cuando por fin me he hartado—, me meto la mano en el bolsillo y saco un globo. Azul, brillante, suave bajo mi pulgar. Lo inflo despacio, en silencio. El siseo del aire es apenas más fuerte que el zumbido de su luz de noche. Ato el nudo con facilidad y luego, del otro bolsillo, saco el cordel. Lo anudo alrededor del pitorro del globo y lo coloco en la alfombra, sujetándolo con uno de sus juguetes para que quede justo a su lado.

Un recordatorio. Un regalo. Un gracias por dejarme pasar tiempo con ella.

Cuando se despierte, será lo primero que vea. Espero que le guste.

CAPÍTULO
DOS

Aquella mañana, como todas las mañanas desde hacía seis años y medio, la cocina era un caos. El televisor estaba puesto de fondo —Bob el Manitas estaba arreglando algo para alguien—, aunque todavía nadie lo miraba, porque a Becky le gustaba que ya estuviera encendido cuando bajaba. El lavavajillas estaba a mitad de ciclo porque su marido se había olvidado de ponerlo la noche anterior. El grifo llenaba el fregadero a toda prisa, salpicando sobre los platos apilados sin orden. El hervidor preparaba agua para su segunda taza de café y el microondas zumbaba mientras calentaba sus gachas de avena.

Un caos.

Las encimeras de la cocina no estaban mejor. Un confeti de migas y sobras de la cena de la noche anterior cubría la superficie. Un pegote de zumo de naranja brillaba bajo el frutero, ignorado por tercer día consecutivo. Varios paquetes de jamón, lechuga y queso reposaban sobre la encimera, junto a medio tomate.

Laura se movía por todo aquello en piloto automático, sacando las tostadas de la tostadora con una mano y rebuscando con la otra en un cajón en busca de un cuchillo de untar limpio. Abrió la nevera con un nudillo y sacó una tarrina de mantequilla y un cartón de leche antes de cerrarla. Al hacerlo, echó un vistazo al batiburrillo de fotos, pósits e invitaciones de cumpleaños con purpurina pegadas a la puerta de la nevera con imanes.

El cumpleaños de Kerry era en dos semanas, así que tendría que comprar una tarjeta y un regalo.

Y Jeremy organizaba una barbacoa el fin de semana. Otra más. Que no pegaba nada con el tiempo que hacía. Pero era más dinero que tendría que gastar en vino y algo de picar. Por no hablar de que tendría que llamar a la canguro.

Esperaba que su contacto habitual estuviera ocupado.

Quizá podía fingir. Decir que no había conseguido canguro y que, por lo tanto, no podrían ir. Le ahorraría un montón de tiempo, dinero y energía.

Tiempo, dinero y energía que en ese momento destinaba a preparar a Becky para el colegio.

Laura dejó caer la tostada sobre la encimera, la untó apresuradamente con una gruesa capa de mantequilla y se la metió en la boca mientras vertía agua del hervidor y terminaba de preparar el almuerzo de Becky. Justo cuando metía el sándwich de su hija en una bolsa de zip nueva, sonó la alarma de su móvil: las siete en punto.

—¡Becky! —la llamó Laura—. ¡Hora de levantarse, cariño!

Cogió la botella de agua reutilizable del escurridor, buscó el zumo concentrado y la llenó hasta arriba con agua del grifo. Pasaron unos minutos y seguía sin haber respuesta, ni señal de que Becky saliera de su cuarto. Ni el sonido de la cisterna. Ni el de sus pasos soñolientos bajando las escaleras.

—¡Becky! —volvió a llamar.

Normalmente, a estas alturas, su hija ya estaría abajo, sentada en el sofá, aferrada a su mantita, viendo la tele, esperando a que mamá le preparara los cereales.

—¡Becky! ¡Baja a desayunar, pequeña! O llegarás tarde.

Frunció el ceño mirando al techo. El dormitorio de Becky estaba justo encima, y habría oído crujir la tarima bajo los pies de su hija. Pero nada.

La quietud le secó la garganta. El pánico empezó a apoderarse de ella.

—¿*Becky*?

Lo soltó todo y empezó a subir las escaleras.

—Becky, como sigas dormida, no me va a hacer ninguna gracia, cariño.

Al llegar a lo alto de la escalera, moviendo los pies más rápido de lo habitual, contuvo el aliento mientras se dirigía al cuarto de Becky. De la puerta colgaba un bonito cartel que habían hecho juntas. Escrito con ceras, ponía el nombre de Becky y un pequeño dibujo que había hecho del perro que les había pedido insistentemente a ella y a Dean durante las últimas semanas.

Laura rodeó el pomo con la mano y abrió la puerta. Temía que su hija estuviera muerta, que hubiese fallecido durante la noche, o que se la hubieran llevado de algún modo.

En lugar de eso, encontró a Becky, aún en pijama, sentada en la cama, jugando con un globo azul, golpeándolo como un saco de boxeo.

Laura se quedó helada en el umbral. Por un instante, no reconoció a su hija. Había algo tan inquietante, tan siniestro en la imagen que la pilló por sorpresa, como si estuviera viendo a Pennywise, el payaso de la película *It*.

—¡Mami, mira lo que tengo!

Laura cruzó el umbral con cautela. Quería inspeccionar la habitación, asegurarse de que no había nadie escondido en el armario, detrás de una silla o debajo de la cama, pero era incapaz de apartar la vista del globo.

—¿De dónde has sacado eso, cariño? ¿Te lo ha dado papá?

Dean no se había pasado por su cuarto antes de irse a trabajar, ¿verdad? Nunca lo hacía entre semana. Se iba a trabajar tempranísimo —antes incluso de que se despertaran los pájaros— y nunca quería molestar a nadie. Un beso en la frente antes de dormir cada noche era suficiente para él.

—No —fue la seca respuesta de Becky.

—Quién... —empezó Laura, mientras la verdad se abría paso rápidamente en su mente—. ¿Quién te lo ha dado, Becky?

Becky apartó el globo a un lado para que Laura pudiera verle la cara. —Me lo ha dejado el monstruo de debajo de la cama, mami.

CAPÍTULO
TRES

Los neumáticos se aferraron al barro revuelto mientras Stephanie subía con fuerza por el sendero, impulsándose con las piernas y con el corazón martilleándole en el pecho. Su aliento se condensaba frente a ella como humo antes de desaparecer casi al instante. El bosque se la tragó entera; una maraña de ramas y hojas goteantes, con la lluvia repiqueteando suavemente sobre el casco. Estaba calada hasta los huesos. El cielo era de un gris apagado y amoratado que lo bañaba todo en una luz plana e incolora. Mantuvo la cabeza gacha, sorteando raíces y charcos con los dientes apretados. El barro le salpicaba las pantorrillas a cada pedalada.

Era una mañana desapacible y, como era de esperar, el bosque estaba desierto. No había visto a ningún otro ciclista, ni a nadie paseando al perro, ni a un solo *ser humano*. Solo estaba ella y el bosque. Ella y la bicicleta. Ella y los elementos. Y le encantaba cada segundo. La emoción de la velocidad. La adrenalina que sentía cada vez que se acercaba a una pendiente pronunciada o a una curva cerrada.

Tenía el control.

La rueda trasera derrapó ligeramente sobre un manto de hojas mojadas y corrigió el equilibrio con un rápido giro del manillar. El agua le había calado los guantes. Los dedos le dolían por el frío.

Coronó la cima de un pequeño repecho. Una bandada de

cuervos levantó el vuelo, asustada, cuando ella frenó en seco bajo un roble inclinado, jadeando. Apoyó un pie en el suelo y se inclinó sobre el manillar para recuperar el aliento. Mientras iba a coger el bidón de agua del cuadro de la bicicleta, empezó a sonarle el móvil.

Sobresaltada, se giró la riñonera que llevaba a la cintura y metió la mano dentro. En cuestión de segundos, la pantalla se empapó de gotas, distorsionando la imagen del identificador de llamada. Lo único que reconoció fue el prefijo. Guildford.

Tras limpiar la pantalla con la capa seca de ropa que llevaba debajo, respondió a la llamada.

—Aquí Stephanie.

Arriba, la lluvia arreció y la intensidad de las gotas aumentó. Se preparó y reanudó la marcha a un ritmo lento.

—Señorita Broadbent, buenos días. Siento molestarla tan temprano. Soy Kieran, de HG and Sons.

Los frenos chirriaron al detenerse en seco. —¿Qué tal, Kieran? ¿Qué hora es? Le hacen trabajar desde bien temprano.

—He pensado que, como no he recibido respuesta a mis múltiples correos electrónicos, podría probar a llamar fuera del horario de oficina.

Hizo una pausa, observando a una ardilla cruzar el sendero.

—¿Ha *visto* mis correos, señorita Broadbent?

Se rascó la barbilla. —Los he visto. No los he leído.

—Menos mal que la pillo al teléfono, entonces. Es sobre el patrimonio de su padre. Necesitamos de verdad que los tasadores y los agentes inmobiliarios entren a valorar la propiedad para la legalización del testamento de su padre. También nos han comunicado que les gustaría sacarla al mercado lo antes posible.

—Claro que les gustaría. Su sustento depende de ello.

Kieran soltó una risita, como si no fuera la primera vez que oía un comentario así. —¿Cuándo le vendría bien que las partes interesadas pasaran a echar un vistazo?

—No lo sé —Stephanie se apartó un mechón de pelo mojado de los ojos—. Estoy ocupada.

—Me encantaría concertar una cita con usted —insistió Kieran—. ¿Quizá podría pasarse por la oficina en algún momento y lo hablamos entonces? Estamos en pleno centro y, según mis archivos, vive usted a solo unos minutos a pie, y su lugar de trabajo tampoco está muy lejos.

Ella bufó. —¿En sus archivos también pone a qué me dedico?

Él emitió un sonido como respuesta, pero ella lo interrumpió.

—Entonces sabrá que mi horario es largo e irregular, y que rara vez tengo tiempo libre. Y para cuando termino, ustedes siempre están cerrados.

—Estoy dispuesto a ampliar nuestro horario de apertura para adaptarme a sus necesidades.

Ella se pellizcó el puente de la nariz. Su padre llevaba un mes muerto y todavía la atormentaba desde la tumba. Se veía metida hasta el cuello en todos los procedimientos legales que siguieron a su muerte: la legalización del testamento, la herencia, el patrimonio. Y no quería saber nada de aquello.

—Es que no voy a tener tiempo —respondió.

—Señorita Broadbent, si no responde pronto, podríamos tener que asumir que renuncia a su parte. Odiaría que eso ocurriera por un poco de papeleo.

—Estupendo. No quiero tener nada que ver con ese hombre. Usted no lo conocía, así que se lo perdono, Kieran. Pero si lo hubiera conocido, sentiría lo mismo que yo y entendería por qué soy tan reacia a implicarme en esto. Además, pensaba que mi hermana se estaba encargando de todo.

Kieran inspiró lentamente. —Ese era otro de los asuntos que quería tratar con usted. Me preguntaba si había tenido noticias de ella. Me está costando mucho localizarla. He intentado llamarla, enviarle correos, pero nada.

—Igual que yo, Kieran.

Un largo silencio se interpuso entre ellos. En ese instante, la lluvia pareció amainar y el sonido del ladrido de un perro a lo lejos recorrió el bosque.

—Déjelo en mis manos —añadió ella—. Yo me encargo de mi hermana.

—Y mientras tanto —añadió Kieran—, lo único que le pido, señorita Broadbent, como mínimo, es que usted y su hermana hablen sobre qué hacer con la casa. Para empezar, habrá que vaciar la propiedad antes de que nadie pueda echar un vistazo.

Stephanie soltó una risita. —Está de suerte —dijo—. Ya no está considerada el escenario de un crimen.

CAPÍTULO
CUATRO

Había empezado a caer una llovizna ligera, de esas que amenazan con convertirse en un aguacero antes de que te des cuenta. Stephanie se sacudió las gotas del pelo mientras esperaba a que le abrieran la puerta. No le molestaba la lluvia y no entendía por qué la gente se quejaba tanto.

Solo era un poco de agua.

El problema surgió cuando la puerta se abrió y ella entró sin decir ni una palabra.

—¿Te importaría quitarte los zapatos, por lo menos? —le preguntó Jason, su cuñado, al cerrar la puerta tras ella—. Y el abrigo. Estás empapada. ¿Cuánto tiempo has estado ahí fuera?

—No mucho —respondió Steph mientras se quitaba la ropa de abrigo en el suntuoso vestíbulo, rodeada de plantas ornamentales y adornos que no desentonarían en una mansión de Hollywood—. Pensaba que estarías en el trabajo.

—Estoy teletrabajando. —Le cogió el abrigo y añadió—: O cuando *puedo*, más bien.

El desdén en su voz era evidente.

—Me sorprende que no te hayan ofrecido la baja.

—Sí que lo han hecho —dijo él, colgando el abrigo en una percha de la pared—. La he rechazado.

—Ah.

—Estoy demasiado ocupado. No puedo permitirme dejar que

las cosas se me escapen de las manos. No puedo cogerme ni un día libre o algunas operaciones se irán al traste. Necesito trabajar; si no, no podremos seguir pagando esta casa. Y tenemos que pagar unas vacaciones a las Maldivas. Y la reforma de la buhardilla que estamos pensando hacer. Y la ampliación de la cocina. Además, mi jefe me necesita. Sigue llamándome y mandándome mensajes cada dos por tres para pedirme cosas. Y para colmo, ya me he perdido mi evaluación de rendimiento.

Ella enarcó una ceja.

—Cabía la posibilidad de un ascenso y un aumento de sueldo, pero me lo perdí por estar cuidando de *ella*.

A Stephanie le repugnó la forma en que acababa de referirse a su hermana. La llenó de veneno.

—No me malinterpretes —continuó él—. Estoy encantado de estar aquí y encantado de ayudar, pero la mayor parte del tiempo no sé lo que estoy haciendo. No quiere hablar conmigo. No responde a mis preguntas. No ha comido nada, ni ha bebido mucho estas últimas semanas. Se está consumiendo y estoy preocupado por ella. Y por el bebé.

Hasta su última frase, Stephanie no se creyó ni una palabra de las que salieron de su boca. Por su forma de hablar, le dio la impresión de que preferiría hacer las maletas y marcharse solo a las Maldivas, dejándole a Kimberley el quebradero de cabeza de planificar las costosas e inminentes reformas de la casa.

—Necesita ayuda —replicó Stephanie—. Ayuda profesional. Pero, de momento, *tú* tendrás que apañártelas. Hiciste tus votos, tus promesas. En la salud y en la enfermedad.

Jason se enfureció, ofendido por sus palabras. Mantuvo la voz baja. —¿Y tú dónde has estado? Eres su hermana. Has estado desaparecida en combate todos estos años y, cuando más te necesita, también has estado «ocupada» con el trabajo. Tienes exactamente la misma excusa que yo. La única diferencia es que yo vivo con ella y tú no.

Stephanie inspiró hondo, controlando su creciente frustración.

—¿Te has enterado de lo que pasó? —preguntó.

—¿Y eso qué tiene que ver?

—Responde a la pregunta. ¿Te has enterado de lo que pasó entre nosotras y nuestro padre?

Él bajó la mirada al suelo antes de responder. —Sí. Me he enterado.

—Entonces sabrás *por qué* no quiere hablar conmigo.

—Eso no tiene nada que ver conmigo —replicó él—. Tú eres la que le mintió durante toda su vida.

Stephanie cerró los ojos, tragándose aquella pizca de verdad. —Y ahora lo estoy pagando. Pero como me entere de que le has estado mintiendo sobre cualquier cosa, tendrás que vértelas conmigo.

Jason levantó los brazos al aire. —¿Qué se supone que significa eso?

—Tú sabes lo que significa —respondió ella, refiriéndose a la sospecha que se había guardado para sí misma de que Jason había estado viajando tanto por trabajo en las últimas semanas y meses porque estaba teniendo una aventura.

No solo mataría a Kimberley un poco más por dentro, también mataría a Stephanie. Durante toda su vida, había hecho lo posible por proteger a su hermana de un hombre, su padre. Pero si Jason la traicionaba, entonces lo consideraría un fracaso. Sentiría que le habría fallado a Kimberley tanto como lo había hecho Jason.

Un abismo se abrió entre ellos, poniendo fin a la conversación. Ambos tenían cosas que querían decir, pero no era ni el momento ni el lugar.

—¿Dónde está? —preguntó ella.

Stephanie sintió una extraña sensación de déjà vu al entrar en el salón. Encontró a su hermana sentada en el sillón, con la mirada fija en la pantalla del televisor. Tenía el rostro inexpresivo, distante, ausente, como si estuviera en otro planeta, en un universo completamente diferente. Kimberley llevaba un jersey ligero y un par de vaqueros, un conjunto que parecía haber llevado puesto durante las últimas semanas. Más preocupante, sin embargo, era su drástica pérdida de peso: las mejillas hundidas y los pómulos prominentes; la pérdida de grasa y masa muscular en brazos y hombros; y sus piernas delgadas como palillos.

Se sintió como si acabara de entrar en la habitación de su padre en la residencia, y los recuerdos de él sentado en su sillón le vinieron a la mente. La única diferencia era la pequeña tripa de embarazada que se había vuelto más pronunciada.

Stephanie se acercó a su hermana y movió el puf sobre la alfombra. En la televisión estaban echando *Loose Women*.

—Nunca te habría imaginado como una fan —dijo en tono de broma—. Pensaba que eras más del tipo *Real Housewives*.

Kimberley se giró lentamente hacia ella, con el desdén y la malicia ocultos tras unos ojos cansados. —¿Qué haces aquí?

—He venido a ver cómo estás —respondió Stephanie—. Estoy preocupada por ti.

—Solo has tardado tres semanas.

Stephanie miró la alfombra y empezó a juguetear con las manos. Era consciente de que estaba toqueteando el collar de su madre delante de su hermana. —Ha sido mucho que asimilar —empezó —. Lo entiendo. Y quería darte espacio... para pensar, para procesarlo.

—Me has abandonado.

—Me dijiste que no querías saber nada de mí.

—Y sigo sin querer.

Kim volvió a centrar lentamente su atención en el televisor. —Ya te puedes ir.

—Kimberley, por favor...

—No tengo nada que decirte. Me traicionaste, Steph. Me mentiste toda mi vida. Me hiciste pensar que un monstruo era una buena persona. Y nunca podré perdonarte por eso. Habría sido mejor saber la verdad que lo que hiciste. Casi muero por tu culpa.

Stephanie se llevó la mano al collar involuntariamente. Las palabras de su hermana le dolieron profundamente. —*Tú* nos salvaste a las dos —respondió—. Sin ti, no estaríamos aquí. Estaríamos las dos muertas.

—Pero te aseguraste de que *él* lo estuviera, ¿verdad?

Steph no tuvo nada que decir a eso. Había revivido innumerables veces aquellos momentos en los que hundía el cuchillo en su padre una y otra vez. De aquella noche habían nacido pesadillas y, durante las últimas semanas, se había despertado en varias ocasiones, soñando que su padre ensangrentado estaba de pie junto a ella en su dormitorio, desangrándose en la alfombra, observándola. A veces se acercaba a ella; otras, simplemente se quedaba quieto y sonreía. Otras, se sacaba el cuchillo del abdomen y se lo lanzaba.

Había matado a su propio padre —en defensa propia, oficialmente— y debería haber sido el momento más feliz de su vida. Se había ido, estaba muerto, ya no podía hacerles daño. Pero no era así. Ahora era peor. La atormentaba en sus sueños, en sus visiones. Como Freddy Krueger, existiendo en sus pesadillas.

—Tendré que vivir con mis actos el resto de mi vida. Igual que con lo que te hice a ti —explicó Stephanie—. No estoy absuelta de ninguna culpa. Pero ya no está. Ya no puede hacernos daño —dijo —. Hice lo que hice para protegernos. Y lo volvería a hacer. No es el hombre que creías que era. Sé que es mucho que procesar y asimilar, y espero que algún día lo entiendas todo. Pero ahora mismo, quiero asegurarme de que estás bien.

Manteniendo la atención fija en la pantalla, Kim dijo: —Estoy bien. No tienes que preocuparte por mí.

—No sería tu hermana mayor si no lo hiciera. Va con el cargo.

Kim no dijo nada. Su expresión se volvió ausente, como si realmente se hubiera ido a otra dimensión. Durante unos instantes, Steph intentó sacar conversación —el tiempo, Jason, la investigación—, pero su hermana no le prestó la menor atención. No fue hasta que Stephanie abordó la verdadera razón por la que estaba allí que Kimberley empezó a hacerle caso.

—He recibido una llamada de los abogados esta mañana — explicó—. Mientras estaba dando un paseo en bici —quizá deberías venir conmigo alguna vez para salir un poco de casa—, han llamado para decir que tenemos que vaciar la casa si queremos venderla y ponerla en el mercado.

Kim la miró de reojo, pero su expresión no delató nada.

—Quiero decir, de verdad que no quiero ir, pero no creo que tengamos otra opción.

Silencio, salvo por el sonido de los pasos de Jason moviéndose por su despacho en el piso de arriba.

—Una opción que tenemos es simplemente deshacernos de

todo, mandarlo al vertedero y dar carpetazo al asunto. Pero pensé que podría haber algunas cosas viejas de mamá allí.

—O algunos otros secretos que me has ocultado durante los últimos treinta y tres años de mi vida —replicó Kim antes de volver su atención al televisor, desconectando de nuevo—. No quiero ir allí. No quiero estar allí contigo. Y no te quiero en mi casa ahora mismo. Por favor, si me quieres como dices, vete, por favor.

CAPÍTULO
CINCO

El agente Giles Swinger había estado en muchas casas a lo largo de sus años de servicio. Algunas estaban decrépitas y casi en ruinas, apenas sostenidas por los esfuerzos de sus dueños por mantener un techo sobre sus cabezas, mientras que otras parecían recién sacadas de un catálogo o de unos dibujos animados. Aquella en la que él y la agente Fiona Singleton se encontraron esa mañana estaba en el punto medio del espectro. Una casa ideal. Era simplemente perfecta.

Estaban en la cocina, de pie a ambos lados de la isla central. Las superficies eran un desastre, abarrotadas por el caos de una mañana ajetreada. De fondo, el sonido de unas voces agudas llegaba desde el salón. Al otro lado de la isla se encontraba Laura Wednesday, una mujer de unos treinta y cinco años con el pelo largo y negro y unas cejas llamativas que parecían haberle costado una fortuna. Estaba apoyada en la encimera, envolviéndose el cuerpo con una fina rebeca, mordiéndose las uñas y moviendo la pierna arriba y abajo nerviosamente. Antes de hablar, miró varias veces hacia el salón, donde su hija estaba viendo la televisión.

—Señora Wednesday —empezó Giles—. ¿Le importaría explicar qué ha ocurrido?

Habían recibido la llamada hacía poco menos de una hora. Aunque la denuncia de un allanamiento de morada la habría atendido normalmente un agente de uniforme, Giles había sugerido que se pasaran a echar un vistazo. La curiosidad morbosa se había apoderado de él y, sin duda, el caso acabaría en su mesa tarde o temprano, así que quería adelantarse a los acontecimientos.

—No lo sé... —empezó Laura, ensañándose con la uña—. Esta mañana ha sido como cualquier otra. Becky estaba durmiendo. Mi marido se había ido a trabajar. Y yo estaba preparando a Becky para ir al colegio. Le había preparado el almuerzo e iba a hacerle el desayuno. Suele bajar sobre las siete y, como no lo hacía, subí a su cuarto a buscarla.

—¿Qué vio?

—Becky estaba jugando con un globo.

—¿Qué tipo de globo?

—Un globo de cumpleaños. De fiesta.

—¿Dónde está ahora?

Laura miró al techo, respondiendo a la pregunta. —No soporto subir ahí arriba. En cuanto lo vi, la saqué de la habitación y llamé a mi marido.

—¿Dónde está él?

—Está de camino, vuelve del trabajo. Se va temprano, sobre las seis y media.

Giles garabateó una nota.

—¿Quién fue la última persona que entró en la habitación de su hija?

—Mi marido —respondió Laura, mirando de nuevo hacia el salón—. Pero no esta mañana. No quiere molestarla cuando se va a trabajar. Los dos le damos un beso de buenas noches y la vemos antes de acostarnos.

—¿A qué hora fue eso?

El sonido de una risa infantil se filtró en la habitación.

—Sobre las diez —respondió Laura—. Nos acostamos pronto.

—Y también son madrugadores, por lo que parece —comentó Giles—. Supongo que no tiene ni idea de dónde ha salido ese globo.

Laura negó con la cabeza.

—¿Y no sabe de dónde ha podido sacarlo Becky?

Otra negación con la cabeza.

—¿Es posible que lo tuviera en su cuarto desde hace tiempo y lo hinchara? ¿O ha asistido a alguna fiesta de cumpleaños recientemente?

—Nada. Simplemente apareció. —Laura se balanceó contra la encimera y luego volvió a mirar rápidamente al techo—. Bueno, eso no es del todo cierto. Becky dijo que se lo trajo el monstruo de debajo de su cama, pero eso es imposible. Los monstruos no existen.

«Sí que existen», pensó Giles. «Me he topado con mi buena ración de ellos a lo largo de mi carrera».

Se inclinó hacia delante y echó un vistazo a través del comedor de planta abierta, hacia las puertas del patio que daban al jardín. —¿Vio alguna señal de allanamiento o de que hayan forzado la entrada cuando ha bajado esta mañana?

Laura negó con la cabeza. Se apretó más la rebeca y una expresión de leve pánico asomó por el rabillo de sus ojos. —No me fijé. Quiero decir, ¿por qué iba a hacerlo? No solemos cerrar con llave la puerta de atrás. Solo la de la entrada. Y casi siempre tenemos la mayoría de las ventanas cerradas.

—¿Por qué no cierran las puertas con llave? —preguntó Giles.

—Porque, bueno, es un buen barrio. Nunca hemos tenido ningún problema. Nunca hemos sentido la necesidad. —Parecía ofendida, devolviéndoles la acusación con el tono—. Tampoco tenemos gatera para el gato, así que si alguna vez tenemos que dejarlo salir en mitad de la noche, podemos abrirle sin más.

Giles ya había oído suficiente. Se acercó a la puerta trasera e inspeccionó la cerradura. No había señales de que la hubieran forzado, ni cristales en el suelo, ni indicios de que alguien hubiera intentado entrar a la fuerza. Y lo que era más importante, tampoco había huellas dactilares en el cristal, nada que sugiriera que el intruso hubiera sido tan necio como para dejarlas.

No sabía qué creer. Era extraño que un globo de fiesta cualquiera hubiera aparecido de la nada, sin rastro de que nadie lo hubiera puesto allí.

Al enderezarse, miró a sus espaldas y vio a Peppa Pig saltando en un charco en la televisión. Sentada delante, agachada en el suelo en una postura que solo las articulaciones y extremidades de una niña permitirían, estaba Becky, estirando el cuello hacia el querido personaje con una sonrisa de oreja a oreja.

Giles se volvió hacia Laura y le preguntó: —¿Le importa si hablamos con su hija?

Laura salió de la cocina. —¡Becky, cariño! ¡Becky!

Finalmente, la niña se dio la vuelta.

—Apaga la tele y ven aquí un momento, cielo. Estas personas quieren hacerte unas preguntas sobre el globo que has encontrado esta mañana.

—¡Mi globo! —La cara de Becky se iluminó al pensarlo—. ¿Puedo quedármelo, mami?

La niña hizo lo que le decían y se acercó corriendo. Se subió a una silla del comedor y se apoyó en la mesa. Estiró el cuello hacia Giles, mirándolo como si él fuera el monstruo que le había dado el globo.

—Pareces un gigante —dijo ella.

Giles esbozó una sonrisa irónica. —Es porque comía toda la fruta y la verdura de niño, como me decía mi madre. —Sacó una silla de la mesa y se sentó—. ¿Así mejor? Ahora somos igual de altos.

Laura se unió a ellos, sentándose enfrente. Mientras se sentaba, Giles alabó el atuendo de Becky. —Me encanta esa pinza que llevas en el pelo —añadió—. Es muy bonita.

—Gracias —respondió Becky, cogiendo un peluche de la mesa y jugando con él—. Me lo compró mami en las tiendas.

—¿También te compró mami el globo que encontraste?

Manteniendo su atención centrada únicamente en el osito de peluche, Becky giró todo el cuerpo de un lado a otro. —Ese me lo trajo el monstruo de debajo de mi cama.

—¿Un monstruo debajo de tu cama? —preguntó Giles, añadiendo un toque juguetón a su voz—. Suena aterrador. ¿Llegaste a ver a ese monstruo?

Otro movimiento de cabeza negando.

—¿Cuánto tiempo lleva el monstruo debajo de tu cama?

—¡Desde siempre!

—¿Desde siempre? ¿Y nunca lo has visto?

Esta vez, negó enérgicamente con la cabeza, metiéndose el pulgar en el bolsillo.

—¿Cómo sabes que está ahí?

—Lo veo en sueños.

—¿Y crees que te dio el globo anoche?

Un asentimiento.

—¿Viste u oíste algo?

—Me desperté y ya estaba ahí —explicó Becky, y luego se volvió hacia Laura—. ¿Puedo quedarme el globo, mami?

Laura miró a Giles con inquietud.

—Puede que tengamos que llevárnoslo —respondió él con delicadeza—. Estamos investigando sobre monstruos y tenemos que llevárnoslo para analizarlo.

—¡Oh! —dijo Becky, desanimada—. ¿Me lo devolveréis?

—Quizá, cariño —añadió Laura, acariciando el pelo de su hija—. Si no, podemos comprar otro en las tiendas.

—¡No quiero uno de las tiendas! ¡Quiero ese!

Antes de que a Becky le diera una rabieta, la puerta de entrada se abrió.

—¿Becks? ¿Laura?

—¡*Papá!*

Al instante, Becky saltó de la silla y corrió hacia la puerta. Un momento después, un hombre con traje apareció por la esquina, con su hija en brazos. Se presentó como Dean Wednesday y le estrechó la mano a Giles.

—¿Son ustedes la policía? —preguntó, dejando a su hija en el suelo.

—Sí, señor —respondió Giles.

—¿Están aquí por el allanamiento?

—No sabemos si ha habido un allanamiento —replicó Laura, corriendo al lado de su marido. Su tono indicaba que intentaba calmarlo.

—¿Qué quieres decir? Claro que lo ha habido. Ese maldito globo. Yo no lo puse ahí. ¿Lo hiciste tú?

Laura negó con la cabeza.

—Pues entonces. Alguien entró en el cuarto de mi hija y lo puso ahí. Alguien ha entrado en casa. —Se agachó, abrazó a su hija y luego la sostuvo con los brazos extendidos—. No te has hecho daño, ¿verdad, princesa?

Becky confirmó que no. Cuando Dean se quedó satisfecho con su respuesta, la mandó al sofá y volvió a centrar su atención en

Giles. —¿Qué van a hacer al respecto? —Su tono era severo, terco, como si acabara de entrar en una reunión de la junta directiva.

—Tendremos que revisar lo que nos ha dicho su hija —empezó Giles—. Pero ahora mismo, dado que no parece haber señales de que hayan forzado la entrada, nosotros...

—¿No van a hacer nada?

—No es eso lo que he dicho.

—Pues es lo que parece. —Se cruzó de brazos, con el rostro contraído—. Han entrado en mi casa y no van a hacer nada al respecto. ¿Para qué pago mis impuestos?

Giles hizo todo lo posible por mantener la calma. Odiaba ese argumento. Siempre lo había odiado y siempre lo odiaría.

—Con el debido respeto, señor Wednesday, si me dejara terminar, habría entendido que vamos a llevarnos el globo para examinarlo. Es posible que quien lo dejara haya dejado algo de ADN en él, aunque por lo que tengo entendido, si Becky ha estado jugando con él tanto como me han dicho, no quedará gran cosa. Aun así, eso podría tardar un par de semanas en llegar...

—¿*Semanas?* —exclamaron Laura y Dean Wednesday al unísono.

—No es un proceso rápido —respondió él a la defensiva—. Por desgracia, la vida real no es como en la televisión.

—¿Me está llamando estúpido? Claro que sé que no es como en la tele, ¿pero *semanas?*

—Es lo que hay. No podemos hacer nada.

—¿Y si vuelve a pasar? ¿Y si esa persona entra y deja otro en el dormitorio de mi hija?

—Para empezar, le sugiero que cierre las puertas con llave —replicó Giles.

El veneno brilló en los ojos de Dean. —¿Se supone que eso tiene gracia?

No. Lo que tiene gracia es que deje las puertas sin cerrar por la noche y se moleste cuando alguien entra.

—Perdón. Lo que quería decir es, ¿tiene alguna cámara de seguridad o grabación que pueda examinar? Sería de gran ayuda.

La mirada dura que Dean había estado dirigiendo a Giles se desvaneció rápidamente mientras bajaba la vista al suelo y negaba con la cabeza. —No tenemos nada. Pero voy a ir ahora mismo a las tiendas a que me instalen unas. La próxima vez que esto ocurra, me aseguraré de pillarlos.

Simplemente no los invites a entrar en tu casa.

—Así que, en realidad, solo contamos con la descripción de su hija, que no existe, y el ADN del globo. —Giles dejó escapar un suspiro corto y agudo por la nariz—. Haremos lo que podamos.

Dean se metió la mano en el bolsillo y sacó la cartera. —¿Y si aceleramos esto?

—No funciona así, señor. Eso se considera un soborno y no estamos dispuestos a perder nuestro trabajo por algo así.

—Pero sí están dispuestos a permitir que entren en mi casa y que mi hija vuelva a quedar traumatizada, *otra vez*. —Guardó la cartera y sacó el móvil—. ¿Y si voy a la prensa?

—Eso tampoco cambiará nada —respondió Giles—. Como he dicho, haremos lo que podamos. Tienen nuestros datos de contacto. Nos pondremos en contacto cuando tengamos algo.

Puede que a los Wednesday no les gustara, pero era todo lo que iban a conseguir. Cuando la gente se ponía prepotente de esa manera, Giles se daba cuenta de que siempre le daban menos ganas de ayudar en lugar de más.

CAPÍTULO
SEIS

Steph llenó los pulmones de oxígeno al salir del coche. El aire exterior era más fresco y puro, impregnado del rocío de la madrugada que persistía desde el amanecer. Sobre ella, un manto de nubes grises se cernía con aire taciturno, oprimiendo como un pesado edredón; un tiempo lúgubre a juego con su lúgubre humor.

Había estado en una lucha interna por lo de su hermana desde la noche que murió su padre. Kimberley estaba dolida, sufriendo. Toda su visión del mundo, forjada en torno a la supuesta grandeza de su padre, se había desmoronado en un instante. Steph lo entendía; dudaba que ella hubiera reaccionado de otra manera. Pero que Kim le diera la espalda por completo, que actuara como si no existiera... eso le parecía pasarse de la raya.

Kimberley no se daba cuenta de que Steph había intentado protegerla. Después de que Colin Broadbent matara a su mujer y fuera encarcelado, Kimberley había llorado por él y suplicado verlo. En aquel momento, cuando le mintió por primera vez a su hermana, Stephanie fue incapaz de pensar en otra cosa. Le había dicho que papá se iba por haber matado a la persona responsable de hacerle algo malo a mamá. Para cuando se percató de que se había cavado su propia fosa, sin escalera ni medio de escape, ya era demasiado tarde. Ya no había vuelta atrás. Había preparado su inmunda cama de mentiras y se había visto obligada a yacer en ella durante los últimos treinta años.

Todo gracias a una decisión impulsiva.

No dejaba de pensar: ¿y si...? ¿Y si hubiera dicho lo *correcto* hacía tantos años? Podrían haber eliminado a su padre de sus vidas por completo; podrían haberse unido más como hermanas; quizá Stephanie se habría quedado en Surrey, se habría labrado una mejor reputación con su equipo, y los universitarios que perdieron la vida durante la senda vengativa de su padre seguirían vivos.

Y lo que era aún más desolador: su colega y amiga, Eve Hope, seguiría aquí.

Con un profundo suspiro, cerró la puerta del coche y echó el seguro, con los hombros cargados por el peso de la culpa de todas sus muertes. Todo se podría haber evitado si hubiera tomado el camino correcto en lugar del izquierdo cuando se encontró con aquella bifurcación hacía tantos años.

Sorbía por la nariz para reprimir las lágrimas mientras cruzaba el aparcamiento, arrastrando los zapatos por el suelo y manteniendo la cabeza gacha. Había recorrido la mitad del camino cuando algo le llamó la atención por el rabillo del ojo. Una figura que salía de detrás de un coche aparcado.

El sargento Devon Lafferty. Llegaba tan tarde como ella.

Stephanie estaba a punto de llamarlo cuando se fijó en sus movimientos erráticos, tambaleándose de un lado a otro.

—¡Devon!

Él se detuvo en seco, girando sobre las puntas de los pies. Sus brazos se agitaron como los de un muñeco hinchable, alcanzando al resto de su cuerpo un instante después.

—¿Qué...? —masculló. Cuando reconoció su voz, abrió los ojos como platos y bajó la mirada—. Buenos... buenos días, jefa.

A medida que se acercaba, el olor a alcohol que emanaba de sus poros y su aliento llegó hasta ella.

—¿Tuvo una noche movidita ayer? —preguntó.

Masculló algo ininteligible antes de decir finalmente: —Solo unas cuantas en el bar del barrio con unos viejos amigos.

—Esa ya me la sé. —Aminoró el paso para igualar el de él—. ¿Pensaba avisarme de que llega tarde?

—Yo... lo siento, jefa. No volverá a pasar.

Ella resopló suavemente. —Esa también me la sé. ¿Está en condiciones de trabajar hoy?

—Sí, jefa. ¿Por... por qué no iba a estarlo?

Le dio un hipido y una ráfaga de aliento a cerveza le golpeó en la cara. Solo una vez se había topado con el alcoholismo en sus colegas. Un agente que había visto demasiados cadáveres brutalmente asesinados para sus veinticinco años y que había encontrado consuelo en el fondo de una botella. Pero Devon era veterano y experimentado. Sabía que, si había un problema, era más profundo que eso. Estaba pasando por un divorcio complicado y, sin duda, lamentando la ruptura de su matrimonio y la posible pérdida de su hijo. Por esta vez, le daría un respiro; era la primera vez que lo notaba, pero si se convertía en costumbre, tendría que abordarlo.

El duelo provocaba cosas extrañas en la gente.

Fue entonces cuando se dio cuenta de que su hermana estaba experimentando lo mismo: el duelo por la pérdida de su padre y, en cierto modo, reviviendo la pérdida de su madre, ya que su muerte había cobrado un significado completamente nuevo.

Quizá, como con Devon, debería darle un respiro a su hermana y concederle tiempo para sobrellevar el duelo.

Le sujetó la puerta al sargento y él entró arrastrando los pies como un adolescente travieso. —Adécentese y suba en los próximos cinco minutos.

CAPÍTULO
SIETE

Veinte minutos después, un Devon con los ojos como platos le devolvió la mirada. El contraste entre el hombre que había conocido abajo y el que tenía delante era pasmoso. Parecía casi fresco, como si hubiera dormido a pierna suelta en lugar de pasar la noche dándole a la botella. Ella se preguntó cuántas veces habría entrado en el edificio tambaleándose y con resaca, solo para aparecer en la oficina con un aspecto revitalizado.

Antes de que pudiera seguir dándole vueltas, recorrió con la mirada los rostros de la sala. Giles, Fiona, Olivia, Noah; todos parecían bien descansados y listos para empezar el día. Sintió una punzada de culpa en el estómago cuando se dio cuenta de que Eve no estaba allí. Aunque habían pasado tres semanas y había aprendido a sobrellevar la pérdida en cuestión de días, todavía esperaba ver a la vivaz agente entrar por la puerta de dos hojas, radiante, con sus dientes blancos y perfectos y luciendo el hoyuelo de la mejilla.

En su lugar, se encontró con expresiones desoladas, a excepción de Olivia, cuyo rostro siempre parecía esbozar una sombra de sonrisa, incluso cuando no sonreía abiertamente.

—Buenos días a todos —empezó—. Siento llegar tarde. Tenía que atender unos asuntos personales. No debería volver a ser un problema. —Se aclaró la garganta—. ¿Qué me he perdido? ¿Quién me pone al día? Veo muchas caras largas por aquí. Necesitamos un poco de energía.

Olivia fue la primera en responder. Se había vuelto a olvidar las gafas y miraba a Stephanie entornando los ojos. *Quizá por eso siempre parece que está sonriendo.*

—El HOLMES está al día —dijo—. Nos han llegado un par de cosas sobre una pelea anoche delante del Popworld, pero se encargaron los de uniforme.

—¿Algo que tengamos que hacer nosotros?

Olivia negó con la cabeza.

—Justo lo que me gusta oír. Una mañana de miércoles agradable y tranquila.

—No exactamente, jefa —fue la respuesta del agente Giles Swinger. El hombre con el apellido desafortunado rondaba la treintena y, a pesar de sus esfuerzos, solo conseguía que le creciera una barba desigual en un lado de la cara. Se rascó antes de continuar—: Ha entrado algo raro esta mañana que creo que deberíamos investigar.

—¿Raro? No estoy segura de que aquí nos guste lo «raro». Ya tenemos bastante con la ropa estrafalaria de Noah.

Unas risitas resonaron en el grupo. Otra broma. Otra oportunidad para encajar en el equipo.

—Esta mañana, la centralita ha recibido la llamada de una madre muy angustiada que afirmaba que alguien había entrado en su casa en mitad de la noche y había dejado un globo en el dormitorio de su hija.

—¿Que le dejó un globo? ¿Como un globo de *cumpleaños*?

—Sí.

—A lo mejor la hija dio una fiesta y no invitaron a los padres.

—Si es así —dijo Noah, jugueteando con los puños de una llamativa camisa de cachemira—, me gustaría contratar a ese intruso para que organice el próximo cumpleaños de mi hijo. El animador del año pasado se perdió de camino y acabó haciendo figuras con globos en un velatorio en Woking.

Otra oleada de risas recorrió la sala.

Stephanie se sentó en el borde de la mesa y enarcó una ceja. —¿Entonces tenemos a un delincuente que entra en una casa, pasa de todos los objetos de valor y deja... ¿un globo? De acuerdo. ¿Le fregó también los platos ya que estaba?

—Lamentablemente, no —respondió Giles—. Pero la madre estaba asustada. Y su hija insistía en que se lo había dado «el monstruo de debajo de la cama».

Stephanie se enderezó.

Olivia intervino. —Ojalá el monstruo de debajo de mi cama me hiciera regalos. A mí lo único que me dio fueron traumas. Lo próximo será que el Ratoncito Pérez dirige una red de narcotráfico.

Noah por fin terció desde su mesa, todavía jugueteando con los puños de su camisa de cachemira. —Bueno, si el monstruo de la cama acepta trabajos por su cuenta, tengo un hijo al que se le cayeron dos dientes la semana pasada y solo le dejaron un euro. Exige representación sindical.

—Pobrecito —dijo Fiona—. El niño, quiero decir. No la cartera agarrada de Noah.

Siguieron más risas, esta vez más relajadas y sonoras. A Stephanie le agradó ver que un atisbo de entusiasmo y alegría volvía a sus rostros. Sin embargo, era consciente de que el momento no podía durar mucho.

—Hablando en serio —empezó—, ¿cuáles son sus pesquisas?

Giles miró rápidamente a Fiona, y luego de nuevo a Stephanie. —El padre era un auténtico gilipollas.

—¿Y?

—Como que no me apetece mucho ayudarle.

Ella ladeó la cabeza. —Ojalá funcionara así. Pero aun así, tenemos que hacer nuestro trabajo.

—Se ofreció a pagar para que se agilizara el análisis de ADN. Abrió la cartera y simplemente dio por sentado que con eso bastaba para que las cosas se hicieran.

—Ah, uno de esos, ¿eh? ¿Tenían circuito cerrado de televisión?

Giles negó con la cabeza.

—Qué útil. Sugeriría que los de uniforme hablaran con sus vecinos y quizá pedir a la científica que tome muestras.

—Ya está en marcha —confirmó Giles mientras se metía un chicle en la boca.

—Excelente —dijo Steph—. Si ese es el caso, me voy a tocar la barriga el resto del día.

CAPÍTULO
OCHO

Stephanie había cumplido su promesa: se había tomado el resto del día con calma. Bueno, no literalmente. Lo que quedaba de la mañana y la tarde había transcurrido sin incidentes. Se habían asignado las responsabilidades al equipo, que era más que capaz de encargarse de sus tareas. Ella había aprovechado ese tiempo —esa paz— para ponerse al día con los correos electrónicos, aprobar gastos y presupuestos, y planificar el resto de la semana sin la inspectora jefa McGowan, que estaba de permiso.

Ya se relamía pensando en una agradable velada a solas frente al televisor, disfrutando de un chili con carne casero, cuando recibió otra llamada del abogado para recordarle lo que tenía que hacer.

Tras un trayecto de veinte minutos, detuvo el coche lentamente frente a la casa, incapaz de decidirse a aparcar en la entrada. Apenas podía mirar la propiedad. En parte, esperaba que fuera más fácil en la oscuridad, que, al no poder ver la casa con tanta claridad como durante el día, las visiones e imágenes en su cabeza no fueran tan vívidas o debilitantes. Pronto se dio cuenta de que no había diferencia alguna al bajar del coche.

La lluvia caía en una cortina fina y constante, fría e insistente, que le empapó rápidamente el abrigo y le humedeció el cuello del jersey. Se quedó de pie en la acera, con los ojos fijos en la delgada tira de cinta policial que se aferraba a la puerta principal y ondeaba lánguidamente con la brisa. Ya no se consideraba oficialmente la escena de un crimen, pero la cinta servía de recordatorio de que los verdaderos delitos se habían cometido mucho antes de que la pusieran.

Dio un paso más, y sus zapatos crujieron sobre la grava mojada. Al detenerse junto al primer escalón, recordó cómo solía fingir que era una cuerda floja o una barra de equilibrio antes de irse al colegio.

Un coche pasó *zumbando* a su lado mientras levantaba la llave y la introducía en la cerradura. Al abrirse la puerta, una ráfaga de aire húmedo y viciado salió de golpe, casi haciéndola retroceder. El lugar estaba en penumbra, necesitaba luz desesperadamente, pero entró y cerró la puerta tras de sí, sumergiéndose en la oscuridad. Estaba acostumbrada a la oscuridad de allí, obligada de niña a moverse por la casa en mitad de la noche, caminando de puntillas hacia la nevera en busca de comida para ella y su hermana.

Finalmente, tras unos instantes, sus ojos se adaptaron a la penumbra y revelaron manchas oscuras en la moqueta y las paredes. Sangre. La prueba de su muerte.

Revivió aquel momento: hundiéndole el cuchillo en el estómago, viendo cómo la vida se le escapaba lentamente de los ojos.

Buscó a tientas el interruptor del pasillo y lo encendió. Un intenso resplandor amarillo inundó el pasillo y el hueco de la escalera. A la luz, la sangre adquirió un nuevo tono y un significado completamente nuevo: se volvió más real. Sin embargo, su emoción al verla siguió siendo la misma: ambivalente.

—Voy a tener que limpiar esto si quiero que esta casa tenga alguna posibilidad de venderse —masculló para sí.

Mientras avanzaba por el pasillo, evitó la sangre seca. En la cocina, notó el olor a frío y humedad. Un pequeño charco de agua de lluvia se había formado en la encimera. Una gotera. En alguna parte.

La casa se caía a pedazos. Deseó poder reducirla a cenizas, junto con todos los recuerdos que la acompañaban. Dudaba que hubiera algo que quisiera conservar. Ya tenía todo lo que necesitaba.

Aun así, una chispa de curiosidad la retenía allí.

Mamá.

Quizás Colin, el hombre al que todavía se negaba a llamar papá, había guardado algunas de las pertenencias de su madre. Stephanie agarró el collar de su madre y lo recorrió con los dedos alrededor de su cuello. Se acercó al primer peldaño de la escalera y miró hacia arriba, hasta el final, tal como hacía de niña. La escalera se erguía ante ella como una espina dorsal. La moqueta, que una vez fue de un borgoña desvaído, se había oscurecido con el tiempo.

No quería subir. No quería revivir el trauma. Incluso ahora, décadas después, su cuerpo recordaba antes que su cerebro. Se le tensaron los músculos. Se le retorció el estómago. Le faltó el aliento.

Pero siguió adelante de todos modos, avanzando lenta y cuidadosamente, colocando el pie en la parte de cada escalón que no hacía ruido, tal como había hecho para no molestar a Colin.

Al llegar a lo alto de las escaleras, se detuvo ante la primera habitación: el dormitorio que había compartido con Kimberley. Contuvo la respiración al abrir la puerta.

Tenía exactamente el mismo aspecto que recordaba y, sin embargo, no se parecía en nada. Como si todos los muebles que había ahora se hubieran desvanecido y hubieran sido reemplazados por la cama, el papel pintado y la cómoda de su infancia. La habitación había estado llena de color y vida, evidentemente pertenecía a un niño. Ahora, las paredes eran de un color crema aburrido y poco inspirador, y los muebles parecían salidos de un rastro. Una pila de periódicos se apoyaba torcida contra la pared. Un polvoriento ventilador de plástico yacía boca arriba, con sus aspas convertidas en un cementerio para las hormigas y moscas que habían quedado atrapadas en ellas. Una vieja estantería, una que se parecía a la que tuvo ella, descansaba en un rincón de la habitación. Vacía.

La visión le dio un vuelco inesperado al corazón.

Se adentró más en la habitación y se agachó junto a la cama, ignorando el chasquido de sus rodillas, y pasó la mano por debajo del colchón. Buscando, rezando, preguntándose si *aquello* seguiría allí.

No encontró nada.

Retirando la mano lentamente, inspiró hondo y luego dirigió su atención a la cómoda del otro lado de la habitación. Dentro, descubrió una colección de trofeos, premios y certificados que había ganado en el colegio, de antes de que a ella y a Kimberley las llevaran a la casa de acogida. Uno de ellos era de su primer día del deporte. Recordó haber participado en la carrera de cien metros lisos y haber visto a su padre observándola desde la banda, animándola.

Cerró el cajón antes de que el recuerdo pudiera terminar y abrió otro.

Se quedó helada, los ojos desorbitados al posarse sobre una lata. Pequeña, rectangular y moteada de óxido por los bordes. La reconoció al instante; había sido de su madre. Originalmente una lata de galletas, no la había visto en años.

La sostuvo con ambas manos como si pudiera hacerse añicos o gritar.

Luego, sin sentarse, levantó la tapa con cuidado y encontró fragmentos dentro. Mechones de su pelo y del de Kimberley de sus primeros cortes; una fotografía descolorida de Stephanie sentada en el regazo de su madre en el escalón trasero del jardín. Su madre estaba a media carcajada, con la mano de Stephanie extendida hacia su cara. Nunca había visto esa foto. Su madre se veía tan hermosa, diferente de como la recordaba. Los ojos de Stephanie se llenaron de lágrimas mientras colocaba la fotografía debajo de la lata y pasaba al siguiente objeto: una pulsera de dijes, vieja y deslustrada, pero algunos de los dijes aún conservaban su brillo: un gato, un librito, un corazón con el ojo de una cerradura. Stephanie la recordaba. Había sido suya. Creyó que la había perdido en una excursión escolar al castillo de Dover. Pero allí estaba. Su madre debió de encontrarla y guardarla a buen recaudo.

Apartando las lágrimas con un parpadeo, Stephanie cerró la lata y la apretó contra su pecho. Luego retrocedió saliendo de la habitación, bajó las escaleras, cruzó la puerta y se metió en el coche. Ya había terminado por hoy. Tenía todo lo que necesitaba: algo de su madre y algo suyo, y la esperanza de que quedaran más reliquias.

CAPÍTULO
NUEVE

Lo primero que hizo al volver a casa, luchando contra el viento y el fuerte aguacero, fue meter la lata en el cajón de su mesilla de noche. Era el lugar más seguro para ella, escondida y protegida por su querido oso de peluche, Bart, que tenía desde niña y la vigilaba como un guarda de seguridad. Su pelaje estaba manchado, rasgado y mostraba el paso del tiempo, pero era uno de los pocos objetos que poseía que o bien procedían de su madre o le habían pertenecido. Ahora, como por milagro, había añadido algo más a sus posesiones.

Se planteó compartir el hallazgo con su hermana, enviarle una fotografía de la lata con la esperanza de animarla a visitarla y descubrir más objetos por sí misma. Sin embargo, estaba tan cabreada con Kimberley —aunque no tuviera ningún derecho a estarlo— que pensó que su hermana no merecía saberlo. Si Kimberley quería comportarse como una niña, allá ella. ¿Después de todo lo que había hecho por su hermana, de todos los sacrificios que había hecho? ¿De la agitación emocional, física y mental que había soportado y seguía sufriendo?

No, la lata se quedaría exactamente donde estaba por el momento.

Stephanie ajustó la posición de Bart en la cama antes de bajar las escaleras. En las últimas semanas, por fin había conseguido poner su vida en orden. Literal y figuradamente. Ya no había cajas en el suelo ni montones de ropa apilados unos encima de otros. Desde el fallecimiento de su padre había sentido cómo se le quitaba un peso de encima y, mentalmente, había vuelto a encarrilarse.

Estaba pintando de nuevo, montando en bici, corriendo, haciendo escalada... viviendo la vida con libertad, sin las ataduras que había sentido cuando él estaba cerca.

Por primera vez en mucho tiempo, había empezado a sentir que tenía de nuevo el control.

Control de su tiempo. Control de su mente. Control de su cuerpo.

Al pie de la escalera, entró en la cocina y empezó a preparar la comida. Algo sano, con hidratos de carbono, una pizca de especias y una buena cantidad de proteínas. Una cena en condiciones. No algo que quisiera purgar veinte minutos después. Por primera vez en muchísimo tiempo, tenía la bulimia bajo control. Seguía presente y aún asomaba su horrible cabeza en el fondo de su mente, pero la había domado, la había metido entre rejas y había cerrado la puerta con llave.

La llave seguía firmemente en su mano y no pensaba soltarla.

Como resultado, había notado un cambio en sí misma. Dormía mejor, se sentía mejor. Ya no se despertaba somnolienta y cansada. Su piel, su pelo y su cara también parecían más luminosos y radiantes. Claro que tenía la cara más rellena, pero estaba menos hinchada y los signos externos de su trastorno alimentario se estaban desvaneciendo. El daño interno permanecía, pero, por el momento, ella tenía el control y estaba decidida a que siguiera siendo así.

Tras cocinar una comida sana y equilibrada, pasó la noche pintando. Su último proyecto era un óleo de la catedral de Guildford en un pequeño lienzo, inspirado en una fotografía que había hecho con el móvil. No era ninguna Picasso, ni Dalí, ni El Bosco, pero estaba mejorando, aprendiendo y desarrollando su técnica con el pincel en cada obra. No le importaba que nadie fuera a verla nunca; era solo para sus ojos, y disfrutaba de la experiencia catártica. Ese tiempo le permitía desconectar, concentrarse en la siguiente pincelada y en la siguiente.

Para cuando quiso darse cuenta, era más de medianoche. Había dejado de llover, pero el viento seguía azotando el lateral del edificio y silbando por toda la casa al colarse por una pequeña rendija de la ventana del baño de arriba. El tiempo había cambiado de repente, y dudaba que hubiera ningún robo esa noche. Sin embargo, antes de subir a la cama, comprobó rápidamente las ventanas y las puertas de la planta baja, asegurándose de que todo estuviera cerrado con llave, con doble vuelta y con triple.

Ya se había topado con suficientes monstruos en su vida; no necesitaba que otro la visitara por la noche.

CAPÍTULO
DIEZ

El tiempo me proporciona la coartada perfecta. Sus padres no oyen nada mientras manipulo la cerradura. Están demasiado ocupados preocupándose por la lluvia que golpea contra las ventanas y las ráfagas de viento, o por el ruido de los árboles al chocar entre sí. No me oyen abrir la puerta trasera y cerrarla sigilosamente a mi espalda, ni se dan cuenta de que me quito los zapatos y camino de puntillas por el precioso suelo de piedra. Incluso el roce de mi abrigo queda amortiguado. Los únicos sonidos que hago son mi respiración acompasada y el agua que gotea en el suelo.

Lo único que podría delatar mi presencia son los crujidos de la casa: las tablas del suelo, la barandilla y la escalera, las bisagras de las puertas.

Pero lo consigo. Estoy dentro, empapado y azotado por el viento, sintiendo cómo el frío se me cala hasta los huesos. Sin embargo, la estampa que tengo ante mí me reconforta y hace que todo haya merecido la pena.

Duerme tan plácidamente bajo su funda nórdica de Frozen, con la cabeza asomando por debajo del torso de Elsa, como si ella misma fuera el personaje. Su precioso pelo rubio enmarca su tez pálida. El ascenso y descenso, constante y rítmico, de su pecho parece ralentizar el mundo a mi alrededor. Noto que me calmo mientras la observo, y mi respiración recupera su ritmo normal. La primera vez fue difícil, llena de adrenalina, miedo y con los sentidos aguzados. Pero ahora me siento relajado, seguro, a gusto.

El goteo del agua repiquetea en el alféizar, pero no es tan fuerte como sus ronquidos. Está sumida en un sueño profundo. Me pregunto con qué soñará. ¿Unicornios? ¿Princesas? ¿Algo emocionante o quizá algo tan mundano como los deberes del colegio?

Me acerco un paso más. La moqueta amortigua mis pisadas. Todo en la habitación es acogedor: tonos rosas y lilas adornan las paredes, un puf descansa frente al televisor. Una lámpara de lava burbujea junto a su cabeza, lenta y rítmica como su respiración.

Se remueve ligeramente y sus labios esbozan una sonrisa.

Su cuarto está más desordenado que el de la otra niña. Pegatinas medio despegadas del armario, que parece haber pertenecido a la familia durante generaciones. Ceras de colores esparcidas por un diminuto escritorio, entre los lomos de varios libros de colorear abiertos. Hay una foto colgada en la pared. Su familia. Mamá, papá y ella en medio, todos sonriendo a la cámara, disfrutando de su visita al castillo de Dover, que se ve al fondo.

Los dedos me tiemblan a los costados. Doy otro paso, con la intención de acercarme todo lo posible sin despertarla. Ese es el juego al que jugamos. Ellas no lo saben, pero siempre ganan.

Por eso se llevan el globo.

Mientras me acerco a su lado, oigo un ruido en el rellano. Se abre la puerta de un dormitorio y después oigo unos pasos. Me quedo helado, con el corazón en un puño. Los pasos se acercan rápidamente. Sin embargo, no puedo moverme; cualquier sonido podría alertar a sus padres de mi presencia.

Contengo la respiración, tenso el cuerpo y mantengo la mirada fija en la niña, preparado para usarla como escudo si fuera necesario.

Por suerte, los pasos pasan de largo y continúan hacia el otro lado de la casa.

Se enciende una luz. El sonido de alguien orinando ruidosamente en el retrete, seguido de un resoplido, una ventosidad y después la cisterna, el grifo y el interruptor de la luz apagándose.

Permanezco completamente inmóvil. No he soltado el aire en todo este tiempo y solo cuando oigo cerrarse la puerta del dormitorio lo *expulso lentamente de mis pulmones, de forma constante y suave, para no molestar a la niña que tengo delante.*

Ahora debo esperar. Cinco minutos. Diez. El tiempo suficiente para que su padre vuelva a dormirse y yo pueda escabullirme.

No pasa nada. No me importa pasar más tiempo con esta cosita tan preciosa. Cuanto más tiempo tenga, mejor.

Cuando llega el momento —cuando creo que ya he abusado de su hospitalidad—, meto la mano en el bolsillo del abrigo y saco el globo, acunándolo entre mis manos enguantadas. Con cautela, empiezo a inflarlo, saboreando el momento mientras se expande y se expande, hasta que se hace tan grande que ya no puedo ver el cuerpo de la niña detrás de él.

Mientras ato el nudo a la cuerda, me agacho junto a su cama. La tabla del suelo cruje cuando me arrodillo y, por un instante, temo que se despierte. Pero solo resopla y se relame los labios, y vuelve a acomodarse, girando ligeramente sobre el otro costado.

Espero.

Cuando sé que ha vuelto a quedarse dormida, me dirijo a la lámpara de lava y coloco el globo cerca de ella. La mezcla se refleja en el globo azul, tiñéndolo con un matiz rosado.

Entonces, me pongo de pie.

Antes de marcharme, le dedico una última mirada a la dulce y preciosa sonrisa de su rostro. La sonrisa que es felizmente ajena a los horrores y las injusticias del mundo, una sonrisa que no sabe lo que es el verdadero dolor.

Por supuesto, no es culpa suya.

Es de todos los demás.

CAPÍTULO
ONCE

Notaba el peso de los cubos de la basura en las manos mientras los arrastraba a toda prisa, uno en cada una, por la cancela lateral hasta el costado de la casa. El cubo verde del reciclaje chocó con estrépito contra la valla, haciéndola trastabillar. Tras maldecir al objeto inanimado, los llevó hasta el borde de la entrada del garaje, justo a tiempo; oía a los basureros acercarse por la calle.

Odiaba llegar tarde. No era propio de ella; siempre se esforzaba por ser puntual. Su antiguo jefe solía recordarle que, si no llegaba pronto, llegaba tarde.

Pero el descanso de la noche había merecido la pena. De algún modo, se había quedado dormida, dándole al botón de repetición y disfrutando demasiado de la comodidad de su edredón y de su osito de peluche como para levantarse de la cama. También estaba convencida de que la lata la había ayudado de alguna forma, como si su madre estuviera cerca, velando por ella y protegiéndola mientras dormía, ahuyentando a los monstruos de debajo de la cama.

Finalmente, Stephanie colocó los cubos al final de la entrada. Justo cuando se disponía a volver a entrar, una ráfaga de viento recorrió la casa y cerró la puerta de un portazo.

—¡Mierda! —siseó, clavada en el sitio.

Se registró los bolsillos frenéticamente, pero sabía que era en vano. Podía imaginarse las llaves sobre la encimera de la cocina, dentro del frutero que acumulaba polvo a ojos vistas.

Abrió la boca para soltar un taco, pero se detuvo al ver a su vecino salir de casa.

—¡Buenos días, Stephanie! —la saludó Jimmy, con una bolsa de basura negra en una mano—. ¡Me alegro de que te hayas acordado de los cubos esta semana! ¡Por los pelos!

Era el suplicio de su existencia, y haberse quedado encerrada fuera hacía que todo fuera exponencialmente menos agradable.

Jimmy levantó la bolsa negra que llevaba en la mano como si contuviera residuos biológicos peligrosos y la dejó caer en el cubo. Luego se volvió hacia ella. Aquella mañana iba en pijama, zapatillas y una rebeca, como si acabara de salir de la cama, lugar al que Stephanie deseaba poder regresar. El atuendo le pareció extraño; siempre que se topaba con él iba completamente vestido.

—¿Qué ha pasado? —le preguntó él, al percibir su consternación.

—Que me he quedado encerrada fuera, joder. Las llaves están dentro.

—Vaya por Dios.

—Pues sí.

El ruido de los basureros al acercarse se hizo más fuerte, y agradeció no ser ella la que estaba en pijama.

—Creía que los inspectores teníais que ser organizados —bromeó él.

Aunque no era el momento adecuado, no tuvo el valor de ser brusca con él. —Solo cuando estamos de servicio. Fuera de servicio, somos un desastre. Como puedes ver...

Jimmy se cruzó de brazos y se acercó a ella, con los ojos fijos en la puerta de su casa. —¿Tienes una copia de la llave?

Ella negó con la cabeza. Ni siquiera se había puesto a pensar en lo que iba a hacer. Aún tenía que prepararse para ir a trabajar. El bolso estaba dentro. Las llaves del coche. Todo.

—¿Quieres entrar en casa para no pasar frío?

—No me queda más remedio —respondió ella—. Tendré que llamar a un cerrajero.

. . .

Era la primera vez que entraba en casa de Jimmy. La había invitado varias veces a tomar un té o un café, pero ella siempre se había negado. No porque él no le cayera bien o no se fiara, sino porque, la mayoría de las veces, el trabajo se interponía y, para cuando volvía a casa o estaba lista para pasarse, o bien era demasiado tarde para tomar cafeína, o bien estaba hecha polvo y solo quería aislarse del mundo. Sus horarios nunca habían coincidido hasta ese momento.

Su casa era modesta, bien conservada y cuidada para alguien de su edad que vivía solo. La condujo a la cocina, en la parte trasera de la propiedad, y encendió el hervidor de agua. La distribución era casi idéntica a la suya, y sintió una extraña familiaridad al moverse por la cocina. Aunque, por supuesto, todo estaba invertido, así que, cuando se acercó a lo que creía que era la nevera, se encontró con el horno.

—Será mejor que llames al cerrajero de inmediato —dijo él, con su voz suave apenas audible por encima del ruido del hervidor—. Podrían tardar horas en mandar a alguien.

—¿Conoces a alguien? Si no, tendré que buscar en Google.

Él se rascó la nuca. —Puedo probar con mi hijo. Es un manitas para esas cosas. Quizá conozca a alguien que conozca a alguien, y se asegurará de que no te timen.

No quería causarle molestias. —No te preocupes. Seguro que encuentro a alguien. Internet existe por algo.

Tras unos minutos buscando y llamando a varios cerrajeros, al final encontró uno que podía estar en su puerta en menos de una hora.

—¿Te importa que espere aquí? —preguntó, tomando un gran sorbo de su bebida—. ¿O tienes que ir a algún sitio?

Jimmy miró su reloj. —Tenía una partida de petanca a las nueve, pero seguro que puedo quedarme un rato.

—¿Seguro? Te ofrecería sentarme en mi coche, pero es que ni siquiera tengo las llaves. —Dejó la taza en la encimera y gimoteó—. Qué frustrante. Siento todo esto.

—Todo pasa por algo.

—¿Por qué razón?

Él se encogió de hombros. —Quizá te has evitado un accidente en la carretera, o has impedido caerte por las escaleras. Nunca se sabe.

Ella se rio entre dientes. —Has estado viendo demasiadas películas de terror.

Una pequeña sonrisa se dibujó en su rostro. —La vida ya es bastante aterradora. A veces es bueno recordarte a ti mismo que siempre puede ir a peor.

Y vaya si lo sabía. Había visto el lado más oscuro de la humanidad y, a cada paso, se preguntaba si aquello podía volverse aún más malvado, más letal. Y cada vez se sorprendía al descubrir que sí, que podía.

Justo cuando iba a responder, el móvil le vibró en la mano. Contestó de inmediato, esperando que fuera el cerrajero para decirle que estaba en camino.

En cambio, era Giles.

—Buenos días, jefa —dijo él—. Espero que no le importe la llamada.

—Tranquilo.

—Es solo que todavía no está en la oficina, como de costumbre.

No hace falta que me lo recuerdes.

—¿Hay algún problema? —preguntó ella.

—Posiblemente. —Lo oía mascar chicle al otro lado—. Hemos recibido otra llamada esta mañana para decir que ha vuelto a pasar.

—¿El qué?

—Ha aparecido otro globo, jefa.

CAPÍTULO
DOCE

Steph tardó más de tres horas en entrar en su casa. La mayor parte de ese tiempo la pasó en casa de Jimmy esperando a que llegara el cerrajero. Cuando por fin apareció, con más de una hora y media de retraso, ni siquiera tuvo el descaro de disculparse. Al final, el trabajo le llevó solo veinte minutos: cambió la cerradura, le entregó un nuevo juego de llaves y se marchó, dejándola con prisas y con un agujero considerable en el bolsillo. Aun así, no había tenido tiempo para quejarse ni para pensar en ello; le había dicho a Giles que quería estar presente con las últimas víctimas del allanamiento. El hecho de que fuera el segundo incidente en dos noches le daba motivos para preocuparse. Era demasiada coincidencia para que se tratara de un globo perdido.

Había algo más en juego.

Le dio vueltas a las posibilidades mientras conducía hacia la casa de la segunda víctima. Al llegar, se encontró a Giles esperando en su coche.

Los propietarios de la casa pareada de cuatro dormitorios en Merrow eran el señor y la señora Whitaker. La señora Whitaker, que se presentó como Gemma, abrió la puerta ataviada con un vestido de flores que le llegaba a los tobillos y que estaba pasado de moda. Su pelo parecía recién peinado, y sus muñecas, orejas y cuello brillaban con joyas de diamantes. Steph se preguntó si sería el tipo de persona que adquiere una nueva joya hecha a medida para cada día de la semana.

—Usted habló conmigo por teléfono —empezó Giles—. Y esta es la inspectora Broadbent.

—Puede llamarme Stephanie.

—¿Por qué han tardado tanto?

La voz, cargada de desprecio, provenía de detrás de Gemma Whitaker. Un instante después, apareció un hombre de aspecto cuidado, con el pelo rubio y corto y un rostro afilado y anguloso, vestido con un polo blanco de Ralph Lauren. Tenía toda la pinta de ser el tipo de persona con una gran cartera de inversiones que revisa con frecuencia en el tren, presumiendo sutilmente ante quienes le miran por encima del hombro.

—Este es mi marido —dijo Gemma.

El hombre no dijo su nombre. En vez de eso, se cruzó de brazos con el rostro contraído por la rabia. —Hemos estado esperando casi cuatro horas a que aparecieran. Estamos a solo veinte minutos en coche. Es inaceptable. ¿Por qué han tardado tanto?

Gemma le dio un golpecito en el estómago a su marido con el dorso de la mano. —Ya está bien, Trent —dijo—. Es suficiente. Ya están aquí.

—Pues no me hace ninguna gracia. —Trent se volvió hacia Stephanie, que mantuvo una expresión neutra, aunque el resentimiento había empezado a bullir en su interior. Se dio cuenta de que aquel capullo engreído en particular iba a causarle un sinfín de problemas—. ¿Es usted la que está al mando?

—Stephanie Broadbent. Encantada de conocerle.

Él no aceptó su ofrecimiento de estrecharle la mano. Con un bufido y un gruñido, les dio la espalda y los condujo al salón, donde encontraron a una niña pequeña, de no más de seis o siete años, sentada frente al televisor. Su atención, sin embargo, estaba centrada únicamente en el iPad que tenía en las manos. Stephanie la observó durante unos instantes, desconcertada por la rapidez con la que la niña se desenvolvía en su juego.

—Esta es Layla —dijo Trent, mientras Gemma se sentaba junto a su hija, acariciándole el pelo.

—Hola, Layla —dijo Stephanie—. ¿Cómo estás hoy?

Ninguna respuesta.

—Está muy afectada —la defendió Trent.

O eso, o está demasiado ocupada con su juego para darse cuenta de que estamos aquí.

—¿Y quién puede culparla? —continuó Trent—. Lo que le ha pasado es aterrador. Hemos tenido que sacarla del colegio.

Stephanie se giró hacia Giles y se alegró de ver que el agente ya estaba sacando su libreta del bolsillo. Empezó a hablar, segura de que él estaba apuntando todo lo que se decía entre ellos.

—Cuéntenme qué ha pasado —dijo.

Trent se encargó de explicar la situación. —Cuando me he levantado esta mañana para ir a trabajar, he entrado en la habitación de Layla y he encontrado un globo flotando junto a la cama. La he despertado y, cuando le he preguntado de dónde lo había sacado, no tenía ni idea. Yo no lo he puesto ahí. Gemma tampoco.

—¿Y sospechan que lo hizo otra persona?

—¡Pues claro! —Su voz subió unos decibelios, rebotando en las paredes diseñadas para una acústica perfecta—. Si no, ¿cómo habría llegado hasta ahí?

—¿Tienen el globo ahora?

Él negó con la cabeza. —Explotó. Por accidente.

—¿Dónde están los restos?

—En la basura —interrumpió Gemma.

Stephanie suspiró. Si había alguna posibilidad de encontrar ADN en el globo, ahora había desaparecido.

—¿A qué hora se acostaron anoche?

—Sobre la medianoche —contestó Trent—. Soy el último en cerrar todo.

—¿Y lo hizo?

—¿El qué?

—Cerrar todo.

—Pues sí, *obviamente* que lo hice.

Obviamente. Porque lo hizo tan bien que alguien había entrado en su casa, había subido las escaleras sigilosamente y había dejado un globo junto a la cama de su hija.

—¿Cuántas puertas tienen en la planta baja?

—La de la cocina, la de la entrada y la trasera. Eso es todo.

—¿Y estaban todas cerradas? ¿Las ventanas también?

Trent asintió, manteniendo la mirada fija en Stephanie.

Justo cuando ella iba a hablar, Giles intervino. —Anoche llovió. Si alguien hubiera entrado, habría dejado huellas o alguna prueba. ¿Vieron algo?

Trent miró hacia las puertas del patio trasero y luego negó con la cabeza. —No. Pero eso no significa que no haya ocurrido.

—Nadie dice eso, señor Whitaker —respondió Stephanie con calma—. ¿Oyeron algo durante la noche? ¿Algún ruido, quizás?

—El viento soplaba con fuerza y la lluvia me mantuvo despierto, y fui a mear sobre las tres, pero aparte de eso, no oí nada.

Steph se volvió hacia Gemma, que seguía acariciando el pelo de su hija. Levantó la vista hacia Stephanie y negó con la cabeza.

—¿A qué hora descubrieron el globo?

—A las seis, después de despertarme.

—¿Así que en algún momento entre la medianoche y las seis de la mañana, el globo apareció?

Trent levantó la mano y empezó a mover el dedo hacia ella. —No, no, no. No lo diga *así*. No haga que parezca que los locos somos *nosotros*. No apareció milagrosamente. Alguien lo puso ahí. Alguien entró en nuestra casa —no sé cómo, pero lo hizo—, luego fue a la habitación de mi hija y lo dejó allí. Ese no es un comportamiento normal. Con razón estamos muertos de preocupación. Si nuestro hogar no es seguro, ¿entonces dónde lo estamos?

Stephanie intentó mantener la calma. Comprendía perfectamente las quejas y preocupaciones de Trent; lo que no le gustaba era la forma en que las expresaba. Dirigió su atención a la niña sentada en el sofá, todavía absorta en los colores que se movían en su pantalla.

—Oye, Layla —empezó—. Encantada de conocerte. ¿Recuerdas algo del globo que encontraste en tu habitación esta mañana?

Ninguna respuesta. Steph se volvió hacia Gemma. —¿Podemos quitarle la tableta?

El rostro de Gemma se contrajo, como si la idea de quitarle la pantalla a su hija fuera tan absurda como pedirle que le cortara una de sus extremidades. Finalmente, le arrebató el dispositivo a la niña.

—Contéstale a la señora —dijo Gemma para defenderse de las protestas inmediatas de Layla—. Ha venido a ayudarte.

Layla se cruzó de brazos y bufó, arrugando la cara. Era tan engreída como sus padres.

—¿Qué recuerdas de anoche, Layla? ¿Viste u oíste a alguien entrar en tu habitación?

La niña negó con la cabeza. —Solo cuando papá entró a darme un beso. —Se giró hacia Gemma—. ¿Puedo recuperar el iPad ya?

Gemma miró a Stephanie, como pidiendo aprobación. Ella se la dio con una ligera inclinación de cabeza. En cuestión de segundos, la niña quedó sorda al mundo, transportada a otro planeta. Stephanie retrocedió un paso y comenzó a inspeccionar las esquinas del techo.

—No he visto ninguna cámara fuera de la casa. ¿Tienen algún tipo de seguridad o circuito cerrado de televisión?

Trent negó con la cabeza. —Lo tendremos después de esto. ¿Qué pasa ahora? —Se acercó a ella. Fue un movimiento sutil —unos centímetros acompañados de una inclinación—, pero la intención era clara.

Stephanie enderezó la espalda y tensó los hombros, manteniéndose firme. —Necesitaremos llevarnos los restos del globo para analizarlos en busca de ADN, además de traer a la policía científica para que examine la habitación de su hija. También necesitaremos muestras suyas para poder descartarlos de la investigación. Ahora bien, como no tienen ninguna medida de vigilancia en casa, va a ser increíblemente difícil encontrar a la persona responsable, a menos que, por supuesto, tengamos suerte con el ADN y algún rastro...

—*Tienen* que encontrarlos.

—¿Perdón?

—*Tienen* que encontrar a la persona que ha hecho esto. No voy a permitir que alguien entre en la habitación de mi hija y la aterrorice. ¡Es una niña!

Stephanie levantó una mano para aplacar al hombre. —Lo entiendo. Y haremos todo lo posible para...

—¿Cuánto tiempo? ¿Cuánto tardarán en tener los resultados?

—Puede tardar semanas.

—¿Semanas? Es inaceptable. ¿Cómo es que yo puedo conseguir pruebas de ADN en cuarenta y ocho horas por internet?

Ella ignoró la pregunta.

—Así funcionan las cosas.

—Tonterías. Usted es la inspectora. Seguro que hay hilos de los que puede tirar. Siempre que quiero que se haga algo en el trabajo, solo tengo que pedirlo y lo consigo. ¿Por qué no funciona igual con usted?

Admiraba su optimismo, pero le costó reprimir la sonrisa que se dibujaba en su rostro. —Como le he dicho, traeremos a un equipo tan rápido como podamos y...

—¿Así que pueden tardar otras cuatro horas en llegar? —Lanzó las manos al aire y se giró hacia su mujer—. Esto es increíble.

—Señor Whitaker —dijo Giles, dando un paso adelante. Su tono era suave, medido, y su presencia física intimidó ligeramente a Trent—. Nos estamos tomando este incidente muy en serio. Pero tiene que entender que hay procedimientos y obstáculos internos que debemos superar. Tiene mi palabra de que haremos todo lo posible para encontrar a la persona responsable.

La expresión de Trent se endureció. —Quiero su número de móvil.

—¿Perdón? —respondió Giles de repente.

—El suyo no. El de ella. Es la de mayor rango. Quiero una línea de comunicación directa entre ella y yo.

CAPÍTULO
TRECE

Stephanie cerró la portezuela del coche a su espalda y exhaló profundamente. Estaba en su espacio seguro y cerrado. Protegida. Rodeada de silencio, salvo por el sonido de su propia respiración.

Un instante después, el silencio fue roto por Giles, que abrió la puerta del copiloto y se metió dentro. Su corpulencia hizo que el coche se hundiera unos centímetros antes de que cerrara la puerta y se girara hacia ella.

—¿Qué haces en mi coche? —preguntó ella, soltando un suspiro de alivio al darse cuenta de que no había pruebas de sus visitas a restaurantes de comida rápida. Aun así, el coche seguía hecho un desastre, con el espacio para los pies lleno de botellas vacías de agua y Pepsi.

—He pensado que podríamos charlar —dijo él, metiéndose un chicle en la boca.

—Solo si escupes eso primero —respondió ella—. No soporto el ruido.

Su expresión decayó, como si acabaran de reprenderlo. Arrancó un trozo del envoltorio, se sacó la masa blanca de la lengua y la envolvió.

—Lo siento, jefa. No sabía que le molestaba.

—¿Por qué mascas tanto chicle? ¿Es que Alex Ferguson era tu héroe de pequeño?

Giles se estremeció visiblemente. —No vuelva a mencionar el nombre de ese hombre delante de mí nunca más. Soy de los *reds*, pero no de esos. Me hizo la vida imposible cuando era pequeño.

Ella no tenía ni idea de lo que él hablaba, ya que sentía poco interés por el fútbol o, en realidad, por cualquier deporte. Alex Ferguson era prácticamente el único nombre que reconocía en ese mundo. El suyo y el de David Beckham, por supuesto.

—¿Esto no puede esperar a que volvamos a la oficina? —preguntó Steph.

Giles se encogió de hombros. —He pensado que podría dirigirlo yo esta vez. Asumir más control. He estado buscando una distracción de Eve, y siento que a esto sí que puedo hincarle el diente.

No lo culpaba. Todos buscaban una distracción.

—No tengo ningún problema con eso —dijo—. Pero no tendrás el control total. Te daré directrices, pero, cada vez que creas que has dado con algo, me lo comentas y yo te aconsejaré.

Desde los sucesos relacionados con el reinado del Asesino del Vudú, Stephanie había vuelto a aprender a ser inspectora. Había aprendido a confiar en su equipo, a delegar mejor y a creer que sabían lo que hacían. Todavía no lo había conseguido del todo, pero estaba progresando. Y la gratitud de Giles por su decisión era evidente por la radiante sonrisa que se dibujó en su rostro, como si acabara de ganar el oro en el día del deporte escolar.

—¿Qué piensas hasta ahora? —preguntó ella—. ¿Qué te dice tu opinión profesional?

—No creo que sean incidentes aislados. Creo que alguien está haciendo esto por alguna razón, y puede que haya muchos más globos por venir. Lo único que me cuesta entender es el *porqué*. No rompe nada, no roba nada, no toca nada y ni siquiera intenta secuestrar a las niñas. Solo deja el globo.

—A lo mejor las observa mientras duermen —sugirió ella.

—¿Qué le hace decir eso?

Se encogió de hombros. —Es lo que más sentido tiene. ¿Qué gratificación obtendrían arriesgándose a que los pillen solo para dejar un globo? Me temo que quienquiera que esté haciendo esto las está observando mientras duermen, ejerciendo algún tipo de control sobre ellas de algún modo.

Giles tragó saliva. —¿Cree que podría haber algo..., algo más siniestro detrás?

Comprendió lo que él estaba insinuando, pero le asustaba demasiado decirlo en voz alta.

—No sabremos si hay restos de eyaculación en la escena del crimen hasta que los de la científica hayan entrado. Pero, ahora mismo, no sé qué pensar. Mi única preocupación son los padres. ¿Cómo eran los padres de la primera víctima?

Una sonrisa de complicidad cruzó el rostro de Giles. —Exactamente iguales. Insistentes. Desesperados.

—Tendremos que estar atentos a eso —dijo ella—. Lo último que necesitamos es que se presenten en la oficina exigiendo respuestas.

—Soy yo el que se ha jugado el cuello al darle mi palabra.

—Sí, pero al menos no le diste tu número.

—Asegúrese de que no empiece a hacerle *sexting* ni a enviarle fotos de su pene, jefa. O, si lo hace, al menos déjeme estar presente cuando lo detenga.

Stephanie rio entre dientes al pensar en llegar a la casa para detener a Trent Whitaker. Se dio cuenta de que la idea le gustaba bastante, excepto por lo de la pornografía no solicitada, claro.

Giles abrió la puerta del coche para marcharse, pero Steph lo detuvo.

—De hecho, ya que estás aquí —empezó ella—, quería preguntarte una cosa.

—¿Ah, sí?

—El inspector Lafferty... ¿Has notado algo diferente en él últimamente?

Giles se detuvo un momento y luego negó con la cabeza. —No sabría decirle, jefa. Sigue siendo un capullo. ¿Por qué lo pregunta?

—Por nada.

—Creo que se ha estado tomando todo el asunto de Eve como algo personal. Sé que se culpa a sí mismo por lo que le pasó.

«Lo sé», pensó Steph. «No es el único».

CAPÍTULO
CATORCE

Llevaba los últimos cinco minutos sin mirar la pantalla. En realidad, llevaba sin prestar atención incluso más tiempo. No tenía ni idea de qué estaban hablando: alguna cuestión de política interna o asuntos presupuestarios. Era algo que no le interesaba en lo más mínimo. Pero, en ausencia del inspector jefe McGowan, se había visto obligada a asistir.

Palabras como «ingresos», «gastos», «contingencia» y «previsión» habían volado de un lado a otro como si fueran pelotas de tenis, pero ella seguía completamente perdida. Esperaba que no se esperase de ella que tomara notas, no solo de esa reunión, sino de todas las demás programadas para la semana siguiente; de lo contrario, solo tendría lo suficiente como para rellenar una tarjeta de cumpleaños.

McGowan solo llevaba tres días fuera y ya se había dado cuenta de lo soporífero y poco interesante que era el trabajo de inspectora jefa. Sentarse detrás de su escritorio, firmar prórrogas para los sospechosos, supervisar presupuestos y limitaciones de personal. Era un campo de minas en el que no quería entrar. Todavía era joven y no veía ninguna razón para ascender más. Había trabajado duro para llegar a donde estaba, había demostrado a mucha gente que se equivocaba en el proceso y, por el momento, quería seguir haciéndolo.

Nunca digas nunca, pero por ahora, mientras estaba allí sentada, con los ojos cada vez más pesados, pensando en la lata que tenía en la mesilla de noche e imaginándose acurrucada junto a Bart, se dio cuenta de que era feliz en el peldaño de la escalera que le correspondía.

Stephanie salió bruscamente de su ensimismamiento cuando oyó que la llamaban por su nombre.

Sobresaltada, movió el cursor hacia el icono de la cámara e hizo clic.

Un instante después, su foto de perfil le devolvía la mirada, como si hubiera estado allí todo el tiempo.

—¿Sí? —preguntó con cautela, rezando para que no fuera el momento de un examen sorpresa.

—¿Algo que añadir por su parte, en lugar de Clive?

La pregunta procedía de un director de operaciones. Alguien a quien no conocía y a quien dudaba que llegara a conocer jamás.

Con torpeza, respondió: «No. Nada más que añadir por mi parte», y rápidamente apagó la cámara. El corazón le martilleaba en el pecho y soltó una larga espiración. Por los pelos; casi la habían pillado sin prestar atención.

Unos instantes después, todos se despidieron y abandonaron la reunión virtual. Mientras Stephanie cerraba la tapa del portátil, su móvil vibró sobre la mesa.

Número desconocido.

¿Sería alguien de la llamada que acababa de terminar para hacer un seguimiento, o sería *spam*?

Fuera como fuese, contestó con cautela, con la mente todavía absorta en la videollamada.

—Inspectora Broadbent, dígame —dijo.

—¿Es usted Stephanie?

Reconoció la voz y sintió un pavor inmediato.

—Sí, soy yo.

—Bien. Me alegra ver que me dio el número correcto y no uno falso. Soy Trent Whitaker. La llamo para saber qué ha hecho respecto al allanamiento y al globo que dejaron en la habitación de mi hija.

Steph miró rápidamente el reloj. No habían pasado ni dos horas desde que Giles y ella se habían marchado de casa de los Whitaker.

—He hablado con alguien del equipo de investigación de la escena del crimen y deberían estar en su propiedad antes de que termine el día —explicó.

—¿Antes de que termine el día? Eso no sirve de nada. Necesitamos a alguien aquí ahora.

—Con el debido respeto, señor Whitaker, esa gente está muy ocupada. Puede que tengan otros compromisos. Irán en cuanto puedan.

El hombre hizo audible su descontento a través del teléfono.

—¿Qué más ha logrado?

Stephanie cogió el collar de su madre y empezó a juguetear con él alrededor del cuello.

—También hemos enviado el globo contaminado al laboratorio. Y sí, he recalcado la importancia de que lo analicen rápido.

Oyó cómo se apartaba el teléfono de la cara y repetía en un susurro lo que ella acababa de decir. Una voz femenina, probablemente su mujer, respondió.

—Eso no es suficiente —concluyó él—. Creo que podría estar haciendo mucho más. No quise decirlo antes, pero soy un hombre de influencias y estoy acostumbrado a conseguir todo lo que quiero.

—De eso ya me había dado cuenta —apuntó ella con sorna.

—Debe de haber otros hilos de los que pueda tirar.

—Estamos haciendo todo lo que podemos. Tengo a mi equipo trabajando en ello.

—No, no lo están haciendo. No he visto que se haya publicado nada en las redes sociales oficiales de la policía de Surrey. Podrían difundirlo por ahí. —Hizo una pausa, como si de repente se le hubiera ocurrido una idea—. Voy a llamar a la prensa. Conozco muy bien al director, hemos jugado al golf juntos varias veces. Estoy seguro de que puede dar más visibilidad a esto y correr la voz.

—Señor Whitaker —empezó ella con toda la calma que pudo reunir—, de verdad que no es necesario que haga eso. Por favor, confíe en que lo resolveremos. Como le he dicho, tengo un equipo trabajando en ello. Haremos todo lo posible para llevar al responsable ante la justicia.

—Sé que lo hará —dijo Trent—. Su compañero me dio su palabra.

La única persona a la que odiaba más que a Giles en ese momento era a sí misma por haberle dado su número de móvil a aquel capullo insufrible.

CAPÍTULO
QUINCE

El televisor parpadeaba frente a ella, con formas borrosas latiendo en el borde de su campo visual, pero Stephanie no estaba mirando. Lo había encendido para tener un ruido de fondo que ahogara el silencio. Sentada en el sofá en su postura habitual —hecha un ovillo en una esquina, con las rodillas pegadas al pecho—, sentía como si estuviera protegiéndose los órganos vitales, igual que hacía en su infancia. A su lado, sobre el reposabrazos, estaba la caja de hojalata, con su contenido cuidadosamente dispuesto sobre un cojín. En la mano sostenía una fotografía de su familia, todos sonriendo a la cámara. Una mezcla de emociones se agitaba en su interior. Por un lado, le molestaba la mentira y el engaño que la fotografía representaba: que eran una familia feliz, que no había ninguna oscuridad acechando bajo la superficie. Por otro, le evocaba *algunos* recuerdos felices, momentos fugaces de sus primeros años, antes de que empezaran los gritos y las palizas. Estaba segura de que su padre había sido un hombre amable en algún momento, pero los recuerdos de aquella época breve, casi inexistente, en la que él formó parte de su vida, habían quedado enterrados tan profundamente que parecían jirones de niebla, imposibles de atrapar.

Sin embargo, un recuerdo afloró con una especie de cariño indiferente: la hora de dormir. Debía de tener tres o cuatro años, arropada en la cama mientras mamá y papá le leían antes de que se quedara dormida. Todos estaban felices, sonrientes, llenos de amor los unos por los otros. Una época anterior a la llegada de Kimberley a sus vidas.

Stephanie no podía asegurar si el nacimiento de su hermana había marcado un punto de inflexión en la historia de su familia, pero no creía que fuera una coincidencia que los maltratos empezaran por la misma época.

Miró la imagen de su hermana un momento más antes de dejar la fotografía en el cojín y coger la pulsera de dijes. Pasó los dijes entre sus dedos como si fuera un rosario, dejándose llevar por los pensamientos de tiempos mejores, de la calidez de su madre y la sonrisa que adornaba su rostro cuando le había dado la pulsera por primera vez.

Cuánto anhelaba volver a ver esa cara.

Poco después, su teléfono empezó a sonar, y la imagen de su madre se desvaneció, reemplazada rápidamente por el rostro de un actor en el televisor. Inclinándose hacia delante, cogió el teléfono de la mesita de centro y miró la pantalla.

Louis Brown, redactor jefe del *Surrey Live*, el medio de noticias local. Cuando entró en la policía de Surrey, había esperado tender puentes entre las dos organizaciones, pues creía que su relación debía ser simbiótica. Pero después de los acontecimientos de su caso anterior, que involucraban a un sádico asesino en serie que dejaba muñecos de vudú en cada escena del crimen, se había sentido traicionada por Louis y, desde entonces, lo había mantenido a distancia.

Ahora que Trent Whitaker sin duda se había puesto en contacto con él, sabía que querría volver a entrar en el círculo.

—Buenas noches, Louis —dijo ella—. ¿Tenéis relojes en tu oficina?

—El mundo del periodismo nunca duerme —replicó él con un deje de ego en la voz—. Acabo de tener una charla interesante con un amigo mío.

—¿Era de Devon? —respondió ella con sorna.

—Casi. Un viejo compañero de golf. Me ha comentado que anoche entraron a robar en su casa y que dejaron un objeto extraño en la habitación de su hija.

—Un globo no es precisamente algo extraño en la habitación de una niña. Si fueran unos alicates o una pala de jardinería, entonces quizá. Pero un globo...

—Quería que lo investigara un poco —continuó Louis—. Dijo que usted y el equipo no estaban haciendo lo suficiente.

Se miró el reloj.

—No han pasado ni doce horas.

—Trent es un hombre importante. Está acostumbrado a salirse con la suya.

Soltó un profundo suspiro mientras seguía frotando la pulsera de dijes que tenía en la mano.

—Eso no paran de decírmelo. ¿Qué quieres de mí?

—Una declaración.

—¿Para qué? Entran a robar en casas todo el tiempo. Que Trent tenga un ego desmedido y piense que, porque conoce a alguien que conoce a alguien, su caso se va a resolver más rápido, no significa que vaya a ser así.

—Tienes razón —replicó Louis—. En las casas *se* entra a robar todo el tiempo. Pero no todos los días se encuentran globos en los dormitorios de las hijas, ¿a que no? Vamos, Stephanie. Pensé que nos ayudábamos mutuamente. ¿Me estás diciendo que no hubo otro incidente similar la noche anterior?

Dejó de juguetear con la pulsera. Su mente empezó a dar vueltas.

—¿Dónde has oído eso?

—Tengo un equipo que puede averiguar cosas bastante rápido, sobre todo si saben dónde buscar. Las redes sociales son una maravilla hoy en día...

—No quiero sembrar el pánico —dijo ella con firmeza—. Si la gente piensa que hay un intruso en serie suelto, no quiero que nadie salga herido.

—¿Así que prefieres que sigan entrando y aterrorizando a estas niñas?

—No estoy diciendo eso. Simplemente me gusta tener el control de lo que se publica. —Soltó otro hondo suspiro—. Al menos..., al menos di solo que estamos investigando la posibilidad de que exista una conexión entre los incidentes. Dame veinticuatro horas.

—¿Para qué?

—Para darle a mi equipo tiempo suficiente para hacer su trabajo.

Una pausa.

—Vale. Solo porque has pasado por mucho, Steph. Pero recuerda, después de esto, me debes una.

CAPÍTULO
DIECISÉIS

E l bostezo se le escapó de los labios a pesar de sus esfuerzos. El sueño la había eludido la mayor parte de la noche mientras daba vueltas en la cama, pensando en el hombre que entraba en los dormitorios de los niños y los observaba mientras dormían, igual que solía hacer su padre. Cuando se despertó esa mañana, casi esperaba encontrarse un globo atado a los pies de la cama con su padre flotando a su lado, con una sonrisa lasciva en la cara.

De la misma manera que solía hacer en mitad de la noche antes de que empezaran los tocamientos y los masajes...

Steph se llevó la taza de café a los labios y dio un sorbo largo. Era el segundo de la mañana y, sin embargo, apenas le hacía efecto. Sospechaba que el café de la máquina de la oficina estaba aguado o que, como mínimo, tenía la mitad de la intensidad que debería. Pero tendría que conformarse; no le apetecía gastarse una cantidad exorbitante en café para llevar todos los días.

Ante ella estaba sentado el pequeño equipo que había reunido para ayudar a Giles con la investigación: el sargento Devon Lafferty, que la sustituía mientras ella estaba ausente por sus funciones de inspectora jefa, y la agente Fiona Griffiths. Mientras tanto, la agente Olivia Willard y el sargento Noah Mackenzie permanecían a la espera, listos para ser requeridos en cualquier momento. Ambos hombres parecían cansados, pero por motivos distintos: los ojos de Devon estaban inyectados en sangre y ligeramente vidriosos, mientras que las arrugas del rostro de Giles estaban profundamente marcadas por el estrés y la preocupación.

—No he recibido ninguna llamada esta mañana —empezó ella—, así que supongo que anoche no hubo ninguna entrada, ¿verdad?

Giles negó con la cabeza. —Que no haya entradas es buena señal, como suele decirse. Me conformo.

—Crucemos los dedos para que solo sean dos incidentes aislados entonces. Nada más. ¿Qué progresos hizo usted ayer?

Giles no necesitó consultar sus notas; lo relató todo de memoria. —Las muestras de los globos están en el laboratorio. Dicen que podríamos tardar una semana en tener resultados, y eso para ambas muestras. El análisis de ADN podría llevar más tiempo. He procesado todas las huellas de las víctimas y de los padres en el IDENT1. El único problema es que las huellas que encontró la policía científica en las puertas traseras, las puertas de la cocina y las ventanas coincidían con las de los padres. Así que, o el intruso no usó esas puertas y bajó por la chimenea como una especie de Papá Noel malvado, o llevaba guantes. En cualquier caso, no nos ayuda.

—¿Indicios materiales?

—Están en el laboratorio, pero tardarán en procesarlos y solo serán útiles cuando tengamos algún sospechoso.

Steph miró rápidamente a Devon, que intentaba, sin éxito, parecer interesado. —¿Y cómo vamos en ese frente?

Giles abrió su paquete de caramelos de menta, se metió uno en la boca y se rascó la nuca. —No muy bien, si le soy sincero. He tenido más suerte pescando en la bañera de mi casa que con esto. Pasé la mayor parte de la tarde hablando con los vecinos de ambas víctimas —con algo de ayuda de los agentes de uniforme, eso sí— y nadie vio nada. Como era de esperar, estaban todos durmiendo. Pensaba que habría al menos una persona nocturna vigilando, pero resulta que son todos unos sosos y se van a la cama superpronto para poder levantarse a trabajar superpronto.

—No es diferente a lo que hacemos nosotros.

—Ya, pero me gusta pensar que hay gente por ahí que se queda despierta hasta las tantas jugando a videojuegos. Es un arte en extinción.

Stephanie se tomó un momento para considerar lo que Giles había dicho, sobre la investigación, no sobre los jugadores de videojuegos nocturnos o los que se daban atracones de Netflix.

—¿Alguno de los vecinos de las víctimas tiene timbre con cámara o grabaciones de seguridad?

Giles negó con la cabeza. —Todos se hacen eco de la opinión de Laura Wednesday, creían que vivían en un buen barrio, así que nunca vieron la necesidad de instalar cámaras.

Imaginó que eso estaba a punto de cambiar.

—¿Ha comprobado si hay alguna conexión entre las dos víctimas? —preguntó—. ¿Si van al mismo colegio, club o médico?

Los ojos de Giles se abrieron de par en par por la vergüenza mientras negaba con la cabeza.

—Ahí lo tiene, una lección para usted. Algo en lo que pensar la próxima vez. Conviértalo en una prioridad para hoy. Yo también le ayudaré. Y si recibe alguna llamada o acoso de Trent Whitaker, envíemelo a mí. Ya me ha llamado de parte de *Surrey Live*, que nos piden más información. Si no tenemos cuidado, podría amenazar con contarlo todo.

—Suena delicioso —dijo Giles con sarcasmo.

—Por un segundo, pensé que era Devon el que estaba filtrando nuestros secretos. Resulta que me equivocaba.

Al oír su nombre, el sargento levantó la cabeza y la miró, confuso.

—No tengo nada que ver, señora. Me he estado portando muy bien.

—¿Por eso se ha dado un capricho estos últimos días?

—¿Eh?

Stephanie se volvió hacia Giles, confirmó que habían terminado la conversación y luego le pidió a Devon que la siguiera a su despacho. El hombre la siguió con desgana, con los hombros encorvados como si algo lo arrastrara hacia abajo.

Ella le sujetó la puerta para que pasara y luego la cerró con cuidado. Él se tomó la libertad de sentarse y ella se sentó enfrente, entrelazando los dedos. Observó su expresión cansada y agotada, que él se esforzaba al máximo por disimular.

—Hable conmigo, Devon.

—¿Sobre qué?

—Sobre cómo van las cosas. Sobre cómo está usted.

—¿A qué viene esto?

—Sé que la muerte de Eve fue dura para todos, pero estoy preocupada por usted. Ha estado diferente.

—¿Puede culparme? —había una acusación en su tono.

—Por supuesto que no. Pero no he visto ni oído que esté asistiendo a ninguna sesión con el psicólogo.

—Porque no las necesito —replicó él.

Stephanie lo observó atentamente: la forma en que sus dedos jugueteaban entre sí, la forma en que miraba hacia su regazo, la forma en que se esforzaba por parecer estoico mientras sus defensas estaban claramente a media asta.

—¿Seguro que está bien? —preguntó de nuevo, ahora con más suavidad.

—He dicho que estoy bien.

—¿Ha estado bebiendo?

Sus ojos se clavaron en los de ella, afilados. Una combinación de ofensa y defensa. —No soy estúpido, Steph. Conozco las reglas. No vendría a trabajar borracho. Lo del otro día fue algo puntual. Se lo dije, fui al pub con unos amigos y se me fue la mano con las copas. Aun así, conseguí hacer todo mi trabajo.

Un largo silencio se extendió entre ellos mientras ella esperaba que él diera el primer paso.

—Es solo que todo lo que está pasando en casa... me está pasando factura —continuó—. Por eso he estado tan distraído. Pero mejoraré. Saldré de esta. Lo solucionaré.

Ella no le ofreció compasión; sabía que no la aceptaría si lo hacía.

—¿Quiere hablar de ello?

Él negó con la cabeza. Eso era todo lo que iba a conseguir por ahora.

—Usted no es un robot, Devon. Se le permite dejar que estas cosas le afecten.

Un encogimiento de hombros. —No, pero soy policía. Y nosotros seguimos adelante.

Y si no podemos, buscamos la manera de ocultarlo.

Ella se inclinó hacia delante. —Sé que solo han pasado unas pocas semanas, pero a mi pesar, lo considero un amigo. Y me preocupo por usted. No solo en un sentido profesional, sino también personal. Usted está justo por debajo de mí en el escalafón, así que necesitamos tener una relación cercana. Si algo no va bien, si algo le preocupa, *quiero* saberlo. No solo como su supervisora, sino como alguien a quien le importa una mierda.

Él la miró entonces, sosteniendo su mirada firmemente en la de ella. Por un momento, pensó que estaba a punto de sincerarse, de abrir su corazón. Pero entonces algo en su expresión cambió y se replegó en sí mismo.

—Estoy bien —dijo—. Lo estoy gestionando.

CAPÍTULO
DIECISIETE

Mount Browne había sido la sede de la policía de Surrey durante los últimos setenta años. En los últimos años, el edificio y sus infraestructuras se habían sometido a una remodelación multimillonaria con el objetivo de modernizar tanto al equipo como al cuerpo de policía al completo. Stephanie ya se había percatado de las mejoras en todo el edificio: equipamiento de alta tecnología, mobiliario moderno y seguridad reforzada. Sin embargo, algo que se había quedado en la segunda mitad del siglo XX era la barrera electrónica situada al principio del acceso al recinto. Casi todas las mañanas se veía obligada a esperar un minuto mientras los mecanismos y engranajes se activaban lentamente para dejarla pasar. Y le pasaba lo mismo al salir. Después de su reunión con Devon, sufrió el mismo retraso frustrante.

Mientras esperaba a que se levantara la barrera, vio un coche detenerse en el lado opuesto de la carretera.

Maldijo entre dientes al reconocer al hombre que se bajaba del coche: Trent Whitaker. Aquella mañana llevaba un polo de manga larga de color rosa salmón bajo un chaleco azul marino de la marca Gant. Se acercó a toda prisa antes de que la barrera se hubiera abierto del todo, dejándola atrapada y sin escapatoria.

Stephanie bajó la ventanilla y apagó la radio.

—Buenos días, inspectora —dijo él, con una sonrisa

exasperante en la cara—. Tengo entendido que nuestro amigo en común se ha puesto en contacto.

—Sí, he hablado con él.

—¿Y qué ha pasado desde entonces? ¿Han avanzado algo? ¿Qué hay de nuevo?

La frustración bullía en su interior. —Lo mismo que ayer, señor Whitaker. Ahora, si me disculpa, tengo una reunión.

Deseó que la barrera se levantara más rápido, pero esta continuó su lento ascenso, como si se burlara de ella.

—Por favor —dijo él, cambiando de táctica—. Estamos muertos de preocupación. Anoche no pegué ojo. Me lo pasé en vela cuidando de Layla, que durmió con nosotros. ¿Sabe si le ha pasado a alguien más?

Ella apretó la mandíbula. —No hemos recibido ninguna denuncia.

—Estoy seguro de que es solo cuestión de tiempo que las recibamos. Y cuando eso ocurra, habrá otra familia a la que tendrán que dar explicaciones.

Apoyó una mano en el techo del coche de ella.

—Por favor, quite la mano de mi vehículo —dijo ella con firmeza—. Ya le he dicho en repetidas ocasiones que nos estamos ocupando de ello. Además, es bastante poco ortodoxo que se presente aquí, en la entrada de la comisaría.

—Solo intento proteger a mi familia —replicó él.

—Y está en su absoluto derecho a hacerlo, pero ahora mismo, yo diría que está haciendo más mal que bien. De hecho, me atrevería a decir que está interfiriendo en esta investigación y dificultando nuestro trabajo. Así que, por favor, denos el tiempo y el espacio necesarios para averiguar quién le hizo esto a su hija; de lo contrario, tendré que advertirle sobre la obstrucción a la justicia.

—¿Obstrucción a la justicia? Eso es ridículo. No estoy obstruyendo nada. ¡Intento *ayudar*!

Ella suspiró, miró la hora en el salpicadero y luego dijo: —Lo siento, señor Whitaker. No tengo tiempo para esto. Que tenga un buen día.

CAPÍTULO
DIECIOCHO

HG & Sons estaba situado en una estrecha callejuela del centro de Guildford, justo al lado de la calle mayor adoquinada. La oficina era pequeña, apenas lo suficientemente ancha para dos escritorios dispuestos uno detrás del otro, junto con una diminuta mesa al fondo. Sin embargo, a pesar de su tamaño, resultaba extrañamente acogedor. A Stephanie no le importaban las estrecheces; se había criado en entornos similares y se ajustaban a sus gustos. No obstante, no le gustaba la decoración: los tonos apagados que olían a conglomerado multinacional. Los escritorios eran igual de anodinos, adornados únicamente con lo esencial: la pantalla de un ordenador, una impresora, un cubilete para bolígrafos y una bandeja de documentos. En demasiados aspectos, le recordaba a su propio despacho.

Había esperado en parte encontrar estanterías repletas de libros encuadernados en piel sobre los últimos procedimientos legales, pero en su lugar, todo el trabajo jurídico de HG & Sons parecía reducirse a un archivador en el rincón del fondo.

Stephanie se sentó al otro lado del escritorio, junto a la ventana que daba a la calle, totalmente a la vista de los transeúntes y de los clientes de las tiendas independientes cercanas. Esperaba que no la viera nadie que conociera.

Peor aún, temía que Trent Whitaker o alguno de los otros miembros de la familia la hubieran seguido. No creía que les hiciera mucha gracia que atendiera asuntos personales en horas de trabajo. Sin embargo, si el asunto que el señor Rowe quería tratar era tan urgente como él afirmaba, la opinión de Trent Whitaker le importaba un bledo.

Kieran Rowe rondaba la treintena, pero tenía un aspecto juvenil, como el de alguien que acabara de terminar el bachillerato, con una cara de niño que solo las estrellas del pop podrían envidiar y una línea de nacimiento del pelo que solo tenían las mujeres. Sospechaba que su genética se había confundido en algún punto, pero siempre le sorprendía lo bien que se comunicaba una vez que empezaba a hablar.

Sobre su escritorio había una única carpeta de cartón que parecía emitir un brillo radiactivo bajo la luz artificial. Stephanie se removió en el asiento cuando sus ojos se posaron en ella. De repente, se sintió inquieta, una oleada de calor se extendió desde su estómago hasta su frente.

Kieran terminó de teclear algo en el ordenador antes de dirigirle su atención.

—Disculpe —dijo—. ¿Dónde estábamos?

—Estaba a punto de agradecerme que haya venido con tan poca antelación.

Él sonrió de medio lado. —Sí, es sorprendente lo que la frase «hay algo de lo que debe ser informada» puede hacer en la agenda increíblemente ocupada de alguien.

Se vio atrapada en su sonrisa. Él sabía que había puesto en evidencia sus pretextos, y ahora que ella le había demostrado que podía salirse con la suya, se dio cuenta de que no le quedaban más excusas.

Se dio un golpecito en el reloj. —El día sigue estando ocupado..., así que, si pudiéramos darnos prisa.

Él entrelazó los dedos y apoyó las muñecas en la mesa. Las mangas se le subieron por los brazos, revelando un Rolex azul oscuro que brillaba bajo las luces. —Hemos terminado de revisar el patrimonio de su padre.

Ella miró al otro empleado de la oficina. Ahora le tocaba a ella pillarlo en el farol. —¿Hemos?

—Está bien, *yo*. He terminado de revisar el patrimonio de su padre, y había algo de lo que pensé que debería ser informada.

—Eso ya lo ha dicho.

—Resulta que tenía algo de dinero guardado en bonos prémium, una cantidad bastante considerable de unas diez mil libras. En su testamento —que me sorprende que tuviera, dado todo lo que he oído de él— le dejó todo ese dinero directamente a *usted*. La nombró beneficiaria directa de esa suma concreta de dinero.

—No lo quiero —dijo ella involuntariamente, como si se hubiera activado un resorte—. Deshágase de él. Tírelo. Déselo a la beneficencia. Me da igual. No quiero saber nada de él.

CAPÍTULO
DIECINUEVE

Mientras hervía el agua en la cocina, Giles echó un vistazo rápido al salón. Era precioso y acogedor, el tipo de lugar que podría aparecer en las páginas de revistas de propiedades de lujo o en un programa de telerrealidad con agentes inmobiliarios vacuos y narcisistas, más preocupados por su imagen en pantalla que por encontrar la casa adecuada para la persona adecuada. Era el tipo de lugar en el que Giles quería vivir, pero que al mismo tiempo prefería evitar.

Justo cuando su mirada se posó en una foto de Becky Wednesday de bebé, Laura Wednesday salió de la cocina con una taza de té en la mano. Se la dio y le dedicó una cálida sonrisa mientras se sentaba en el sofá de enfrente. Llevaba el pelo recogido en un moño apretado y tenía los ojos cansados, como si llevara semanas sin dormir.

—Tiene una casa preciosa, señora Wednesday —empezó Giles—. Y también tiene una hija preciosa. Usted y su marido deben de estar muy orgullosos.

Laura echó un vistazo a la foto de bebé de la pared. —Lo estamos, nosot...

La interrumpió el sonido de unas pisadas fuertes que bajaban a toda prisa por la escalera, demasiado sonoras para ser de un niño. Instantes después, su marido, Dean Wednesday, apareció por la cocina americana y se quedó helado.

—Cariño, te acuerdas del detective Giles Swinger. Está investigando lo que le pasó a Becky —le explicó Laura.

Giles se levantó y le estrechó la mano a Dean. Mientras intercambiaba unas palabras de cortesía, sintió que Dean lo observaba con recelo, como si sospechara que había mentido sobre su identidad.

—Le estaba comentando a su mujer que tienen una casa y una hija encantadoras.

—No hable así de mi hija —espetó Dean—. Déjela en paz.

Giles se replegó en su asiento. —Por supuesto. Disculpe. No pretendía ofender.

—¿Qué hace aquí, detective? —preguntó Dean, de pie, con los brazos cruzados y las piernas separadas a la anchura de los hombros, reafirmando su dominio—. ¿No debería estar buscando a la persona que entró en mi casa?

Giles asintió con cautela, sin dejar de mirar a Laura, de quien percibía una respuesta más cálida que de su marido.

—He venido para ponerlos al día —dijo—. Creo que deben estar informados en la medida de lo posible, así que quería que supieran que hemos enviado el ADN para que lo analicen y esperamos tener los resultados en el plazo de una semana. Sin embargo, dicho esto, quiero moderar un poco sus expectativas. Dada la falta de pruebas, nosot...

—¿Qué falta de pruebas? —lo interrumpió Dean.

—No tienen grabaciones de cámaras de seguridad. Se lo hemos preguntado a varios de sus vecinos, y ellos tampoco tienen. Y las huellas dactilares que encontramos creemos que son suyas. —Giles bajó el tono de voz para enfatizar sus palabras. Dean cambió de postura, juntando más las piernas—. Como decía, dada la falta de pruebas, nos será difícil encontrar al responsable. Eso no significa que sea imposible, pero...

—¿Nos está dando largas? —replicó Dean—. ¿Está diciendo que se van a olvidar del tema?

—¡Dean! —exclamó Laura, alzando la voz—. ¿Quieres callarte y dejar que termine, por el amor de Dios? ¡Está intentando hacer su trabajo, así que cállate y déjale hablar!

Un silencio denso llenó la habitación. La furia ardía tras los ojos de Dean, pero optó por no responder. En lugar de eso, se quedó de pie con las piernas juntas, su dominio mermado.

—Continúe, por favor —dijo Laura.

—Solo quería decirles que deben ser conscientes de que no habrá noticias frecuentes por mi parte ni por parte del equipo, pero pueden estar seguros de que seguimos trabajando en ello. Esto es una preocupación para nosotros y, como estoy seguro de que saben, no es un incidente aislado, y queremos resolverlo lo antes posible.

Dean abrió la boca para hablar, pero se contuvo, temeroso de la ira de su mujer.

—Lo entendemos, ¿verdad, Dean? Confiamos en ustedes. Ustedes son los expertos. Confiamos en que saben lo que hacen.

Giles tomó un sorbo de té para ocultar su aire de suficiencia.

—Una cosa que nos gustaría entender es si su hija pudo haber sido un objetivo por alguna razón. No estamos diciendo que lo haya sido, pero, por nuestra experiencia, si alguien la *hubiera* seleccionado, podríamos acotar la búsqueda del autor. Así que, si no les importa, tengo un par de preguntas sobre su hija.

—Por supuesto —respondió Laura en voz baja, moviéndose hasta el borde del asiento—. Lo que necesite.

CAPÍTULO
VEINTE

Apenas llevaba la puerta de entrada unos segundos cerrada cuando volvieron a llamar.

Lo primero que Laura pensó fue que podría ser el amable agente de policía, que se había olvidado de preguntarle algo. Respetaba a la policía y comprendía la complejidad de su trabajo. Era cierto: sin pruebas de ADN o grabaciones de cámaras de seguridad, era como si el responsable nunca hubiera entrado en la casa. ¿Cómo se suponía que iban a atrapar a un fantasma? Solo deseaba que su marido los viera del mismo modo.

—Tienes suerte de que se haya marchado —dijo ella, señalándolo—. Si no, tú y yo íbamos a tener unas palabras.

Su comportamiento había sido despreciable. Dean había tratado al inspector Swinger con desprecio, y esa era la misma emoción que sentía ella hacia su marido en aquel momento. Nunca lo había visto comportarse así. Pero las señales habían estado ahí, ¿verdad? Quizá había estado tan cegada por el amor durante los primeros tiempos de su relación que no había reconocido su naturaleza déspota. En ese instante, no soportaba ni mirarlo.

Cuando abrió la puerta, se encontró con un hombre con un polo de color rosa salmón, de pie al menos a metro y medio de la entrada y con las manos entrelazadas a la espalda para no alarmarla. Hoy en día, nunca se podía estar seguro de quién estaba al otro lado de la puerta. Había oído historias de terror sobre intrusos que se hacían pasar por repartidores, con chalecos reflectantes y todo.

Este hombre parecía más amigo que enemigo.

—Perdonen que los moleste —dijo con claridad—. No nos conocemos, pero creo que nuestras familias están conectadas. —El hombre señaló el lugar donde el coche del inspector Swinger había estado apenas unos instantes antes—. ¿Era la policía?

Ella lo miró con recelo.

—Sí...

—Me lo imaginaba. ¿Por casualidad le han preguntado por un allanamiento que podrían haber sufrido la otra noche?

Antes de que ella pudiera responder, Dean apareció a su lado.

—¿Quién es usted? ¿Y qué sabe de nuestro allanamiento?

Otra vez ese tono. El que se suponía que debía hacerla sentir segura, pero que le provocaba todo lo contrario.

El hombre se acercó y le tendió la mano.

—Trent Whitaker. La otra noche nos pasó lo mismo. En mitad de la noche. Alguien entró y dejó un globo en el dormitorio de nuestra hija.

Ni Laura ni Dean dijeron nada.

—¿Puedo pasar? —continuó Trent—. Creo que los tres tenemos mucho de que hablar.

La mujer de Trent había bajado a toda prisa de su Land Rover Sport al otro lado de la calle y había cruzado el camino de entrada en cuanto Trent recibió luz verde para entrar. Iba vestida de forma similar a su marido, a un fino cárdigan de parecer un miembro de la familia real. Se presentaron, intercambiaron cortesías, se conocieron rápidamente en la cocina y luego pasaron al comedor.

—¿Cómo saben dónde vivimos? —preguntó Laura, ocupando su asiento habitual en la cabecera de la mesa.

—Seguimos al tipo que vino a verla —respondió Trent, mirando brevemente a su mujer y negando con la cabeza—. ¡¿Se puede creer que la mujer que está a cargo de la investigación... la seguimos hasta un bufete de abogados?! Se supone que está buscando a la persona que hizo esto y, sin embargo, probablemente esté arreglando su testamento. Y tiene la desfachatez de decirnos que están haciendo todo lo que pueden.

—Tuve que convencerlo de que no entrara a cantarle las cuarenta —replicó Gemma, pasando el brazo por debajo del de su marido, como una pareja felizmente casada. Laura no recordaba la última vez que había hecho eso con su marido, ni recordaba la última vez que había *querido* hacerlo.

—Así que, en lugar de eso, volvimos a la comisaría y esperamos hasta que vimos al tipo que vino a hablar con nosotros. Giles. Parece tan inútil como los demás —dijo Trent.

Laura estaba a punto de defender al inspector, pero Dean se le adelantó.

—No tienen ni idea de lo que hacen. Tendríamos más suerte haciéndolo nosotros mismos.

Trent chasqueó los dedos.

—Me alegro de que diga eso. Esa es parte de la razón por la que estamos aquí. En primer lugar, obviamente, para entender un poco mejor su situación y ver cómo está su hija. Pero, en segundo lugar, para ver si quieren ir a por este tipo juntos.

—¿Cómo?

—Todavía no lo sé. Pero estoy seguro de que podemos hacer mucho más que la policía, con la obvia excepción de que no podemos arrestarlo. Pero podemos hacer cosas que ellos tienen demasiado miedo de hacer. Podemos publicar en las redes sociales, correr la voz. Ya he llamado a los periódicos y están trabajando para sacar algo en los principales medios.

—No solo queremos justicia para nuestras familias —dijo Gemma Whitaker—. También para otros. Tenemos que asegurarnos de que esto no vuelva a ocurrir. Y cuanta más gente lo sepa, menos probable será que suceda.

—Estoy muy agradecido de que ninguna de nuestras hijas resultara herida —continuó Trent sin interrupción, como si lo hubieran ensayado de antemano—. ¿Pero y si esta persona va a más? Siempre se oye hablar de este tipo de gente que empieza por algo pequeño y luego pasa a mayores. Primero, empiezan a tocarse en el patio del colegio, luego hacen exhibicionismo y después pasan a la violación. No podemos permitir que algo así ocurra.

Laura se sintió fuera de lugar. Al principio, cuando había conocido a Gemma, la otra mujer parecía tan preocupada por el bienestar de su hija como Laura, más que por buscar justicia. Pero cuanto más escuchaba y más se animaba Gemma, Laura se dio cuenta de que estaba sola. Lo único que Laura quería era proteger a su hija, asegurarse de que estuviera a salvo y de que nadie le hiciera daño.

Pero todos se comportaban como vaqueros, conspirando y tramando. Mientras ella estaba acurrucada junto a la hoguera protegiendo a los niños, los hombres —y ahora Gemma— hablaban de aventurarse en terreno desconocido para vengar a sus familias.

No se sentía cómoda siendo partícipe de la conversación. Tampoco le gustaba la forma en que hablaban de la policía y de su gestión de la investigación.

—Totalmente —dijo Trent, sin dirigirle la mirada—. No podría estar más de acuerdo. Sin duda, tenemos que hacer algo. ¿Qué tiene en mente?

Trent y Gemma Whitaker se encogieron de hombros.

—Por eso estamos aquí. No tienen ningún sitio al que ir, ¿verdad?

Dean confirmó que no, y que su trabajo podía esperar unas horas.

—Genial. Pues pongámonos a pensar, ¿les parece?

CAPÍTULO
VEINTIUNO

No me puedo creer que el artículo haya tardado tanto en salir. A ver, era inevitable que sucediera tarde o temprano, ¿pero ahora, después de una espera tan larga? Quizá le he concedido a la policía demasiado crédito y respeto. No parecen tener la investigación tan controlada como yo creía al principio.

Tampoco parecen tener ninguna prueba sólida.

No han publicado ninguna grabación de cámaras. Ninguna imagen pixelada de mí entrando en sus casas. Y es que no las hay. Aunque sabía que no corría peligro, una pequeña parte de mí —una vocecilla molesta y persistente llena de dudas que gritaba en el fondo de mi mente— creía que alguna cámara podría haberme grabado en algún sitio. Vivimos en un mundo tan digital que es imposible no aparecer en un vídeo en alguna parte. Estoy seguro de que me han grabado en algún momento, pero mi disfraz y mis guantes deberían bastar.

Aun así, no puedo permitirme ser descuidado.

El único reto al que me enfrento ahora es que, con la noticia ya publicada, miles de personas de la zona sabrán de mi existencia. Debo ser extremadamente cauto, estar alerta y moverme con todavía más sigilo que antes.

No puedo permitir que me atrapen. No ahora.

Nunca.

Necesito ver a esas chicas. Necesito respirar su presencia, observarlas mientras duermen.

Frente a mí, junto al portátil donde tengo abierto el artículo, hay un montoncito de globos. Me pongo los guantes, cojo uno y lo meto en una bolsa de plástico. Debo dejar el mínimo rastro de ADN o indicios posible.

Resulta casi imposible en esta época, pero he de tomar todas las precauciones que pueda.

Tras veinte minutos recogiendo mis pertenencias con cuidado, salgo de casa. Son poco más de las dos de la madrugada y me siento revigorizado después de tanto tiempo.

Al adentrarme en la oscuridad, mi respiración es tranquila, controlada y comedida. Sonrío mientras el nombre del artículo resuena en mi mente, el nombre que me han dado, sin ser conscientes de su significado.

Cuidado, Surrey. El Coco va a por vosotros.

CAPÍTULO
VEINTIDÓS

Esta noche no llueve para enmascarar el sonido. Solo quietud. Densa y opresiva. De esa que hace que el leve clic de la cerradura al ceder suene como una sirena. Espero, escuchando, inmóvil en el umbral de la puerta. El sonido de profundos ronquidos recorre la casa.

Perfecto.

Cruzo el umbral y me ajusto el pasamontañas para respirar con más comodidad. Esta casa es la más desordenada en la que he entrado nunca. Juguetes, basura y zapatos embarrados abarrotan el suelo. También es la más pequeña, así que me muevo con cuidado entre las cajas, los muebles mal colocados y los aparatos eléctricos, en dirección a las escaleras. Cada escalón suena como si estallara una bomba. Me detengo después de cada uno, contengo la respiración y espero.

Nada.

En lo alto de la escalera, veo a la niña durmiendo a través de la puerta abierta de su cuarto. Peor aún, la puerta del dormitorio de los padres también está abierta. El padre duerme profundamente, semidesnudo, con una pierna colgando fuera del edredón, que deja ver un bulto en sus bóxers. Se rasca la entrepierna, aún profundamente dormido. Mientras tanto, su mujer yace a su lado, acurrucada en posición fetal, con solo la cabeza visible por encima del edredón.

Moviéndome al compás de los profundos gruñidos de sus

ronquidos, cruzo el rellano de puntillas y entro en el cuarto de la niña. Es hija de su padre, sin duda, pues yace en una postura similar: con los brazos y las piernas despatarrados, esparcida por el colchón, con medio cuerpo fuera del edredón. Un osito de peluche duerme boca abajo, apartado de una patada por su dueña.

Me acerco a ella con cuidado, observándole el pecho para confirmar que está dormida. Me acerco más de lo que lo he hecho nunca. Es un riesgo, pero estoy dispuesto a correrlo. Esta niña lo vale. Es tan angelical, tan inocente, tan hermosa. Quiero alargar la mano y tocarla, pero sé que no puedo.

No debería.

No debo.

Los riesgos no superan la recompensa.

Al otro lado del rellano, el padre de la niña farfulla y tose antes de tragar saliva ruidosamente. Me siento intranquilo. Cada segundo se alarga hasta convertirse en veinte. Quizá sea el artículo, sus palabras dándome vueltas en la cabeza. Aunque no parece que esta familia se haya preparado para la posibilidad de mi visita, sigo sintiendo la necesidad de estar en guardia, como si pudieran despertarse en cualquier momento.

Estoy dividido. Dividido entre quedarme el mayor tiempo posible y el riesgo de que me pillen.

Pero esto es lo que me mantiene vivo: la adrenalina, el subidón, el pulso atronador en mis oídos que retumba como un tambor, el sudor que se forma en mi frente y en las palmas de mis manos.

La niña.

Su pelo rubio está esparcido sobre la almohada como una aureola. Parece tan tranquila.

Después de otros cinco minutos —es todo lo que puedo arriesgarme a quedarme—, me meto la mano en el bolsillo, saco el globo y lo inflo. Esta es siempre la parte más arriesgada de la operación. Hago una pausa después de cada soplido, asegurándome de no molestar a nadie. Finalmente, después de lo que parece una eternidad, el globo está listo. Lo coloco junto a la cama de la niña, susurro un «gracias» silencioso y me doy la vuelta para irme.

Camino de puntillas sobre las tablas del suelo, intentando seguir el mismo camino que he tomado para entrar. Justo cuando llego a lo alto de la escalera, piso una tabla rota. El crujido rasga el silencio. Me quedo helado y miro hacia el dormitorio de los padres. Nada. Siguen durmiendo plácidamente.

Entonces, al poner el pie en el primer escalón, oigo una vocecita delicada.

—¿Papá?

Contengo la respiración, con la esperanza de que no me vea. No me atrevo a darme la vuelta.

Manteniendo la mirada fija en los padres, empiezo a bajar las escaleras con cuidado.

—¿Papá?

La voz de la niña es ahora más fuerte, llena de pánico.

Bajo las escaleras rápidamente, casi a saltos. Ahora, el martilleo en mis oídos ha ahogado cualquier otro sonido. Para cuando llego al final de la escalera, la niña ha salido de la cama y ha corrido al dormitorio de sus padres. Están despiertos; gruñen, hablan, se gritan unos a otros.

El grito de la madre me atraviesa, haciendo que se me erice el vello de la nuca.

—¿Quién anda ahí? —grita el padre—. ¡Quédese donde está! ¡Ya voy!

Antes de oír sus pasos sobre mi cabeza, alcanzo la puerta trasera. Se abre hacia dentro, y la abro con tanta fuerza que golpea la mesa de madera del comedor. Sus pies, gruesos y musculosos, aparecen en lo alto de la escalera. Poderosos. Lo bastante como para atraparme. Pero yo tengo ventaja.

Cierro la puerta trasera de un portazo en el instante en que la luz de la planta baja baña la cocina y el comedor contiguo en una luz amarilla. Con el corazón desbocado, me deslizo en el jardín y huyo, corriendo por el mismo camino por el que he entrado.

No paro hasta que mis pulmones me gritan y siento la garganta seca. No paro hasta que siento las piernas como gelatina y me desplomo en el suelo.

Ha estado cerca. Demasiado cerca. Pero puedo sentir la adrenalina bombeando por mis venas. Y me encanta.

Me siento vivo.

CAPÍTULO
VEINTITRÉS

Estaba calentita, bien arropada bajo su viejo edredón de los Osos Amorosos. Al otro lado de la habitación, Kimberley respiraba suavemente, con la cara vuelta hacia el techo y un brazo levantado junto a la cabeza, profundamente dormida. Stephanie la había estado observando con atención, esperando a que la respiración de su hermana se volviera más pesada antes de permitirse por fin quedarse dormida.

Cuando llegó el momento, todo estaba quieto, silencioso, perfecto.

Entonces, una tabla del suelo crujió y la despertó de golpe.

Inconscientemente, tensó los músculos, se acurrucó haciéndose un ovillo más pequeño y se subió el edredón hasta el cuello. Esperando. Preparándose.

A continuación, la luz del pasillo se encendió con un clic, creando una fina franja de luz alrededor de la puerta del dormitorio. Echó un vistazo a Kimberley, que yacía inmóvil, salvo por su respiración acompasada. Estaba frita.

Era lo mejor. Siempre era lo mejor.

Cuanto menos oyera, cuanto menos viera, mejor.

Un instante después, apareció una sombra en la parte inferior del marco de la puerta. Luego la puerta se abrió con cuidado, con vacilación. Cuando él asomó la cabeza por el hueco, ella cerró los ojos con fuerza, como había hecho tantas otras veces, y deseó que no entrara, deseó que se quedara exactamente donde estaba.

—Stephyyyyy...

Ese sonido. Ese ruido. Ese *nombre*. Su cuerpo empezó a temblar de miedo y expectación.

—Stephyyyyy... —repitió él. Al ver que no respondía, abrió la puerta del todo y entró en la habitación.

Ella siguió tensando el cuerpo, pero sabía que no serviría de nada. Su padre entró en el dormitorio y se le acercó. Primero, le puso la mano delicadamente sobre los pies y se los apretó un poco, antes de ir subiendo por su cuerpo hasta llegarle al hombro. La zarandeó hasta que ella fingió despertarse.

Al abrir los ojos, vio la cara de él a escasos centímetros de la suya, mirándola lascivamente, mientras la luz del pasillo proyectaba sombras sobre sus facciones. Su expresión le resultaba familiar. Sabía lo que se avecinaba.

Apretó con más fuerza el borde del edredón. No se lo pondría tan fácil como en el pasado.

—Sé que te gustan los regalos —dijo él, llevando el brazo a su espalda—. Así que te he traído una cosa.

Se movía despacio, deliberadamente, como si cada paso estuviera ensayado.

Ella no se movió. Le sostuvo la mirada, obligándose a no apartar los ojos de los suyos.

No mires. No mires. Es una trampa.

El corazón le martilleaba en las costillas cuando él sacó la mano de detrás de la espalda, revelando un grueso fajo de billetes en su puño. Un gran y pesado rollo de dinero empezó a escurrírsele entre los dedos como si fuera confeti. Los billetes cayeron sobre su cama y sobre la alfombra.

—Te dije que podía darte el mundo —dijo él.

Más y más dinero se derramaba de sus manos. Sin fin. Como una terrible tormenta. Llovía de su mano, de sus bolsillos, de sus mangas. De ninguna parte. En un instante, su cama estaba cubierta y ella se vio rodeada. Se miró el cuerpo, pero ya no podía ver el contorno de sus piernas bajo el edredón. El peso de todo aquello era cada vez mayor, oprimiéndola.

—Papá, para... —intentó decir, pero la boca se le llenó del sabor a papel seco. Volvió a intentarlo, pero sus palabras no fueron más que un murmullo.

Entonces él se inclinó hacia delante. —Puedo darte el mundo —dijo—. Pero también te lo puedo quitar así como si nada.

Le apretó un puñado de billetes contra la cara, asfixiándola, mientras su respiración pesada y caliente le golpeaba la piel.

—Siempre te di lo que querías, pero tú siempre querías más y más y más. ¡Maldita niñata desagradecida!

Stephanie intentó moverse, trató de liberarse del edredón, pero el peso del dinero era demasiado para ella. La aplastaba, succionando el aire de sus pulmones. Gritó, pero solo le salió un jadeo. Se estaba muriendo y no había nadie que pudiera salvarla. Kimberley permanecía perfectamente quieta, la viva imagen de la calma, de la serenidad.

Mientras el mundo empezaba a volverse negro poco a poco y las paredes se le venían encima, le pareció ver el contorno apenas perceptible de algo en el fondo, en el marco de la puerta.

Un fino hilo, suspendido, que se mecía ligeramente en un viento imposible, atado a un globo de fiesta de cumpleaños de color azul claro.

CAPÍTULO
VEINTICUATRO

Tomó un sorbo de café de forma mecánica, casi catatónica, con la mirada fija en los píxeles negros del monitor del ordenador. En esa oscuridad, vio el rostro de su padre: la malicia en sus ojos, los dientes amarillentos por el tabaco enmarcados en una sonrisa rancia y espesa, el aliento a alcohol y tabaco, y el fuego de la determinación en su mirada. Luego se desvaneció, reemplazado por visiones de dinero, de billetes que descendían rápidamente del techo.

Miró a su alrededor y exhaló un profundo suspiro de alivio cuando las visiones cesaron.

Desde la muerte de su padre, había estado bien. Había empezado a sentirse humana otra vez. Ella misma.

Pero, tras su conversación con el abogado, no había podido pensar en otra cosa. ¿Por qué le había dado el dinero? *A ella*, de entre todas las personas? ¿Por qué la obligaba a cargar con ese peso?

¿Era solo otra oportunidad para ejercer poder sobre ella, algún tipo de control? ¿Una última y cruel puñalada por la espalda? ¿O acaso esperaba que fuera su única oportunidad —una mínima, casi inexistente— de redención, de demostrarles a ella y a Kimberley que no era un monstruo redomado? ¿Que en algún lugar de su interior todavía quedaba algo de bondad?

Stephanie le había dado vueltas a ese pensamiento en concreto más que a ningún otro.

Durante toda su vida, el hombre que la había criado había sido un monstruo. Había violado, maltratado y asesinado. Pero ahora, esto. Diez mil libras no era una suma insignificante; no era algo que pudiera tomarse a la ligera. Pero procedían de *él*, del hombre que detestaba, del hombre que aborrecía.

El hombre al que había matado.

No, hacía bien en rechazarlo. No quería saber nada de aquello. Él estaba fuera de su vida en todos los sentidos, y aceptar el dinero solo le daría otra oportunidad para controlarla. Cada vez que lo usara —para liquidar el préstamo del coche, su deuda estudiantil o para ahorrar para imprevistos—, se vería obligada a pensar en él. Oiría su risa de fondo, su sonrisa lasciva aparecería en los recovecos de su mente.

No podía soportar más ese tormento.

Kimberley.

La idea la asaltó de repente. El bebé estaba a punto de llegar. A su hermana y a su cuñado les vendría bien esa inyección de dinero. Podrían usarlo para las cosas necesarias, que sabía que ya no eran baratas.

La única duda era si Kimberley lo aceptaría.

Y, lo que era más importante, ¿le cogería siquiera la llamada?

Antes de que pudiera darle demasiadas vueltas, su móvil vibró sobre el escritorio, zumbando con fuerza por encima de la conversación que se oía al otro lado de la ventana.

Giles.

—Buenos días, señor Swinger —dijo ella en tono juguetón—. ¿Por qué me llama desde su escritorio? Estoy a solo tres metros.

—No estoy en mi escritorio, señora —respondió, con un sonido que parecía proceder del interior de un cohete espacial—. Voy de camino a Burpham.

Ató cabos.

—¿Ha habido otro?

—Me temo que sí. Aunque, por lo que he oído, ha ido de poco. El tipo que ha dado el aviso dijo que casi lo pilla en el jardín.

Se le cortó la respiración.

—¿Necesita ayuda?

—Todo en orden. Lo tengo controlado.

—Ponme al día cuando vuelvas.

—Sí, señora —dijo Giles antes de colgar.

Stephanie arrojó el móvil sobre la mesa con descuido. Otro más. Otra intrusión. Otro globo.

En ese momento, un globo azul apareció en una esquina de su despacho, flotando a unos centímetros del suelo, con el cordel balanceándose suavemente con la leve corriente de aire.

Esto se estaba yendo de las manos. El equipo tendría que redoblar sus esfuerzos si querían atrapar al intruso. Un dolor súbito le punzó en la sien. Ya podía oír las llamadas y las conversaciones con Trent Whitaker y Louis Brown, sus quejas, sus gritos, la presión que inconscientemente ejercían sobre ella.

Cerró los ojos para protegerse de la luz intensa que empezaba a agravarle la hinchazón en la cabeza. Inspira. Espira. De forma controlada. Suave.

Entonces su móvil volvió a sonar, deshaciendo todo el trabajo que acababa de hacer.

Por favor, que no sea Trent. Por favor, que no sea Trent.

En su lugar, se sintió aliviada al ver que la llamada era del DCI Clive McGowan.

—Buenos días, jefe —dijo ella—. ¿No deberías estar pasándotelo bien en alguna playa de las Bahamas?

Clive bufó.

—¿Quién necesita las Bahamas teniendo Hastings?

—Pero sigo pensando lo mismo, jefe. Deberías estar *pasándotelo bien*. No llamándome a mí.

—Ya, ya lo sé. Pero cuando llegas a mi edad, la idea de bajar el ritmo empieza a acojonarte, así que haces todo lo posible por conseguir justo lo contrario.

—La verdad es que me vendría bien que volvieras. No creo que pueda soportar otra reunión de presupuesto o de estrategia esta semana.

Clive soltó una risita.

—Bienvenida a mi mundo, Steph. Has pasado una semana en mi piel. ¿Qué se siente?

—Me dan ganas de arrancarme los ojos.

Clive rio de nuevo.

—No es que me estés animando mucho a volver.

—Te aguantas. He cambiado de idea. No tienes elección.

—Bueno —continuó Clive—, solo llamaba porque vi las noticias anoche.

—¿El artículo de Louis?

—Ese mismo.

—¿Y qué pasa? Está todo bajo control. No se supone que debas preocuparte por este tipo de cosas.

—Estoy seguro de que lo tienes bajo control —confirmó él—. De eso no me cabe duda. Pero el artículo me ha preocupado y he pensado que debía avisarte, por si es algo que no sabes...

—¿El qué, jefe?

Una pausa mientras se humedecía los labios y tragaba saliva.

—Algo parecido ocurrió hace unos treinta años, en los noventa, cuando yo era agente detective. Había un tipo que entraba en las casas, observaba a los niños dormir y luego les dejaba globos para que se los encontraran al despertar. Exactamente el mismo *modus operandi*. Solo que nunca lo atrapamos. ¿Y sabes cómo lo llamaban entonces?

—No, jefe. ¿Cómo? —preguntó ella, sintiendo ya cómo el cuerpo se le entumecía.

—El Coco.

CAPÍTULO
VEINTICINCO

Devon Lafferty, sargento detective, estaba limpiando las gafas cuando ella lo encontró.

—¿Gafas nuevas? —preguntó ella.

—Solo para mirar la pantalla del ordenador —contestó él, colocándoselas en la nariz. Le hacían parecer unos años mayor—. Órdenes del médico.

—Lo siguiente será que las necesites para conducir, para leer y, al final, para ver. Bienvenido al otro lado de los cuarenta.

Él la miró, visiblemente poco impresionado.

—Tenemos la misma edad.

—Parecida —replicó ella, amenazándolo con un dedo—. No la misma. Además, ¿nunca te enseñaron que se supone que a todas las mujeres hay que decirles que aparentan veintiuno?

—Solo cuando es verdad —respondió, esbozando una sonrisa fina y pícara.

Ella se dio cuenta de que eran solo pullas y que no lo decía en serio, pero eso no evitó que le entraran ganas de pegarle como respuesta. Disfrutaba de esa faceta de Devon. La faceta juguetona, la que no era sincera. La de quien había empezado a respetarla y a tratarla como la agente de rango superior que era. Habían tardado unas semanas, pero sentía que empezaban a progresar.

—¿Has oído hablar alguna vez de la Operación Rainmaker? —preguntó.

—Así, de primeras, no me suena...

—Acabo de hablar por teléfono con McGowan y me ha dicho que esto ya ha pasado antes.

—¿El qué? Se supone que está de vacaciones.

—Ya, ya lo sé. Pero es una suerte que no sepa desconectar —dijo ella apresuradamente—. Ha mencionado que alguien a quien solían llamar el Coco ya ha atacado antes. A mediados de los noventa. ¿Te acuerdas de algo de eso?

La expresión de él se tornó perpleja, como si ella le hubiese pedido que recitara el número pi con mil decimales.

—Yo era un adolescente. O estaba emborrachándome o colocándome. Claro que no me acuerdo. ¿Y tú?

Ella negó con la cabeza y se volvió hacia la pantalla del ordenador de él.

—Necesito todo lo que tengamos sobre la Operación Rainmaker. ¿Cuánto tardas en conseguirlo?

Él no dijo nada mientras se centraba en el sistema HOLMES 2 e introducía el nombre de la operación. En unos instantes, los registros de la investigación aparecieron en pantalla. Una retahíla de declaraciones de testigos, resultados de análisis de laboratorio, fotografías de las escenas del crimen e informes de victimología al alcance de la mano. Un exceso de información.

Pero a Stephanie no le interesaba nada de eso.

—¿Cuándo se denunció el primer incidente? —preguntó.

Él se lo dijo.

—¿Y el último?

Él le confirmó la fecha.

—¿Por qué? —preguntó Devon.

—McGowan dijo que simplemente pararon de repente —mintió ella.

No era esa la verdadera razón de su interés. Por las fechas que le había dado, el caso original del Coco se había extendido durante tres años. Había empezado más o menos al mismo tiempo que los abusos de su padre. Y, lo que era más preocupante, había terminado casi exactamente cuando detuvieron a su padre por matar a su madre.

Stephanie se quedó mirando la pantalla un buen rato, mientras los píxeles se desdibujaban.

No podía ser él, ¿verdad?

Claro que no. Estaba muerto. Ella se había asegurado de ello.

Eso por Eve...

Y eso por mamá...

—¿Steph? —la llamó Devon a su lado, pero su voz sonaba distante, lejana.

Estaba otra vez en la casa de su infancia, tirada en el suelo, jadeando, rodeada de dinero, mirando a su hermana a los ojos. Entonces apareció el globo.

—¿Steph? ¿Estás ahí?

Devon le pasó la mano por delante de la cara, sacándola de su ensimismamiento.

—¿Estás viva, tía? No estarás flipando, ¿verdad?

Volvió al presente de golpe.

—Necesito que Giles y tú reviséis estas notas. Resumídmelo todo. Señalad cualquier anomalía y similitud. Averiguad quiénes eran los sospechosos. Y quiero que contactéis con todas las antiguas víctimas, que vengan para que podamos interrogarlas y ver si han recordado algo desde entonces.

CAPÍTULO
VEINTISÉIS

Algo que había dicho Devon le recordó una idea que se le había ocurrido mientras hablaba con el inspector jefe McGowan.

El artículo.

Se había filtrado la noche anterior. Doce horas antes de lo acordado, para ser exactos. Stephanie lo había visto en las redes sociales justo antes de acostarse y se había puesto tan furiosa que no había podido hacer nada al respecto. En su lugar, había salido a correr por la noche para calmarse y, para cuando regresó, ya era de madrugada. Una hora inaceptable para molestar a Louis, por muchas ganas que tuviera de hacerlo.

Media hora más tarde, después de sortear el campo de minas de obras, semáforos y atascos del centro de Guildford, llegó a la sede del *Surrey Live*. El edificio de ladrillo estaba situado justo a la orilla del río Wey y, en un día bonito, Stephanie se imaginó que el sonido del agua corriendo suavemente, combinado con el alegre canto de los pájaros en los árboles, merecería la pena. Pero en ese momento, mientras un espeso manto de nubes grises colgaba pesado y bajo, a punto de reventar de lluvia, experimentó todo lo contrario. Para colmo, el río iba crecido, fluyendo con furia, y el fuerte viento hacía que la basura rodara por el aparcamiento de grava.

Stephanie cerró la puerta del coche de un portazo, se puso la capucha y corrió hacia el edificio. Sus zapatos chapoteaban contra la tierra mojada y encharcada y, para cuando llegó a la entrada, tenía los pantalones empapados a la altura de los tobillos.

Dentro de las oficinas del periódico no había paragüero ni perchero, así que no le quedó más remedio que gotear por todo el suelo. Se presentó a la recepcionista que estaba detrás del mostrador, se disculpó por su aspecto y esperó a que la mujer llamara a Louis Brown.

Para su sorpresa, la espera fue breve. Se había esperado que él la tuviera esperando el mayor tiempo posible.

Louis salió del ascensor unos minutos después. Stephanie le dio las gracias a la recepcionista y se acercó a él, estrechándole la mano a regañadientes. Su apretón fue más fuerte de lo habitual, lo que le dio una idea de su propio temperamento antes de que empezaran.

—¿Buen viaje? —preguntó Louis con naturalidad, como si no hubiera ningún problema entre ellos.

—Ya no hay viajes buenos. Las carreteras están demasiado concurridas y la gente conduce como el culo.

Entraron juntos en el ascensor y subieron al segundo piso en silencio. A ella no le importaba el silencio; se había criado con él. Era su amigo. Pero para algunas personas, el silencio era una lucha. Louis era una de esas personas, que se movía e inquietaba incómodamente. Para ser alguien a quien le gustaba alardear de su influencia, pensó que tenía el semblante de un ratón.

Arriba, la oficina era sencilla y poco inspiradora. Una sola fila de sillas ocupaba el espacio central, con cada escritorio separado en cubículos e iluminado por una rejilla de luces fluorescentes en el techo. La moqueta estaba gastada y un par de plantas, supuestamente puestas para animar el lugar, yacían muertas en un rincón. Sonaban teléfonos y el sonido de una conversación frenética impregnaba el aire.

Stephanie se sacudió las últimas gotas de lluvia del abrigo y siguió a Louis a su despacho.

—¿Esto es nuevo? —preguntó—. La última vez me dijo que su despacho era la cafetería de la esquina.

—Hubo una gotera hace unas semanas. Me mudé de vuelta el otro día.

Steph miró la ventana del fondo de la sala. —Crucemos los dedos para que lo hayan arreglado.

—Es una pena, porque me gustaba bastante esa cafetería. Además, aquello era terreno neutral.

—Entonces, ¿qué es esto, territorio enemigo?

Él sonrió con suficiencia y se dejó caer en la silla. —Está usted tras las líneas enemigas, Broadbent.

Así que así iban a ser las cosas. Militares. Tácticas.

—Ha incumplido nuestro trato —dijo ella sin rodeos.

Él se encogió de hombros. —Tenía todo el derecho a hacerlo.

—Teníamos un acuerdo.

—Exacto. Y fue usted quien lo rompió —replicó él.

—¿Cómo llega a esa conclusión?

—Porque la vieron entrando en un bufete de abogados a mediodía cuando, supuestamente, debería haber estado centrándose en la investigación, ¿no? Al menos, así es como lo vio nuestro amigo en común.

Trent.

—Y así es como lo vi yo también —continuó Louis.

Debió de seguirme después de pararme en la puerta.

¿Cómo se le había pasado por alto? Había estado tan preocupada por lo que Kieran había dicho por teléfono que se había olvidado por completo de mirar por el retrovisor.

—Lo que yo haga en mi tiempo no es de su incumbencia, ni tiene ninguna relevancia en lo que acordamos —dijo, aunque sabía que él había ganado la batalla casi al instante.

—Al contrario —dijo Louis con tono mordaz—. Solicitó usted una tregua de veinticuatro horas. En ese tiempo, dijo que avanzaría en la investigación. Ahora bien, en mi opinión, eso significa hablar con testigos, comprobar las cámaras de seguridad, básicamente, hacer su trabajo. No significa, sin embargo, ir a los abogados y hablar con alguien que parecía tener unos doce años.

Apretó la mandíbula, haciendo rechinar los dientes. —No es así como me gustaría que funcionara nuestra relación —dijo con expresión dura.

Él se sacudió la culpa de los hombros. —Entonces quizás

necesite evaluar su toma de decisiones. Por los rumores que he oído en las últimas semanas, parece que lo ha pasado bastante mal...

—Eso no tiene nada que ver con esto.

—Lo ha pasado bastante mal últimamente —continuó Louis—. Así que estoy dispuesto a darle un respiro. Pero aun así, usted contravino directamente lo que acordamos, por lo que no vi absolutamente nada de malo en publicarlo antes de lo pactado.

Stephanie abrió la boca para rebatirle, pero Louis la interrumpió. —En todo caso, le hemos hecho un favor. Sin duda conseguirá que mucha más gente esté alerta. La gente será más vigilante. Se habrá corrido la voz entre los vecinos. Y será más probable que atrape a este tipo.

Ella enderezó la espalda. No se daría por vencida. —Era por una cuestión de principios.

Él soltó una risita. —¿Es incapaz de admitir que se equivoca? ¿Es eso?

Era cierto. No le gustaba. Pero eso solo era porque rara vez ocurría.

Se erizó, incómoda. Sus pensamientos se dirigieron a su padre. Si no le hubiera dejado dinero en su testamento, no habría ido a los abogados y no estarían teniendo esta conversación. Al final, decidió tragarse el orgullo y recular. Al menos, internamente. No quería darle a Louis la satisfacción de habérsela jugado.

—¿Sabía que no es la primera vez que esto ocurre? —preguntó.

—¿Qué parte? ¿Que usted se equivoque o los allanamientos?

—Los allanamientos —dijo ella, y luego procedió a explicar lo que McGowan le había contado—. ¿Informó alguna vez sobre el incidente original en los noventa? Alguien llamado el «Hombre del Saco».

—¿La historia de terror que se les cuenta a los niños para que se porten bien?

Stephanie asintió. —Excepto que este era de carne y hueso. Y ahora parece que ha vuelto.

Louis lo consideró por un momento. —Fue antes de mi época, pero puedo investigarlo. Tendré que revisar los archivos.

—Sería estupendo —dijo ella, levantándose de la silla y dirigiéndose a la salida—. Gracias.

CAPÍTULO
VEINTISIETE

Stephanie seguía furiosa cuando regresó a la oficina. Su conversación con Louis Brown se había desarrollado como esperaba, pero no había previsto salir de allí con una sensación de derrota tan pesada, como un equipo de fútbol que acabara de recibir una paliza de ocho a cero. Durante el trayecto de vuelta, la tentación de darse un capricho se había reavivado al pasar por la tienda de kebabs, pero, para su sorpresa, la había extinguido, sofocándola con desdén.

No *iba* a darse un atracón. No *iba* a purgarse.

Tenía el control.

Las punzadas de hambre la reprendieron por su decisión al entrar en la oficina. Devon, sentado justo al lado de la entrada, estaba encorvado sobre el ordenador, con las gafas apoyadas en la punta de la nariz, leyendo con atención. Estaba a punto de hablar con él cuando Giles se levantó de detrás de su monitor, con el pelo alborotado y todavía húmedo.

—¿Acabas de llegar? —preguntó ella.

—Hace literalmente dos minutos —respondió Giles, metiéndose una menta en la boca.

«Literalmente...». Stephanie miró el escritorio vacío de la oficina, el espacio donde se había sentado Eve, su antigua compañera que solo había estado con ellos unas semanas. Al principio, el uso excesivo de la palabra «literalmente» por parte de

Eve le había resultado molesto. *Literalmente*. Pero con el paso del tiempo, se dio cuenta de que había sido una de sus idiosincrasias, una que ahora echaba mucho de menos. —¿Cómo te ha ido? ¿Qué es lo último que sabes?

Giles recogió sus cosas e hizo un gesto hacia la pequeña zona a un lado de la oficina designada como sala de crisis. No era gran cosa, pero era suficiente para que el equipo discutiera las últimas novedades de sus investigaciones más importantes. Stephanie apartó a Devon de su trabajo y se unió a Giles. Los tres se agruparon en torno a una pequeña mesa redonda que no habría desentonado en una celda.

—El nombre de la tercera víctima es Mia Harris, de siete años —empezó Giles, abriendo su cuaderno. Para ser un hombre, tenía una caligrafía anormalmente pulcra—. Vive en Burpham con sus padres, Mark y Tina, ambos de treinta y ocho años.

—¿Qué ha pasado? —preguntó Devon. Esa mañana parecía más lúcido, más coherente. Por suerte, Stephanie no le notó aliento a alcohol.

—Informaron de que oyeron un alboroto de madrugada. Mark y Tina se acostaron poco después de las once. Hacia la una de la madrugada, Mia se despertó en mitad de la noche, llamando a papá. En ese momento, Mark se despertó y vio al Coco al final de la escalera.

—¿Lo vio?

Asintió.

—¿Pudo apreciar algún rasgo?

Negó con la cabeza. —Mark dijo que la figura iba vestida toda de negro: zapatillas de deporte negras, pantalones negros, sudadera con capucha negra, pasamontañas e incluso guantes negros.

—El disfraz perfecto para moverse a hurtadillas en la oscuridad —comentó Stephanie mientras se echaba hacia atrás en la silla y cruzaba las piernas—. ¿Qué pasó después de que Mark viera al intruso?

—Dijo que persiguió a la figura fuera de la casa, pero para cuando abrió la puerta de la cocina, ya se había ido. Desapareció en el jardín.

—¿Alguna idea de adónde fue el intruso?

Giles bajó la vista hacia su cuaderno. —Mark dijo que podría haber ido a cualquier parte. El jardín de su casa da a un sendero público.

—El intruso debía de saberlo —dijo ella, más para sí misma—. Debe conocer la ruta de entrada y salida de cada casa antes de llegar. Eso requiere cierto grado de planificación.

—Hoy en día, cualquiera puede hacerlo con Google Maps, jefa. —Devon se inclinó hacia delante, apoyando los codos en la mesa. Se volvió hacia Giles—. ¿Tenían algún tipo de vigilancia doméstica?

Giles levantó un dedo con entusiasmo, como si acabara de ocurrírsele una idea. —Pues estos sí que la tenían, sí. —Luego su expresión se ensombreció de inmediato—. Pero no sirvió de nada. Solo tenían grabaciones de la parte delantera, y ahí no se veía nada.

Stephanie dejó escapar un largo y profundo suspiro. —Así que podemos suponer que entró por donde salió. ¿Y las otras víctimas? ¿Cómo llega y se va de las propiedades?

La expresión del rostro de Giles sugería que no tenía respuesta para eso, pero no iba a dejar que eso lo detuviera. —Mi mejor suposición es que analiza cada propiedad antes de entrar, evalúa las rutas de entrada y salida. Si no, ¿cómo sabría evitar los sistemas de seguridad? La cantidad de gente que tiene videotimbres u otros dispositivos de grabación hoy en día es una locura. Es muy selectivo con la gente que elige.

—Ha tenido que adaptarse —dijo Stephanie sin darse cuenta.

—¿Perdón, jefa? —preguntó Devon.

—Antes no era un problema. No en los noventa. Esas cosas no existían, y las que sí, nadie podía permitírselas.

Ambos hombres consideraron sus palabras.

—Se trata de alguien calculador, que sabe lo que hace. Alguien que ya lo ha hecho antes —continuó ella.

«O alguien a quien le han dicho cómo hacerlo», añadió para sus adentros.

Por mucho que las pruebas sugirieran lo contrario, una parte de Stephanie estaba convencida de que su padre era responsable de alguna manera. No podía quitarse de la cabeza la sensación de que las cronologías eran demasiado similares.

—¿Se ha encargado del ADN y las huellas dactilares? —preguntó Devon, sacándola de sus pensamientos.

—Todo bajo control —respondió Giles—. Los padres vendrán más tarde para dar sus huellas. Tenemos el globo. Estaba limpio. Nadie había entrado en contacto con él, así que es nuestra mejor oportunidad de conseguir una coincidencia. Pero en cuanto a los otros posibles lugares, me temo que Mark cubrió cualquier indicio de prueba durante la persecución. Y, de nuevo, tampoco hay mucho que podamos esperar obtener, no si va cubierto de pies a cabeza de negro.

—¿Le dieron alguna descripción? —preguntó Stephanie, mientras los engranajes de su cerebro cansado y hambriento empezaban a girar de nuevo a un ritmo normal—. ¿Altura? ¿Complexión? ¿Algo de eso?

Él negó con la cabeza, decepcionado. —De nuevo, no hay mucho de lo que tirar. Estaba oscuro. Y Mark fue lo más vago posible: complexión delgada, entre un metro sesenta y siete y un metro ochenta y cinco...

Ella soltó un breve resoplido por la nariz. —Desde luego, eso ayuda mucho. ¿Cómo encaja eso con el anterior sospechoso del Coco?

Devon consultó rápidamente sus notas. —Sí, coincide con la misma descripción de los informes de los testigos presenciales de los años noventa.

—Es mejor que nada. —Se volvió hacia la pizarra blanca que tenía detrás. En ella estaba el nombre de la operación, con los detalles de cada una de las víctimas debajo. Stephanie escribió la vaga descripción del Coco en un espacio vacío—. Necesitamos un mapa —dijo—. Tenemos que señalar dónde están las víctimas. Devon, ¿puede imprimir uno y marcarlo?

—Me encargo —dijo él con un sutil asentimiento.

—Se lo agradezco. ¿Y en qué punto estamos con nuestras víctimas anteriores?

Devon se frotó las manos. —Estoy en ello. Sigo intentando localizarlas. Esta gente tiene entre treinta y cuarenta años; todos tienen su vida. No es fácil.

Ella golpeó la pizarra con el bolígrafo. —Siga insistiendo.

Necesitamos que vengan. Lo mismo con los posibles sospechosos de la época. —Se volvió hacia Giles, que estaba absorto en su cuaderno—. Agente, ¿algo más que quiera añadir?

—¡Sí! —exclamó con entusiasmo—. Algo que pensé que podría resultarle interesante. Me acordé de lo que dijo sobre preguntar a la familia qué hacía su hija, a qué colegio iba, qué hacía los fines de semana.

—Buen trabajo. ¿Y?

—Y parece que las tres niñas van a la misma escuela de danza.

CAPÍTULO
VEINTIOCHO

La escuela de baile Pump & Jump de Guildford estaba situada en la primera planta de un edificio en el polígono industrial de Bellfields. El aire estaba cargado del hedor a aguas residuales y materia en descomposición que llegaba de la cercana planta de tratamiento de Moorfield. Por encima de sus cabezas, cientos de gaviotas voraces daban vueltas en círculo, graznándose unas a otras mientras buscaban su próxima comida entre los deshechos. Stephanie las observaba con aprensión, asegurándose de apartarse cuando volaban sobre ella. Lo último que le apetecía era que le cayera encima un excremento de pájaro, por muy buena suerte que se supusiera que daba.

Giles cerró la puerta del copiloto con un portazo fuerte y exagerado y levantó una mano a modo de disculpa.

—No pasa nada —respondió ella—. Los malditos baches de camino aquí probablemente le han hecho más daño. ¿Siempre han estado así de mal?

Giles asintió. —Y la gente tiene las narices de decir que no hacemos *nuestro* trabajo. Esto no va a hacer más que empeorar.

Riéndose por lo bajo, Stephanie se encaminó hacia Pump & Jump. —Ten cuidado con lo que deseas.

Si no fuera por el letrero de la fachada y la escalera metálica de emergencia en el exterior del muro, Stephanie habría supuesto que la primera planta de la estructura de ladrillo pertenecía a la tienda de material eléctrico de abajo. Fuera, un gran Range Rover y un Mercedes estaban aparcados muy juntos. Stephanie se coló entre ellos y se dirigió a la entrada.

Dentro, las paredes estaban pintadas de un azul claro y el olor a sudor, apenas enmascarado por un toque de ambientador de violetas de Parma, llenaba el espacio, un cambio bienvenido después del olor a mierda de fuera. El sonido de la música de baile bajaba por las escaleras. Stephanie fue la primera en subirlas, notando cómo se le pegaban los pies a la moqueta pringosa.

Al llegar al último escalón, Stephanie vio a los dueños del negocio sentados en un pequeño despacho. Una luz blanca y brillante se filtraba a través del cristal de la ventana, revelando a un hombre de baja estatura y a una mujer aún más menuda, ambos en la treintena, sentados a un escritorio. La mujer consultaba el móvil mientras el hombre tecleaba en el ordenador.

Allí arriba, el olor a sudor era aún más fuerte. El estudio de baile se extendía a lo largo de toda la sala y el suelo de madera relucía bajo las luces. A Stephanie se le escapó un pequeño jadeo al verse reflejada en el espejo que cubría una de las paredes. Odiaba su aspecto y rápidamente desvió la atención hacia el hombre que se levantaba de su asiento. Su cabeza rapada relucía bajo las luces fluorescentes y una barba cuidada y perfilada le enmarcaba una mandíbula que a todas luces se beneficiaba de un set de aseo cada mañana. Su rostro lucía el bronceado curtido de alguien que había pasado demasiado tiempo en cabinas de rayos UVA o de vacaciones en Marbella, y observó a Stephanie con la mirada recelosa de un hombre que realizaba constantes evaluaciones de riesgos mentales.

—Buenas tardes... —dijo, con un tono cargado de cautela—. ¿Podemos ayudarlos?

—Inspectora Broadbent y agente Swinger. —Sacaron sus placas a la vez, como si lo hubieran ensayado mil veces.

El hombre los miró con una mezcla de curiosidad y recelo. —¿Hay algún problema?

—Esperamos que no. Solo tenemos unas preguntas sobre la reciente oleada de allanamientos de la que quizá hayan oído hablar.

—¿Lo del Bogeyman del que habla todo el mundo? —preguntó la mujer, poniéndose delante. Unos treinta centímetros más baja que él, poseía la figura esbelta y fibrosa de una bailarina de toda la vida, tonificada en todos los sitios adecuados. Llevaba sus largas trenzas negras recogidas en un moño apretado y vestía una sudadera gris con el logo de Pump & Jump. Se movía con una agilidad felina, sus movimientos, fluidos y precisos, mientras guardaba el móvil.

Stephanie se estremeció al oír la mención del Bogeyman. Lo único que pudo ofrecer como respuesta fue un asentimiento.

—Lo he visto por todas las redes sociales. Hoy me tiene que llegar el timbre inteligente. Nunca se es demasiado precavida. Pero ¿qué tiene que ver eso con nosotros?

Stephanie no respondió. En su lugar, examinó el estudio. Una barra de metal, a la altura de la cadera, recorría la pared. En la pared del fondo, el nombre de la empresa había sido pintado con espray sobre ladrillo visto.

—Tienen un sitio muy bonito aquí. ¿Son ustedes los dueños?

—Sí, lo somos —respondió el hombre.

—No me he quedado con sus nombres...

—Craig y Montana Robertson —explicó Craig—. No somos familia, da la casualidad de que tenemos el mismo apellido. —Se rascó el pecho, dejando ver un reloj ostentoso en su muñeca.

—¿Cuánto tiempo llevan con el negocio juntos? —preguntó Giles mientras la atención de Stephanie estaba en otra parte.

—Llevamos con este local unos diez años. Es curioso. Algunas de nuestras primeras alumnas han traído a sus hijos, así que ya estamos con la segunda generación de bailarines —explicó Montana, poniendo las manos en las caderas—. Pero no solo damos clases para niños, aunque esa es la mayor parte de nuestros ingresos, también ofrecemos clases particulares, preparación para bodas, así como clases nocturnas para adultos. Y colaboramos con muchas escuelas, que vienen durante las vacaciones escolares.

—¿A quién se le ocurrió el nombre? —preguntó Stephanie mientras admiraba el grafiti en la pared.

—A nuestros hijos —explicó Craig—. Al principio no estábamos muy convencidos, pero con los años le hemos cogido el gusto.

—Me gusta. —Se acercó a una ventana al otro lado del estudio que daba al polígono industrial—. ¿Cuántas clases tienen a la semana? —gritó, su voz resonando desde el otro lado de la sala.

—Unas treinta. La mayoría son por la tarde, después del trabajo, que parece ser lo que mejor le va a todo el mundo. Pero también tenemos algunas clases a mediodía y por la tarde. Nuestro día más ajetreado, con diferencia, es el sábado. Prácticamente de sol a sol —explicó Craig.

—¿Qué enseñan?

—Un poco de todo. Hip-hop, ballet, contemporáneo. Para los adultos, damos bailes de salón y jazz. Algunos son bastante buenos, la verdad. Incluso hemos tenido un alumno que ha participado en competiciones.

Fuera, un Skoda Fabia gris se detuvo a un lado de la carretera y permaneció allí. Stephanie lo observó un instante. No hubo movimiento inmediato, ni rastro del conductor o pasajero saliendo del vehículo, ni nadie acercándose a él.

—Ha dicho que estaban aquí por los allanamientos que se están produciendo —empezó Craig lentamente—. Pero ¿qué tiene que ver eso con nosotros?

La pregunta apartó a Stephanie de la ventana. Cruzó la pista de baile con aire despreocupado y asintió a Giles.

—Hemos descubierto que todas las víctimas son alumnas de aquí —explicó el agente—. Becky Wednesday, Layla Whitaker y Mia Harris. De entre seis y siete años. ¿Las conocen?

Craig y Montana intercambiaron una mirada. —Así, a bote pronto, no nos suenan. Tendremos que comprobarlo.

Stephanie y Giles los siguieron a su despacho, donde consultaron su base de datos de alumnos. Cada entrada en su sistema de archivo contenía una imagen de las niñas, junto con la información de contacto de los padres.

—Ahora las recuerdo —dijo Montana—. Pero no están en los mismos grupos de baile. Mia hace hip-hop y R&B los martes, Becky hace ballet los jueves por la tarde y Layla hace contemporáneo los miércoles.

Stephanie lo sopesó por un momento. —¿Quién más da las clases?

—Solo nosotros.

—Eso es muy absorbente.

—Lo hacemos porque nos encanta. Y porque sabemos lo que hacemos. Los padres nos respetan y confían en nosotros. Pero sigo sin ver qué tiene que ver esto con nosotros.

—Lo entenderá cuando mi compañero les pregunte dónde estaban en las noches en que ocurrieron los allanamientos —replicó Stephanie.

De inmediato, el semblante de Craig y Montana se ensombreció, y el ambiente en la sala cambió, volviéndose más tenso y oscuro.

—¿De qué habla? ¿Cree que podemos tener algo que ver con eso? Ayudamos a los niños a aprender a bailar. No nos dedicamos a entrar en los dormitorios de niñas pequeñas para verlas dormir —dijo Craig.

—No hemos dicho que lo hicieran —contestó Giles, interponiéndose antes de que Stephanie pudiera hablar de nuevo—. Es solo rutina. Hasta ahora, la suya es la única conexión que hemos encontrado entre las víctimas. Solo intentamos asegurarnos de que esto no le ocurra a nadie más.

Craig abrió la boca para protestar, pero se contuvo antes de poder articular nada coherente.

—Hemos encontrado huellas dactilares y ADN en las distintas escenas del crimen —continuó Giles—. No tenemos ninguna razón para sospechar de ustedes, pero ayudaría mucho a nuestra investigación si pudieran venir a la comisaría a dar voluntariamente sus huellas para que podamos descartarlos.

—¡No! —fue la respuesta sobresaltada de Craig—. No quiero que mis huellas estén en su sistema. No, gracias. Prefiero mantener mis datos para mí, gracias.

Giles frunció el ceño, como si se hubiera ofendido.

—Nadie le está obligando —dijo—. Pero como acabo de explicar, nos ayudaría a descartarlo.

—Si no tienes nada que ocultar —empezó Montana, intentando hacerle entrar en razón.

—No lo tengo. Simplemente no quiero que mis huellas vayan al Gobierno. Ya me sacan bastante. Aunque supongo que eso probablemente me pone el primero en la lista de sospechosos —añadió Craig con un resoplido.

Stephanie decidió intervenir. No tenía sentido insistir. —En absoluto. —Su sonrisa burlona no fue convincente—. Necesitaremos ver una lista completa con la información de sus clientes para poder contactar con cada uno de ellos.

—¿No necesitan una orden para eso? —preguntó Craig, con voz firme.

—Eso no será un problema. Podemos conseguirla sin problemas si tenemos motivos para creer que la persona que está haciendo esto podría tener como objetivo a sus alumnas. ¿Han notado algo extraño últimamente? ¿Algún padre comportándose de forma rara?

Craig y Montana se miraron brevemente, con un aire de aprensión. Stephanie sintió que había algo que querían revelar.

—No... se me ocurre nada —explicó Montana—. Pero si notamos algo, por supuesto, se lo haremos saber.

Stephanie asintió a Giles, indicando que habían terminado y era hora de irse. Antes de marcharse, el agente le entregó su información de contacto —Stephanie se negó a dar la suya de nuevo, temiendo otro encuentro con Trent— y luego se dirigió hacia la salida.

Se vio de refilón en el espejo —el color que había vuelto a su piel, el peso que había perdido de forma constante en su cara— y se detuvo cuando sus ojos se posaron en la ventana que daba a la calle.

—Supongo que tampoco han notado ningún comportamiento sospechoso *fuera* de este lugar, ¿verdad? ¿Algún coche esperando durante largos periodos? ¿Gente que posiblemente observe a las niñas cuando se van?

Craig y Montana negaron con la cabeza. —Pasamos todo el tiempo aquí arriba —dijo ella—. Apenas tenemos ocasión de mirar fuera. Pero imagino que es difícil detectar ese tipo de cosas cuando tienes coches yendo y viniendo a la hora de dejar y recoger a los niños.

Eso era lo que temía. El caos de docenas de coches llegando y marchándose a la vez, sin que nadie supiera quién estaba allí para qué sesión. Era el entorno perfecto para que su intruso pasara desapercibido.

Stephanie les dio las gracias por su tiempo y luego bajó las escaleras. Giles la esperaba junto a la salida, sujetándole la puerta. Fuera, la lluvia había amainado, convirtiéndose en una fina llovizna.

—¿Qué te parece eso? —preguntó Giles mientras caminaban hacia el coche.

Stephanie no oyó la pregunta; estaba demasiado distraída con el Skoda Fabia gris aparcado al otro lado de la carretera. Las nubes y el cielo gris se reflejaban en las ventanillas, impidiéndole ver el interior.

—¿Stephanie? —insistió Giles.

—¿Qué?

—¿Qué opinas?

Abrió el coche y puso la mano en el tirador. —Saben mucho más de lo que aparentan —dijo mientras el Skoda arrancaba el motor y se alejaba, acelerando por la calle.

CAPÍTULO
VEINTINUEVE

Cuando volvieron a la oficina, se encontraron a Devon recostado en la silla con un teléfono fijo pegado a la oreja. Stephanie se quedó de pie junto a su hombro, esperando a que terminara la llamada.

Al cabo de unos instantes, él intuyó la urgencia y colgó.

—¿Todo bien?

Ella echó un vistazo a la pantalla del ordenador.

—¿Cómo vas?

—Era una de las antiguas víctimas. Un tipo llamado Marcus Vickery. Ha dicho que puede venir mañana.

—¿Por qué no hoy?

—Porque está liado con el trabajo. Pero ha comentado que llamaría al resto de las víctimas.

—¿El resto?

—Algunas han fallecido.

Por supuesto. Habían pasado treinta años. Toda una vida. Literalmente, en algunos casos.

—Marcus ha dicho que han mantenido el contacto entre ellos. Quedan con regularidad y van a tomar algo cada par de años.

—¿Y qué hay de los antiguos sospechosos? ¿Sigue alguno por ahí?

Devon miró la pantalla, como si la respuesta estuviera ahí

mismo. Se pasó la mano por su espeso pelo negro, que todavía parecía sacado de los ochenta.

—Creo que la mayoría están muertos. Todos tenían entre cincuenta y sesenta y tantos años cuando aquello. Aunque creo que uno podría seguir dando guerra... ¿se dice así?

—En tu caso, sí.

—Bueno, el caso es que era un tipo joven. Probablemente ande por los sesenta y cinco ahora. ¿Quieres que contacte con él?

Stephanie asintió.

—Para empezar estaría bien —dijo—. Y ya que estás, ¿puedes redactar una orden para acceder a los registros de clientes de la academia de baile Pump and Jump?

—¿Pump and Jump? ¿La vieja P y J?

—¿La conoces?

—No. No la he oído en mi vida. Aunque suena a paraíso de pederastas.

La imagen del Skoda Fabia gris le vino a la mente. No sabía por qué, pero algo en aquel coche la inquietaba. Ojalá hubiera podido apuntar la matrícula.

—Necesitaremos que alguien revise sus archivos y contacte con todos sus clientes en los próximos días —continuó.

Devon se echó aún más para atrás en la silla, intentando eludir la responsabilidad.

—He oído que a Giles se le da muy bien hacer llamadas. A lo mejor deberías encargárselo a él.

—Nadie tiene tu labia al teléfono, sargento —replicó Giles desde el otro lado de la ristra de escritorios. Se puso a imitar a Devon con una voz grave y ruda—. «Eh, sí, quería, eh, saber, eh, si podría, eh, hablar con el señor Fulano de Tal, ¿sabes? Es importante. Soy, eh, de la policía, ¿sabes? Ahora mismo tengo un caso gordo entre manos, eh, y necesito, eh, que Fulano de Tal me ayude a resolverlo».

Una oleada de risas se extendió por la oficina. El sargento Noah Mackenzie, que aquella mañana vestía una camisa de satén naranja, con tirantes y calcetines a juego, volvió de la cocina.

—Lo clavas, Giles —se burló—. Ten cuidado, Devo, o podría quitarte el puesto.

Devon resopló.

—Tuyo es. Ahora mismo no tiene nada que merezca la pena.

—No hay nada como bajar el ánimo unos cuantos niveles, colega —dijo Noah, dándole una palmada en la espalda a Devon mientras volvía a su asiento—. Giles, si quieres te puedes quedar con la mía. Aunque te puedes llevar solo a los niños. Pero cuidado, *te* despertarán en mitad de la noche e *insistirán* en hacerlo todo con *Peppa Pig* puesta.

El comentario levantó un poco el ánimo. Stephanie se sorprendió riendo, pero no perdió de vista la reacción de Devon: forzada, a medias.

Le dio unos golpecitos en el hombro.

—Creo que deberíamos contactar con el inspector jefe del caso antiguo. A ver qué nos puede contar de la investigación anterior.

Devon señaló el teléfono fijo.

—Con él estaba hablando ahora mismo. Lo he encontrado. Y está más que dispuesto a hablar con nosotros.

CAPÍTULO
TREINTA

Llevaban cinco minutos sentados en silencio, salvo por el sonido de la radio y el golpe mecánico de los limpiaparabrisas barriendo de lado a lado, hasta que Giles preguntó:

—¿Cómo lo llevo?

Ella lo miró de reojo desde el asiento del conductor, con las manos aferradas al volante.

—Bien —respondió—. Lo llevas bien. Aunque todavía es pronto. Podrían venir tiempos más difíciles. ¿Qué se siente al tener el control?

—¿El control?

—Sabes lo que significa esa palabra, ¿verdad?

Él puso los ojos en blanco.

—Claro que sé lo que significa. Es solo que es raro oírte usarla así, eso es todo.

La mirada de Giles se desvió hacia la ventanilla, a las extensas colinas de Surrey que quedaban a su izquierda. Un tapiz de verde, ligeramente humedecido por las nubes, se extendía hasta donde alcanzaba la vista. Los campos estaban salpicados de setos y finas hileras de árboles, como costuras en una colcha.

—Nunca te pregunté por tu padre —dijo, todavía hablándole a la ventanilla.

La mano de Steph fue involuntariamente hacia su collar.

—No hay mucho que decir. Era una mala persona sin ninguna cualidad que lo redimiera.

Sé que te gustan los regalos.

Te dije que podía darte el mundo.

Giles empezó a juguetear con las manos. Se metió la mano en el bolsillo, sacó un paquete de Tic Tacs y se metió uno en la boca, seguido de otro poco después.

—Supongo que me sentía culpable, eso era todo. Siempre que alguien pierde a un familiar, contacto con esa persona. Es lo que se suele hacer, ya sabes. Pero contigo, supongo que me sentí...

—¿Incómodo?

—Sí. Incómodo.

Finalmente, apartó la atención de las vistas y la miró a los ojos.

—Como te he dicho —empezó ella—, era un hombre muy malo. Hizo cosas que ningún padre debería hacerle jamás a un hijo. Y recibió su merecido.

—Siento oír eso... Diría que siento tu pérdida, pero...

—Yo no lo siento, así que no es necesario que tú lo hagas.

Redujo la velocidad del coche hasta detenerse al final de una cola de tráfico.

Giles sacó los Tic Tacs del bolsillo y se metió otro en la boca.

—Te encantan los caramelos de menta, ¿eh? —dijo ella, intuyendo que había algo más que él quería decir.

Él rio entre dientes, bajando la mirada hacia el paquete que tenía en las manos.

—Es una costumbre que saqué de mi madre —explicó—. Siempre llevaba un paquete encima, daba igual que fuera en una boda, un paseo con el perro o un funeral. —Su rostro se ensimismó mientras miraba fijamente el salpicadero de plástico, perdido en sus pensamientos—. Es curioso, todavía conservo el último paquete que compró. Una caja de Tic Tac, igual que esta. Aún están ahí. Nunca he sido capaz de terminarlos. Probablemente sea lo mejor, me imagino que ahora estarán más que caducados.

Stephanie sonrió de medio lado mientras bajaba el volumen de la radio para que encajara con el ambiente.

—¿Cuánto hace que falleció?

El tráfico se despejó y ella avanzó con el coche.

—Unos veinte años. A veces pierdo la cuenta. Murió cuando yo era un adolescente.

—Son muchos caramelos de menta.

Al principio, a Giles le sorprendió el comentario. Pero una vez superada la conmoción inicial, le vio el lado gracioso.

—No les está haciendo ningún favor a mis dientes.

—Y yo que pensaba que eras un fanático de Alex Ferguson.

—*Sir* Alex —dijo él con una sonrisa irónica—. Dilo bien.

Ella levantó las manos en señal de rendición.

—Mis disculpas. Prometo no volver a cometer ese error nunca más.

Veinte minutos más tarde, los neumáticos crujieron suavemente sobre la grava mientras Stephanie guiaba el coche por el amplio camino de entrada. Había árboles a ambos lados, pulcramente podados y formando un arco sobre sus cabezas. A la derecha, un césped cuidado se extendía como un *green* de golf. La casa apareció lentamente, surgiendo tras una curva de rododendros. Una grandiosa propiedad de estilo georgiano, con altas ventanas de guillotina, muros de piedra clara y una hiedra que trepaba por su fachada como venas verdes.

—Parece la casa de retiro de un villano de Bond —masculló Giles desde el asiento del copiloto, entrecerrando los ojos ante la simétrica fachada—. Me pregunto si tendrá un foso por detrás.

—O un coche anfibio en el garaje.

Los ojos de Stephanie estaban fijos en la ancha y lustrosa puerta de entrada, enmarcada por cuatro columnas blancas. Los herrajes de latón del tirador y del buzón relucían. En el camino de grava había un Land Rover Discovery de color verde oscuro que parecía haber atravesado la selva tropical y un Aston Martin Vantage de los años noventa. Uno para los negocios. El otro para el placer.

—¡A no ser que este tipo sea el mismísimo 007! —dijo Giles con entusiasmo, señalando el Aston.

Stephanie rio entre dientes mientras tocaba el timbre. Un largo repique resonó en el interior, ahogado rápidamente por los ladridos repentinos y serios de un perro. Al instante, el agente se estremeció, tensando el cuerpo.

—¿No te gustan? —preguntó ella.

Antes de que pudiera responder, la puerta de entrada se abrió, revelando a un pastor alemán que montaba guardia, ladrando y enseñando los dientes con gruñidos. Giles retrocedió un centímetro. El perro estaba junto al exinspector jefe Gavin Lockwood, que parecía que se había revolcado en una tienda Barbour. Ya en la setentena, Gavin tenía el aspecto del tipo de persona que iba a cazar zorros y faisanes siete días a la semana. Pero no sin la ayuda de su compañero canino, que continuaba ladrando furiosamente, haciendo muecas y mostrando sus incisivos de dos centímetros y medio, capaces de desgarrar carne humana. El exinspector jefe hizo un gesto con la mano y el perro se detuvo de inmediato, lamiéndose los belfos a modo de disculpa mientras se sentaba dócilmente.

—Dos personas, vestidas de forma muy elegante —dijo él, observándolos con recelo—. Ambos cómodos con Frankie. Diría que son de la policía.

—De Mount Browne —dijo Stephanie, extendiendo la mano y presentándose.

—Mi antiguo terreno. Entren, entren, vamos a resguardarlos de este tiempo. Hace que uno se sienta orgulloso de ser británico, ¿verdad?

Stephanie no dijo nada mientras entraba en la casa. Dentro, había más pruebas del estilo de vida de Gavin: víctimas de la taxidermia colgaban de las paredes como trofeos junto a fotografías de Gavin celebrando sus cacerías; una funda de escopeta yacía en el suelo junto a un equipo de acampada.

El exinspector jefe los condujo a un gran salón acristalado en la parte trasera de la casa, donde el aire era más cálido y denso. Sobre sus cabezas, el suave repiqueteo de la lluvia al caer sobre el invernadero llenaba el espacio. Relajante. Calmado. Gavin les tomó nota de un té y un café y luego les ofreció asiento.

Había un amplio espacio en el salón acristalado, demasiado para un hombre que vivía solo. Mientras esperaba, Stephanie se acercó a la pecera de cien litros que descansaba sobre un mueble y observó a los peces nadar.

—Ahí tiene guppys, neones, neones negros, peces ángel y barbos cereza. Me gusta verlos nadar —dijo Gavin mientras les pasaba las bebidas a ambos. Se dejó caer en una silla—. ¡Aquí, chica!

La perra fue llamada y de inmediato se sentó a su lado, manteniendo la vista fija en Stephanie, antes de pasar a Giles, al percibir su sutil incomodidad.

—Bueno, no creo que me haya perdido ningún compromiso social —empezó a decir Gavin—. Así que, ¿qué les trae por aquí?

—Hemos venido a preguntarle por un caso en el que usted fue el SIO hace treinta años, en los noventa —explicó ella.

—¡Espero poder recordarlo!

—¿Le suena de algo el nombre de Operación Rainmaker?

La sonrisa del rostro de Gavin se desvaneció.

—¿El Hombre del Saco? —Había un tono de finalidad en su voz, un atisbo de miedo.

—¿Lo recuerda?

—Claro que lo recuerdo. Todavía me atormenta a día de hoy.

—¿Qué puede contarnos al respecto?

—¿Qué quieren saber? —preguntó Gavin—. Y, lo que es más importante, *¿por qué* quieren saberlo?

—Porque creemos que está volviendo a ocurrir. Ha habido una reciente oleada de allanamientos en los que no se ha tocado nada, no se ha robado nada, lo único que se ha dejado es un globo en las habitaciones de los niños.

Gavin se llevó la taza a los labios y luego la bajó.

—¿Están de broma?

—Ojalá —intervino Giles—. Esperábamos que pudiera ayudarnos con nuestra investigación contándonos lo que ocurrió antes.

El exinspector jefe empezó a acariciar el lomo de Frankie. La atención inquebrantable de la perra seguía puesta en Giles.

—Por aquel entonces yo era inspector. Recuerdo el día que ocurrió por primera vez. Llovía a cántaros, un día de perros, como hoy. Un niño se había despertado con un globo al lado de su cama y no tenía ni idea de dónde había salido. Su madre llamó a la comisaría y nos lo contó. Al principio, a todos nos pareció un poco extraño, un poco raro, pero no le dimos mayor importancia. Luego volvió a pasar. Y una tercera vez. Una cuarta. Quinta. Seguía ocurriendo, pero en aquel entonces éramos impotentes para hacer nada. No dejaban pruebas de ADN, o si lo hacían, no contábamos con los avances tecnológicos de ahora para ayudarnos. Siempre ocurría en plena noche, así que nadie veía ni oía nada. Y nadie tenía grabaciones de seguridad en aquella época. Eran tiempos más sencillos.

Stephanie asintió, tomando un sorbo de su bebida. Dejó que el líquido caliente le bajara por la garganta antes de hablar.

—¿Cuántas víctimas hubo?

—Unas nueve, si no recuerdo mal.

—¿Y la cosa llegó a escalar en algún momento?

Gavin negó con la cabeza.

—Eso era lo raro. Simplemente entraba, los observaba dormir y luego se iba. No los tocaba, no intentaba nada raro; solo entraba y se iba.

—¿Cómo sabe que era un hombre? —preguntó Giles.

—Porque apareció un testigo clave que dijo haber visto a alguien de la altura de usted salir de la casa. Pero claro, estaba todo oscuro como boca de lobo; no sabía lo que acababa de pasar, así que no le dio importancia. Sinceramente, ahora lo tienen ustedes mucho más fácil.

Stephanie no estaba de acuerdo, pero prefirió no decir nada. Cierto, la llegada de la tecnología moderna y las redes sociales había cambiado el panorama, pero ahora trabajaban en más casos, más horas y con menos presupuesto y menos apoyo. ¿Quién salía ganando de verdad?

—El pánico de la gente fue lo peor —continuó Gavin—. Y las noticias tampoco ayudaron, llamándolo el puñetero Hombre del Saco. Aterrorizó a toda una generación de niños. No creo que nadie en esta ciudad durmiera durante una década. Todo el mundo cerraba las puertas con llave. Y quien dormía, lo hacía con una luz encendida. Incluso oí historias de adolescentes y adultos que dormían en las habitaciones de sus padres. ¡Aunque no estuvieran en el principal rango de edad de los depredadores!

—Niños de diez años...

—Exacto. ¿Qué edad y género tienen sus víctimas ahora?

—Entre seis y siete años, niñas.

—Interesante —comentó Gavin—. ¿Alguna idea de por qué el cambio?

Stephanie negó con la cabeza.

—O ha tenido un repentino cambio de gustos, o es otra persona.

—Eso tendría sentido —respondió Gavin.

—¿Por qué?

—Bueno, asaltaba casas con bastante regularidad. Una vez cada pocos meses, con una precisión casi matemática. Y de repente, simplemente paró. —Chasqueó los dedos, alertando a la perra por un momento—. Así, sin más. Nada. Con el paso del tiempo, pensamos que le había pasado algo. O bien se le había pasado la manía, o había muerto, o...

—O fue a la cárcel —terminó Stephanie.

CAPÍTULO
TREINTA Y UNO

Stephanie introdujo la llave en la cerradura y abrió la puerta con cuidado. Las bisagras chirriaron cuando entró en la fría casa, cargada de un aire opresivo. Se detuvo un instante en el umbral, absorbiendo el silencio y el frío que la envolvía como el roce de un fantasma. Cerró la puerta tras de sí.

El pasillo estaba tal como lo había dejado: las manchas de sangre, los rasguños en la pared, los recuerdos. Inquebrantables, igual que el pensamiento que la atormentaba desde su visita a Gavin Lockwood: que su padre había sido encarcelado en la misma época en que cesaron las visitas originales del Coco.

No sabía por qué estaba allí. Sabía que no encontraría ninguna prueba que respaldara su teoría ni que demostrara que él lo había hecho. Pero había sentido una atracción, un tirón, una fuerza tangible que la atraía hacia la casa de su infancia.

Quizá fuera la lata secreta guardada en su mesita de noche y la perspectiva de encontrar otra baratija de su pasado.

O quizá fueran las diez mil libras que sentía como si le quemaran en el bolsillo.

Si encontraba más dinero allí, se sentiría inclinada a quedárselo. Solo porque lo habría encontrado —incluso *robado*— en lugar de haberlo recibido como un regalo. No tendría ningún reparo en robarle al hombre que le había arrebatado una infancia y una crianza afectuosa.

Stephanie fue a la cocina y abrió de par en par todos los armarios, buscando hasta que encontró un vaso vacío. Como necesitaba una limpieza, lo pasó por debajo del grifo y lo llenó.

Justo cuando se disponía a llenar el vaso por segunda vez, sonó su móvil.

Sacó el teléfono del bolso y soltó un profundo suspiro de alivio al ver el identificador de llamada. Kimberley. No era Trent Whitaker, como había esperado. Hacía más de veinticuatro horas desde su última llamada, y empezaba a preocuparse por él.

—Kim —dijo, con un deje de desesperación en el tono—. ¿Va todo bien?

—¿Cuándo vas a ir a casa de papá? —preguntó Kimberley, directa y sin rodeos.

—Estoy... Estoy aquí ahora. ¿Quieres venir?

Estaban sentadas con las piernas cruzadas en el centro de su antiguo dormitorio, como habían hecho tantas veces hacía tantos años. Stephanie se sintió transportada a una época más feliz, cuando mamá y papá estaban en el pub y la dejaban a ella cuidando de Kimberley. Había sacado el libro de colorear y los lápices, y se habían pasado las horas pintando los dibujos. No necesitaban decir nada; estaban a gusto. Durante esas pocas horas, eran felices, eran libres.

Pero ahora, mientras estaban sentadas allí, hojeando los documentos de su padre, la tensión en la habitación era palpable. Stephanie se sentía incómoda. Sí, estaba acostumbrada a los silencios, pero no con su hermana, no con la persona que más le importaba en el mundo.

De niñas habían guardado silencio porque no había nada que decir. Pero ahora había cosas que no se decían, y no podía soportarlo.

De momento, habían encontrado sobre todo facturas y cartas aburridas del banco que le notificaban cambios en los tipos de interés y opciones para nuevas cuentas de ahorro. Nada interesante. Nada que valiera la pena guardar. Stephanie había perdido la noción del tiempo. Las cortinas estaban echadas, aislando el mundo exterior. El viento silbaba a través de una pequeña rendija en el marco de madera de la ventana, el mismo ruido que había sido la banda sonora que finalmente la hacía dormir después de que los gritos y las voces hubieran cesado.

Stephanie dejó una carta del plan de pensiones de su padre en el suelo y miró la hora.

—¿Has comido?

Kim negó con la cabeza de la forma más sutil que Stephanie había visto nunca.

—¿Comida para llevar?

Un encogimiento de hombros, solo un poco más evidente que la primera respuesta de Kim.

—Pediré un Domino's. ¿Jamón y piña sigue siendo tu favorita?

—Me sorprende que te acuerdes —dijo Kim mientras sacaba un álbum de fotos del montón.

—¿Qué quieres decir con eso?

—Puedes acordarte de qué pizza me gusta, pero no te acuerdas de decirme que nuestro padre mató a nuestra madre y que toda mi vida ha sido una mentira.

Ya empezamos. Por fin.

—Eso no es justo. Eras solo una cría. No tenías por qué saberlo. No quería que pasaras por el mismo trauma que yo.

—La verdad es que tengo mucho que agradecerte.

Stephanie bufó, abrió la boca para responder, pero se tragó las palabras. Pidió la comida rápidamente y luego tiró el móvil a la alfombra.

—Quería protegerte todo lo que pudiera —continuó Steph, llevando la mano a su collar.

—Me mentiste.

—Era mejor que pasar por lo que yo tuve que pasar.

Kim abrió el álbum de fotos por la mitad. —¿Qué quieres decir con eso?

Steph desestimó la pregunta con un gesto. Su hermana no sabía ni la mitad: el abuso psicológico, el maltrato físico, la agresión sexual. La forma en que sus manos se deslizaban hacia arriba, por dentro y alrededor de su cuerpo. Se estremeció al pensarlo.

—Lo entenderás cuando tengas al pequeño —fue todo lo que

pudo decir—. Te trataba como si fueras mi bebé *y* mi hermana. Hice todo lo que pude para protegerte.

Kim levantó la vista del álbum. —¿Pensabas contármelo alguna vez?

La pregunta pilló a Stephanie por sorpresa. Soltó el collar y empezó a juguetear con las manos en su regazo. —Quizá. Algún día. Supongo que nunca lo sabremos.

—No quiero que haya secretos entre nosotras —dijo Kim.

—Yo tampoco. Si hay algo que quieras saber, te lo diré.

Kimberley empezó a hablar, pero una oleada de náuseas la asaltó y sus ojos se pusieron en blanco. Stephanie corrió al lado de su hermana.

—¿Qué ha pasado?

—Estoy bien —respondió Kim, apartando a su hermana—. Estoy bien.

Stephanie se sentó a su lado y echó un vistazo al álbum que Kimberley tenía en el regazo. Cuatro fotos ocupaban el espacio: dos fotos de bebé de Kimberley, envuelta en una manta sobre un fondo blanco; una de Stephanie jugando en una piscina infantil; y una foto del bautizo de Stephanie. Sus padres la sostenían con fuerza, sonriendo a la cámara, flanqueados a ambos lados por hombres que no reconoció.

—¿Qué tal el trabajo?

La pregunta sorprendió a Stephanie. No porque no tuviera una respuesta, sino porque por fin estaban hablando de algo que no fuera su padre. Un terreno común. Un terreno neutral. Hablar del trabajo era seguro, era poco probable que provocara discusiones.

—Con mucho lío —dijo en voz baja—. Como siempre.

—Vi en las noticias que ha habido algunos robos en casas. ¿Y algo sobre un globo?

Los recuerdos de la pesadilla que había tenido aparecieron en la mente de Stephanie.

—¿Recuerdas que pasara algo así cuando éramos niñas? —preguntó Stephanie.

Kimberley negó con la cabeza. Tenía la mirada vidriosa y el color había desaparecido de su rostro. —Yo era demasiado pequeña.

Pero no me sorprendería que ese fuera el tipo de cosas que hacía papá.

Justo lo que yo pienso.

Justo cuando Stephanie pasaba la página del álbum de fotos, la cabeza de Kimberley se inclinó hacia delante.

—¿Kim?

Luego cayó hacia atrás, aterrizando en la alfombra, con los ojos cerrados.

Tirando el álbum de su regazo, Stephanie corrió hacia su hermana, la agarró por los hombros y la sacudió suavemente. Puso el dorso de su mano en la frente de Kimberley; su hermana ardía.

—Kim, ¿me oyes? ¿Kim?

Unos instantes después, Kimberley volvió en sí, incorporándose con dificultad, sus brazos temblando bajo su propio peso.

—Te llevo al hospital —dijo Stephanie, buscando ya las llaves de su coche.

—Steph, estoy bien. No necesito...

El vómito subió por la garganta de Kimberley y tuvo una arcada. Stephanie no perdió tiempo en levantar a su hermana y ayudarla a ir al baño. Mientras Kimberley tenía la cabeza metida en la taza, Steph llenó un vaso de agua del grifo y se lo acercó a los labios.

—¿Cuándo fue la última vez que comiste?

—Antes.

Stephanie no la creyó.

—¿Y beber?

Kimberley le cogió el vaso, pero el cristal casi se le escurrió entre los dedos por la debilidad.

—Hemos dicho que sin secretos —dijo Steph.

Extendió el dedo meñique para que su hermana lo cogiera. Sorprendentemente, después de todo lo que habían pasado, nunca habían necesitado un gesto o una señal para indicar algo así, sobre todo porque Stephanie había cargado sola con el peso de sus secretos.

Kimberley estudió el meñique durante un rato y luego lo enlazó con el de Stephanie.

—Sin secretos.

—Jason dijo que no has estado comiendo. ¿*Cuándo*?

—No sé. Para desayunar, quizá... No he tenido hambre.

—Pero el bebé sí. Tienes que cuidarte. No voy a permitir que te pase nada.

Steph acercó el agua a los labios de su hermana. Sonó el timbre. La cena. Bajó rápidamente los escalones, recogió la pizza y volvió a subir. El olor a grasa y aceite despertó el hambre en su estómago. El color volvió al rostro de Kim al ver la caja azul.

—Salgamos del baño, ¿quieres? —dijo Steph, ayudando a su hermana a ponerse en pie.

Volvieron a la habitación, despejaron un gran espacio en el suelo y empezaron a devorar la pizza. Entre bocado y bocado, hablaron de su infancia, de los escasos recuerdos felices, de las raras ocasiones en las que se les permitía salir del hogar de acogida y entrar en el mundo real. Rieron por primera vez en mucho tiempo. Su relación se estaba curando. Lenta, pero firmemente.

Mientras tanto, en el fondo de la mente de Stephanie, un pensamiento candente la carcomía.

Mientras terminaba el último trozo de su comida, bajó la mirada a la alfombra y jugueteó con su collar.

—¿Qué pasa? —preguntó Kim.

Stephanie la miró. —Hemos dicho que sin secretos...

—Sin secretos.

—Hay algo que tengo que decirte. Es sobre el testamento de Colin...

CAPÍTULO
TREINTA Y DOS

Marcus Vickery y Ethan Minter rondaban ahora la cuarentena, estaban casados y tenían familias con hijos pequeños. Tenían carreras de éxito en los sectores de las finanzas y el textil, respectivamente, y a Stephanie le quedó claro que no habían permitido que el trauma de su pasado —el trauma de aquella noche con el Hombre del Saco— dictase el resto de sus vidas. Marcus, el más fornido y apuesto de los dos, llevaba una chaqueta ligera y un gorro que le cubría la calva. Ethan, por su parte, iba vestido como si fuera verano, con pantalones cortos y una camiseta. Parecía que acabase de volver de unas vacaciones en las Bahamas, o que estuviese preparándose anímicamente para ellas. Ambos hombres eran de complexión y estatura similares.

Ella, Devon y Giles estaban sentados frente a ellos en una de las zonas de descanso más informales que se habían instalado durante las recientes renovaciones del edificio. La sala era luminosa y espaciosa, con paredes de colores y muebles diseñados para calmar e inspirar. A Stephanie le pareció un espanto.

Los hombres estaban sentados cada uno en un extremo del sofá, pero por la forma en que se miraban, era obvio que estaban unidos por algo invisible. Algo que los había mantenido en contacto durante los últimos treinta años y que había forjado un vínculo fuerte, casi inquebrantable.

Stephanie dejó la taza sobre la mesa que había entre ellos y dijo:

—Gracias por tomarse tiempo libre en el trabajo para venir a hablar con nosotros. Se lo agradecemos.

—No es ninguna molestia —respondió Marcus, ajustándose el gorro—. Nos alegramos de poder ayudar. Sentimos que los demás no hayan podido venir.

—Estoy segura de que hablaremos con ellos a su debido tiempo —dijo Stephanie—. ¿Por qué no nos cuentan su experiencia con el «Hombre del Saco»? —Hizo el gesto de las comillas con los dedos al pronunciar el nombre.

—A mí tampoco me ha gustado nunca ese nombre —empezó Ethan—. Pero se le ha quedado. —Inhaló profundamente y continuó mientras soltaba el aire de los pulmones—. Nos aterrorizó a todos. Bueno, tuve suerte en el sentido de que no sabía realmente lo que pasaba. Estuve dormido casi todo el tiempo. Pero supongo que una parte de mí siempre intuyó que estaba allí. O sea, creo que soñé con él esa noche. Y cuando me desperté, pude verlo claramente de pie sobre mí. Supongo que debía de estar despierto y que mi subconsciente me dijo lo que vi. Fue una experiencia extraña.

—¿Puede recordar qué aspecto tenía? —preguntó Giles. En la mano sostenía el expediente del caso, que contenía todas las declaraciones de los testigos de la investigación original, la Operación Rainmaker.

—Todavía lo *veo* de vez en cuando —respondió Ethan—. Borroso. Deforme. Sobre todo cuando voy a las fiestas de cumpleaños de las amigas de mi hija y veo globos por ahí, pienso que está cerca. Pero, en respuesta a su pregunta, nunca lo vi *bien*, así que no podría decir con certeza qué altura tenía o cómo era su complexión. Estaba todo oscuro como boca de lobo. He intentado olvidarlo en la medida de lo posible. Es el tipo de cosa que te marca. Sabe Dios a cuánta terapia he ido.

—¿Y usted, Marcus? —preguntó Devon, interviniendo—. ¿Cuál es su historia?

Lentamente, Marcus se quitó el gorro y empezó a jugar con él entre los dedos. Stephanie mantuvo la mirada fija en él; incluso mirar de reojo a Ethan, con su camiseta y sus pantalones cortos, le daba frío.

—Es curioso... para Ethan y todas las demás víctimas, nunca

es más fácil hablar de ello. Pero yo soy único, supongo. Mi experiencia fue diferente. —Levantó la mirada y los observó a cada uno, tomándose su tiempo—. De niño siempre tuve problemas para dormir. Lo odiaba. Pensaba que me estaba perdiendo todo. Así que, la mayor parte del tiempo, me quedaba tumbado, escuchando, pensando, dejando volar mi imaginación. Pero cuando por fin me dormía, me quedaba frito, como un tronco.

—La noche que el Hombre del Saco vino a por nosotros, éramos la cuarta casa que visitaba, y, sin embargo, todos dormíamos con las puertas cerradas. Incluso mi madre, mi padre y mi hermana, al otro lado de la casa. Nunca estuve *contento* con esa decisión y a veces intentaba dormir con la puerta abierta, pero entonces me daba miedo lo que pudiera ver ahí fuera. Mi imaginación me decía que había monstruos y figuras en el pasillo.

—Cuando vino a por mí, yo estaba en el quinto sueño. Solo recuerdo despertarme de repente y verlo allí, en mi habitación. Sentado en el suelo, con las piernas cruzadas, observándome. Vestido de negro, con una máscara. Uno pensaría que, con diez años, me habría entrado el pánico, sobre todo después de todas las veces que lo había imaginado en mi cabeza. Pero estaba extrañamente tranquilo. No sé por qué, pero no sentí miedo ni me asusté en toda la situación. Creo que en algún momento debí de haber imaginado ya que ocurría, así que me sentí preparado.

Stephanie se llevó la taza a los labios, pero la dejó de nuevo en la mesa sin beber; estaba muy distraída.

—Estaba simplemente sentado ahí. Y durante mucho tiempo no pensé que fuera real. No sabía mucho del tema, pero alguien en el colegio había dicho algo sobre la parálisis del sueño —cuando estás despierto pero no puedes moverte—, así que le pregunté si era mi demonio de la parálisis del sueño, y dijo que sí. Pero que estaba allí para protegerme, no para hacerme daño. Que era mi ángel de la parálisis del sueño.

—¿Dijo eso? —preguntó Devon.

Los tres se habían inclinado ligeramente hacia delante en los últimos minutos, cautivados por la versión de Marcus de los hechos.

Marcus asintió. —Solo dijo que me estaba cuidando mientras

dormía y que se aseguraría de que nunca me pasara nada malo. Iba vestido de negro porque no quería que lo reconociera.

—¿Es porque podría haberlo conocido? —preguntó Stephanie.

Marcus se encogió de hombros. —Quizá. No lo sé. Y nunca lo averiguamos.

—¿Reconoció la voz?

Marcus negó con la cabeza. —Nunca la había oído antes ni la he vuelto a oír en mi vida. Como he dicho, no me atacó, no me tocó, no intentó nada. Se limitó a darme el globo y luego se fue.

—¿Qué hizo después?

Marcus dejó de jugar con el gorro. —Me dormí. Dormí la mejor noche de mi vida. No dije nada hasta la mañana siguiente, cuando mis padres se levantaron para ir a trabajar y vieron el globo.

—Para entonces, ya se había ido —añadió Stephanie.

—A menos que haya vuelto —comentó Ethan—. ¿Es por eso que nos han traído? ¿Creen que es el mismo tipo el que está haciendo esto?

Stephanie miró a Devon, que miró a Giles.

—Es posible. Es algo que estamos investigando.

—Ahora tendría que tener sesenta o setenta años —dijo Marcus—. Debía de tener la edad de mis padres, quizá más, cuando entró.

Stephanie pensó en su padre. En cómo tenía aproximadamente la misma edad que el Hombre del Saco original.

—Salvo que esta vez entra en las habitaciones de chicas —dijo Giles—, mientras que todas ustedes, las víctimas originales, eran chicos.

—¿Saben por qué puede ser? —preguntó Stephanie.

Marcus y Ethan lo consideraron por un momento, mirándose el uno al otro. Finalmente, después de un rato, negaron con la cabeza.

—Nunca me mencionó nada sobre a quién elegía y por qué nos elegía a nosotros. Lo único que sé es lo que les he contado, que dijo que me estaba protegiendo por alguna razón.

Un padre. Un ángel de la guarda. O quizás era solo lo que le había dicho a Marcus para que no gritara.

—¿Tienen alguna idea de quién podría ser? —La pregunta vino de Marcus, que se había vuelto a poner el gorro en la cabeza.

—Seguimos varias líneas de investigación —respondió Devon.

—También oímos mucho eso durante la investigación original —añadió Ethan—. Hablando con esta persona, hablando con aquella otra. Pero no sirvió de nada. Siguió haciéndolo, se salió con la suya. Y Lenny... yo lo culpo por lo de Lenny...

Un momento de silencio se apoderó de la sala. Stephanie hizo la pregunta que sus colegas temían hacer.

—¿Qué le pasó a Lenny?

—No pudo soportar las pesadillas, así que se aseguró de acabar con ellas para siempre.

CAPÍTULO
TREINTA Y TRES

La puerta de su despacho estaba cerrada a cal y canto y las persianas de la ventana, echadas. Mientras esperaba, golpeaba nerviosamente con el pie la moqueta. Al final, tras casi cinco minutos, la música de espera cesó y se oyó una voz.

—Prisión de Su Majestad Sutton, departamento de archivos... —empezó la voz, que sonaba robótica y descorazonada—. Soy Janice.

—Hola, soy la inspectora Stephanie Broadbent, de la policía de Surrey. Le pido disculpas de antemano por la petición, pero me preguntaba si podría enviarme el historial de compañeros de celda del recluso 7348, Colin Broadbent.

—¿Colin Broadbent? —replicó Janice, con un deje de reconocimiento en la voz.

—¿Lo conoce?

—Sí, he tenido el dudoso placer de conocerlo. —Hizo una pausa—. Lástima que al final empezara a ir cuesta abajo.

Stephanie se dio unos golpecitos nerviosos en la rodilla. —Estamos trabajando en una investigación y necesito averiguar con quién compartió celda durante su estancia en prisión.

No sabía por qué, pero creía que la historia se había repetido: que Wayne Lyons, el hombre al que su padre había manipulado y que fue el responsable del asesinato de seis personas, podría no haber sido la única víctima de su padre. Sospechaba que su padre le había lavado el cerebro a alguien más. Si él había sido el Hombre del Saco original, era posible que hubiera coaccionado a otra persona para que cometiese actos abominables. Ahora que su padre estaba muerto, quienquiera que hubiese sido influenciado por él parecía estar rindiéndole homenaje haciendo más visitas, y eso le revolvía el estómago.

Sabía que era una conjetura arriesgada, pero, teniendo en cuenta todo lo que su padre había hecho, parecía plausible.

—¿Quiere sus archivos? —preguntó Janice.

—Por favor.

—¿Tiene una orden judicial?

Apretó el puño. —Esperaba que pudiéramos saltarnos ese paso de algún modo.

—Parte de esta información es confidencial. No puedo ir dando nombres y direcciones, señora. Debería saberlo.

Dejó escapar un profundo suspiro, intentando que no se oyera por teléfono. —Lo entiendo.

—Si los necesita, tendrá que seguir los cauces reglamentarios y obtener una orden para acceder a la información. Lo siento, pero no puedo hacer nada por usted.

CAPÍTULO
TREINTA Y CUATRO

Forcejeo con la cerradura. Es difícil, más problemática que las otras. Con doble vuelta. Es evidente que esta familia se ha dejado influenciar por el bombo que le dan en las redes sociales y en las noticias. Sabía que al final ocurriría. La gente se asustaría y empezaría a tomar medidas de seguridad adicionales. Pero yo no estoy haciendo nada. No le hago daño a nadie. Las niñas —las niñas hermosas y perfectas— están completamente a salvo en mi compañía.

Por suerte, no han instalado ninguna cámara de seguridad. Al menos, todavía no. Es solo cuestión de tiempo que todas las casas del país las tengan. Pero para entonces, con un poco de suerte, habré terminado. Me habré controlado y habré encontrado un sustituto, aunque sé que este deseo, este impulso, nunca desaparecerá del todo.

Cuando entro por las puertas correderas del comedor que dan al patio, atravieso la cocina y veo una gatera en la puerta. Me detengo, aguzando el oído por si oigo el sonido de unas almohadillas acercándose por el suelo de madera o el tintineo de un cascabel al despertarse.

Nada.

Debo ser extremadamente silencioso y estar alerta. No me molestan los gatos —yo mismo tengo uno—, pero también sé lo temperamentales y protectores que pueden llegar a ser. O bien saldrá corriendo a esconderse, me tratará como a una visita, como a un amigo, o reaccionará de forma agresiva. Al menos el sonido del *cascabel no molestará a la familia. Eso ocurrirá si empieza a chillarme. O peor, si me ataca.*

No obstante, dejo atrás la quietud de la cocina y me dirijo al recibidor. Todo está en calma. Ni zumbidos de electrodomésticos ni crujidos de tuberías. Inspiro, contengo el aliento en la garganta y escucho. Nada, salvo el leve tictac de un reloj. El recibidor está iluminado por la luz de la luna que se cuela por dos enormes tragaluces a seis metros de altura y rebota en la lámpara de araña que cuelga del techo.

Hay gente que tiene más dinero que sentido común.

Conteniendo la respiración, subo los escalones, inspeccionando la planta de abajo en busca de algún amigo felino que me siga. No hay ninguno cuando llego a lo alto de la escalera. Aquí arriba, el suelo de madera da paso a una moqueta, lo que lo hace todo mucho más silencioso. Hay cinco habitaciones a mi alrededor. Todas las puertas están cerradas. Otra medida más de seguridad. Vi a alguien sugerirlo en uno de los grupos de Facebook. La idea es que tendré que abrirlas todas para encontrar la habitación que busco, como si se tratara de una especie de juego de ruleta. De lo que no se dan cuenta es de que la habitación de la niña se ve desde fuera. La pista más clara son las cortinas moradas, las pegatinas y la guirnalda de luces que cuelgan de la ventana, así que sé perfectamente cuál busco.

Con cuidado, arrastrando los pies por la moqueta, me dirijo a la habitación de la niña como un fantasma. Un pie detrás del otro. Sin prisas.

Otra ventaja de que todas las puertas estén cerradas —al menos para mí— es que hay un obstáculo más que cualquier sonido tiene que atravesar, así que puedo permitirme hacer más ruido.

Delante del dormitorio, espero, con la respiración contenida y controlada. A estas alturas, ya estoy acostumbrado a los nervios y a la adrenalina.

Apoyo la mano con delicadeza en el pomo, lo bajo y abro la puerta. Sigo sin ver al gato. La puerta raspa contra la moqueta, pero por el hueco puedo ver a la niña, descansando en la más absoluta oscuridad, sin inmutarse.

Permanece completamente quieta, sumida en un sueño profundo, arropada bajo sus sábanas de unicornios, con una mano sobre la frente como si estuviera tomando el sol en un sueño. Tiene las mejillas sonrosadas, un hilillo de baba en la comisura de la boca. El suave sonido de su respiración llena la habitación como si fuera música. Me detengo a saborearlo. A recordarlo.

Me quedo a los pies de su cama, observando. En estos momentos, todo es perfecto. Mi corazón está satisfecho. Me siento vivo, me siento completo. Me siento puro.

El momento no dura mucho. Oigo un ruido, un pequeño roce en la moqueta. Me doy la vuelta de golpe y me llevo el susto de mi vida. Un par de orbes amarillos, que brillan en la penumbra, me devuelven la mirada desde la habitación, justo debajo del alféizar. Vigilando como un protector. La cola del gato se agita lentamente, de forma controlada. Debía de estar durmiendo en el alféizar y ha bajado de un salto. Sin embargo, no se mueve. No hace ni un ruido. Solo observa. En un punto muerto.

Si tuviera miedo, habría corrido a esconderse.

Si se sintiera amenazado, habría arqueado el lomo.

En cambio, parece tranquilo y relajado. Empiezo a respirar con normalidad, permitiendo que mi ritmo cardíaco descienda a un nivel normal. Me pongo en cuclillas y extiendo la mano. Al principio se muestra precavido, vacilante —como lo son los gatos—, pero luego, al cabo de unos segundos, empieza a confiar en mí y se acerca con parsimonia. Me huele la mano y después me deja acariciarlo. A un completo desconocido.

Debe de estar acostumbrado.

El guante se me cubre de su pelo. Me detengo y me lo recuerdo: estoy aquí por la niña, no por el gato. Pero la mascota sigue frotándose contra mi tobillo. Entonces, sin previo aviso, se aferra a mi pierna, hundiendo sus garras a través de los pantalones y en mi piel. ¡Maldito bicho!

Tenso el cuerpo por el dolor, apretando los labios para evitar que se me escape un chillido. Se agarra y se agarra, sin soltar, mordiendo desde varios ángulos hasta que encuentra un buen punto de apoyo en mi pierna.

Intento cogerlo, pero, por experiencia, sé que no funcionará. Siento cómo me desgarra la carne.

Espero. Reprimo el dolor. Espero.

Hasta que, finalmente, su instinto asesino mengua y pierde el interés, alejándose de la habitación con aire despreocupado.

Me sereno, controlando la respiración.

El dolor se intensifica en mi pierna, pero no puedo hacer nada. En lugar de eso, me centro en la niña, y en pocos instantes la sensación se desvanece.

Lo que me recuerda... el globo.

Lo saco con cuidado del bolsillo y empiezo a inflarlo. Suavemente. Despacio. Ningún ruido más que el de la goma al estirarse. Una vez lleno, le hago un nudo y me inclino hacia delante, colocándolo justo a su lado.

Y es entonces cuando oigo el ruido.

Un arañazo. Luego un maullido bajo y desagradable.

El gato.

Mierda.

Otro maullido en el umbral. Luego entra en la habitación. Pero no le intereso. Se dirige directamente hacia el globo. Antes de que pueda impedírselo, salta y lanza el globo por los aires, que se balancea hasta el centro de la habitación. El gato le da zarpazos y manotazos, con sus afiladas garras brillando como cuchillos en la penumbra.

PUM.

El sonido es obsceno. Corta el silencio como un grito. El gato entra en pánico y sale despavorido del dormitorio, precipitándose por la puerta al salir. La niña se incorpora de golpe, pero yo ya estoy en movimiento. Salgo corriendo por la puerta, bajo las escaleras de dos en dos y atravieso la cocina. Oigo que la niña empieza a llorar. Detrás de mí se encienden luces. La voz de un hombre. Pasos pesados.

Se me sale el corazón por la boca mientras sigo al gato fuera de la casa y me adentro en la oscuridad.

CAPÍTULO
TREINTA Y CINCO

Stephanie apagó el motor del coche y sintió que se le tensaba el torso mientras miraba la imponente casa de cuatro dormitorios al otro lado del parabrisas. Otra más. La cuarta en una semana.

Esto se estaba yendo de las manos. A este ritmo, el Coco habría visitado todo Guildford para finales de año. Tenía que tomar el control de esta investigación, y rápido. Un puñado de coches de policía rotulados estaban apostados a ambos extremos de la calle, controlando el acceso, pero eso no había impedido que los transeúntes y los vecinos se acercaran a pie hasta el cordón exterior.

Al bajar del coche, vio a Trent Whitaker de pie entre la multitud, vestido con unos chinos azul oscuro que dejaban poco a la imaginación y una ligera chaqueta Barbour. Él se fijó en ella y se acercó a toda prisa.

—Detective —dijo él, con un tono carente de emoción.

—¿Qué hace usted aquí?

—Y he llegado antes que usted. No da muy buena imagen, ¿verdad?

—¿Cómo se ha enterado de esto tan rápido? —preguntó ella. Estaba demostrando ser un individuo bastante preocupante, aunque se había dado cuenta de que últimamente no la había estado incordiando tanto.

Una sonrisa de superioridad se dibujó en su rostro. —Tengo

mis métodos. La familia hizo una publicación esta mañana y se puso en contacto conmigo a primera hora. Como es natural, les dije que vendría a mostrarles mi apoyo.

—¿Su *apoyo*? —Le sostuvo la mirada—. ¿Qué se supone que significa eso?

—Estas personas están siendo aterrorizadas en sus propias casas. Mi mujer y yo estamos creando un grupo para encargarnos de ello. Es todo lo que necesita saber.

Excepto que ahora ella quería saber más.

—¿Es por eso por lo que no he vuelto a recibir llamadas ni visitas improvisadas suyas?

—Ay, detective. ¿Me echa de menos?

—No se dé tantos aires. —Su expresión se endureció—. No tiene ningún motivo para estar aquí. Esto es la escena de un crimen. Le agradecería que se marchara, por favor.

Él negó con la cabeza. —Esto es un país libre. Puedo hacer lo que quiera.

Stephanie decidió rápidamente que no quería perder más de su valioso tiempo con aquel hombre insufrible, así que lo dejó plantado y se dirigió hacia la casa. Mientras se acercaba, el agente Giles Swinger salió por la puerta principal.

—Te he visto llegar —dijo él, saliendo afuera.

—¿Cuánto tiempo llevas aquí?

—Desde las cuatro de la mañana.

Stephanie se lo pensó dos veces y consultó el reloj.

—¿Tres horas? ¿No se suponía que Devon estaba de guardia?

Giles no dijo nada y bajó la mirada, como un niño que evita decir la verdad.

—Giles... ¿Dónde está Devon?

—No lo sé —respondió el agente—. La centralita no pudo contactar con él. Bueno, sí pudieron, pero dijeron que sonaba como si no supiera en qué planeta estaba, así que me llamaron a mí.

Stephanie se tomó su tiempo antes de responder.

—Gracias por decírmelo. —Se metió las manos en los bolsillos del abrigo e hizo un gesto hacia la casa—. ¿Lo mismo de siempre?

—Casi —dijo Giles con entusiasmo—. Solo que esta vez, el gato los interrumpió. Por lo que he podido averiguar, el intruso volvió a entrar por las puertas del patio y luego subió al piso de arriba. La familia me ha dicho que durmieron con todas las puertas de las habitaciones cerradas, siguiendo el consejo que circula por las redes sociales...

Stephanie miró en dirección a Trent. El hombre había desaparecido de su vista.

—Así que podemos suponer que fue abriendo todas las habitaciones hasta que encontró la correcta, como Ricitos de Oro —continuó Giles—, o que tuvo suerte y encontró el cuarto de la hija a la primera, porque los padres no oyeron nada.

—¿Cómo se despertaron y dieron la alarma?

Giles explicó lo que había sucedido. —El estallido fue lo bastante fuerte como para despertarlos, pero los padres reaccionaron con demasiada lentitud. La científica está ahora en el dormitorio, recogiendo lo que creen que son restos de fibras de la ropa del intruso. La teoría es que el gato pudo haber atacado al intruso y haberse llevado algunas de sus fibras y, potencialmente, también piel.

—¿Dónde está el gato?

Giles meneó un dedo, y el entusiasmo se desvaneció de su rostro tan rápido como el agua por un desagüe. —Esperaba que no me preguntaras eso. Está fuera, en alguna parte. Escondido. La familia cree que ha estado ahí toda la noche.

—¿Así que, aunque hubiera ADN en él, a estas alturas ya habría desaparecido?

—Sí, a menos que encuentren algo de sangre en el suelo o en las fibras.

Stephanie soltó un bufido de aire caliente por la nariz.

—¿Y la niña?

—Bien. Asustada. Se llama Helen Lynas. Ocho años. Se parece muchísimo a las demás víctimas. Ha dicho que se despertó por el ruido del globo.

—¿Vio algo?

—Solo la silueta de alguien saliendo de la habitación. Nada más que eso.

—¿Los padres?

Giles negó con la cabeza. —Nadie vio gran cosa. Lo cual es raro, porque tienen este tragaluz enorme. Cuando llegué, obviamente estaba oscuro fuera, pero podía ver bastante con la luz de la luna.

—Quizá estaban medio dormidos —dijo Steph—. ¿Alguna cámara de seguridad?

Otra sacudida de cabeza, esta vez más lenta. Era la respuesta que Stephanie se esperaba. Era como si el intruso supiera en qué casas podía salirse con la suya. Cuatro casas y cuatro víctimas eran demasiadas como para que fuera una coincidencia.

—Puedes terminar aquí —le dijo—. Ya has estado aquí tiempo suficiente. Y asegúrate de tomarte el resto del día con calma. Has estado trabajando duro y no quiero verte agotado.

Él le dedicó una sonrisa de alivio. —Gracias, jefa. Nos vemos en la oficina.

—Cuando llegues, reúne a todo el mundo.

—¿A todo el mundo?

Un asentimiento.

—¿Adónde vas?

—A hacer una parada rápida.

—¿Cuánto tardarás? ¿Nos da tiempo a hacer una ronda de cafés?

Ella sonrió de medio lado. —El mío, un moca, por favor. Grande. Doble. Y que esté muy caliente.

CAPÍTULO
TREINTA Y SEIS

El interfono crepitó débilmente bajo el pulgar de Stephanie cuando pulsó el timbre del piso 33B. Dio un paso atrás y alzó la vista hacia la elegante fachada acristalada del bloque de apartamentos. Era una de esas nuevas urbanizaciones elegantes que parecían atractivas por fuera, pero que por dentro resultaban demasiado estériles. Construidas con el menor coste posible para obtener el máximo beneficio, estaban alterando rápidamente el perfil de las ciudades históricas. Era una monstruosidad en el centro de Guildford y, a pesar de que lo habían construido hacía solo unos meses, unas manchas de agua de lluvia surcaban los laterales del edificio, y en la parte baja faltaban pequeños trozos de ladrillo, seguramente por batallas perdidas contra coches y ciclistas imprudentes.

No estaba segura de si esa había sido siempre la casa de Devon o si era una parada temporal mientras lidiaba con su divorcio, pero estaba a punto de averiguarlo.

Si la dejaba entrar, claro.

Pasó un instante. Entonces, el altavoz crepitó.

—¿Sí?

—Soy yo. Déjame entrar.

Siguió un denso silencio y, a continuación, se oyó un suave clic al soltarse la cerradura de la puerta. Abrió y entró. Una pared de aire frío y filtrado le golpeó en la cara. Ignoró el ascensor y empezó a subir las escaleras; el sonido de sus zapatos resonaba por todo el hueco de la escalera.

Cuando llegó al tercer piso, la puerta de Devon estaba entreabierta. Se acercó con cautela y la empujó al oírlo moverse dentro.

El piso era pequeño, con un único dormitorio, salón y cocina americana. Los muebles confirmaron sus primeras impresiones: todo proporcionado por los promotores, nuevo, sin un rasguño, aún con su brillo original. La cocina parecía intacta, como si acabara de salir de la cadena de montaje, y Devon parecía estar haciendo todo lo posible por mantenerla así viviendo a base de platos precocinados y aperitivos. Había basura por todo el suelo. Latas de cerveza y botellas de licor vacías yacían abandonadas junto al sofá, y el aire olía denso y a rancio, a alcohol.

Un momento después, Devon salió del dormitorio, colocándose la corbata a medio anudar alrededor del cuello y ajustándosela con pereza.

—¿Qué te parece? —preguntó.

—Creo que necesitas un poco de agua —respondió ella.

—¿Y el piso?

—¿Cuánto tiempo llevas aquí?

Devon miró a su alrededor con el cariño de alguien que se sentía fuera de lugar. —Esta es mi segunda semana.

Lo observó como una madre preocupada. —¿Lo sabe alguien?

—No creo.

—¿Por qué no dijiste nada? Podríamos haberte ayudado con la mudanza.

Se encogió de hombros, dejando la corbata a unos centímetros por debajo del botón. —Como puedes ver, no me queda mucho. Un divorcio es lo que tiene.

Los ojos de Stephanie se dirigieron a lo que supuso que era una foto de Devon y su familia en el mueble de la televisión, pero entonces se dio cuenta de que era una foto de archivo de un ramo de flores.

—¿Cuánto tiempo estuvisteis juntos?

—Quince años. La mayoría, felices. Muchos, no. —Se ajustó la corbata—. Siento llegar tarde.

—Llegas más que tarde. Tenías que estar de guardia. Giles ha ido en tu lugar.

Se rascó la mejilla, el sonido de sus uñas susurró entre su barba.
—Le debo una.

—Más de una —señaló ella, bajando la vista hacia las pruebas de abandono en el suelo—. Habla conmigo.

—Estoy bien.

—Pues no hueles a que estés bien.

Sus ojos se abrieron, asustados. Balbució algo incoherente, buscando qué decir.

—Estoy preocupada por ti —dijo ella.

—Te he dicho que estoy bien.

Se dirigió hacia el sofá, recogió las botellas y latas vacías y luego fue a la cocina. Ignorando las protestas poco entusiastas de Devon, llenó una bolsa de basura negra y separó las botellas de vidrio en una bolsa de Sainsbury's.

—Creo que deberías tomarte el día libre —dijo—. Un día de baja, tal vez. Tiempo para que te recuperes, para que despejes la cabeza.

—No lo necesito. Como te he dicho, estoy bien.

—¿Estás en condiciones de conducir?

—¿Qué?

—Ponerte al volante. ¿Puedes hacerlo?

Dudó. —Sí...

—Genial. Pues venga. Vamos a dar una vuelta en coche, solo los dos. Tenemos un sospechoso con el que tenemos que hablar en Southampton —mintió—. Tendremos que ir por la A-3, pero yo te puedo guiar.

Cogió las llaves del coche de la mesa de centro y se las tendió.

—Si crees que estás lo bastante bien como para llevarnos a más de cien kilómetros por hora, entonces vamos. Hagámoslo.

Devon se quedó mirando las llaves un buen rato, con la consternación dibujada en el rostro. Al final, se las quitó, pero luego las dejó caer de nuevo sobre la mesa de centro.

—No estás bien —dijo Stephanie—. Y no pasa nada. Yo he estado ahí. Sé lo que es.

Devon se hundió en el sofá. —¿Cómo vas a saberlo? ¿Cómo es posible que lo sepas?

Stephanie hizo una pausa, y luego procedió a hablarle de su trastorno alimentario, de cómo había empezado, de cómo había consumido todos los aspectos de su vida al principio, de cómo pensaba que nunca lo controlaría y de cómo, en los últimos meses, había empezado a dominarlo de nuevo. Mientras tanto, el rostro de Devon se quedó nublado por la culpa y la vergüenza mientras la escuchaba.

—No tenía ni idea —dijo él en voz baja.

—Ahora ya lo sabes. No digo que tenga ni idea de por lo que *tú* estás pasando, pero sí sé que tienes que encontrar mecanismos para sobrellevarlo, mejores formas de lidiar con ello. No es fácil, pero, como mínimo, te he demostrado que es posible.

Devon se levantó del sofá.

—¿Qué haces?

—Me llevas al trabajo —respondió él.

—De ninguna manera. Te quedas aquí. Necesitas descansar y recuperarte. Y no me iré hasta que hayas vuelto a la cama.

—¿A la cama? ¿Qué eres, mi...?

Ella levantó una mano. —No termines esa frase. Así es como empiezan los rumores. Solo me preocupo por ti. Mientras tanto, te pondré en contacto con el servicio de salud laboral.

Y eso fue todo. No tuvo nada que decir; la decisión de ella era inapelable. Le llenó un vaso de agua y lo mandó a la cama, diciéndole que no esperaba saber de él en todo el día. Antes de marcharse del piso unos veinte minutos más tarde, cuando él por fin se dio cuenta de que lo estaba ayudando en lugar de avergonzarlo, ella cogió sus bolsas de basura y bajó al contenedor comunitario.

Abajo, tiró la bolsa de basura negra en el contenedor grande y luego empezó a depositar las botellas de vidrio vacías en el contenedor de vidrio una por una.

No fue hasta que terminó y se dirigía de vuelta a su coche cuando le pareció ver un Skoda Fabia gris que se alejaba por la calle de enfrente.

CAPÍTULO
TREINTA Y SIETE

Cuando regresó a la oficina, se encontró a todo el equipo sentado en sus escritorios.

—¿Qué es esto? —preguntó, dirigiéndose a Giles con los brazos abiertos—. ¿No se suponía que todo el mundo estaba listo para irse?

Giles la miró con el ceño fruncido y luego recorrió con la vista los rostros perplejos de sus compañeros.

—Eso ha sido hace una hora, señora. Dijo usted que tendríamos el tiempo justo para prepararnos un café.

Ella echó un vistazo a la taza vacía sobre el escritorio de él. —Y de terminároslo, por lo que parece. De acuerdo, me han pillado. Culpa mía. —Consultó su reloj—. ¿Cinco minutos? Llenen sus tazas y reúnanse conmigo en la sala de crisis.

Hubo una respuesta unánime de «Sí, señora», antes de que el equipo se levantara de sus asientos y se dirigiera hacia la cocina. Se sintió como un chef que acababa de dar instrucciones a la cocina para empezar el servicio del día.

Unos minutos después, estaban listos.

—En primer lugar —empezó—, Devon va a estar de baja los próximos dos días. No se encuentra bien, así que las tareas y responsabilidades de las que se encargaba recaerán sobre algunos de ustedes. Estoy segura de que ya lo saben, pero esta mañana ha habido otro allanamiento que involucra a una niña y un globo de fiesta azul. Al principio, pensé que era algo lo suficientemente menor como para que solo Devon y Giles se ocuparan, bajo mi supervisión; sin embargo, ahora me doy cuenta de que eso ya no es factible.

—Más vale tarde que nunca, señora —dijo Fiona en broma, mordiéndose las uñas.

Stephanie le dedicó una sonrisa cómplice. —Es nuestra cuarta víctima en una semana, y no sé cuántas veces más ocurrirá esto. No obstante, en los dos últimos casos, el Bogeyman ha cometido errores; casi lo han atrapado. O se está volviendo más confiado o sus víctimas están mejor preparadas. Me inclino a pensar que es una mezcla de ambas cosas.

—No sabemos quién es esta persona. No sabemos qué aspecto tiene, ya que los testigos informan de que el Bogeyman va todo de negro y con un pasamontañas. No sabemos cómo entra ni cómo escapa. Nadie con quien hemos hablado tiene grabaciones de cámaras de seguridad, ni nadie ha presenciado los allanamientos en plena acción. Siempre tienen lugar en mitad de la noche. Así que, como pueden ver, no hay mucho de lo que tirar.

Stephanie hizo una pausa para recuperar el aliento y calibrar la reacción del equipo. Un puñado de miradas atentas se clavaron en ella.

—No son incidentes aislados —continuó—. Hace treinta años, ocurrió algo parecido, solo que el Bogeyman del pasado elegía a niños en lugar de a niñas.

—¿Por qué el cambio? —preguntó Olivia, sorbiendo de una lata de Coca-Cola Light, la única que no tenía una bebida caliente en la mano.

—Todavía tenemos que averiguarlo. También tenemos que descubrir *por qué* está haciendo esto. No parece haber signos de agresión sexual en ninguna de las víctimas, aunque eso no descarta la posibilidad de que quienquiera que esté haciendo esto obtenga algún tipo de excitación mientras está en sus habitaciones.

—¿Ha habido alguna prueba de ADN que sugiera que ese es el caso? —preguntó el sargento Noah Mackenzie. Aquella mañana iba vestido con una americana de color amarillo oscuro y unos pantalones de pana a juego, como si se hubiera inspirado en el coronel Mustard del juego Cluedo.

—No —fue la tajante respuesta de Giles.

—¿Y qué hay de las víctimas del pasado?

—Me encargaré de preguntarlo —continuó el agente—. Sin embargo, en sus declaraciones originales, se les hizo la pregunta y todas las víctimas respondieron que no habían visto nada de esa naturaleza. Los niños tenían diez años en aquel momento, así que podrían haberse sentido confusos o haber mentido. Es muy probable que no supieran lo que era si algo así tuvo lugar. Tomaré nota para hacerles un seguimiento y volver a plantearles la pregunta.

Steph le ofreció un gesto de apoyo.

—Así que tenemos un mirón con un modus operandi cambiante al que le gusta entrar en las habitaciones de niños pequeños y observarlos mientras duermen. ¿Suena correcto? —preguntó Fiona.

—Sí.

—Parece simple. ¿Qué le pasó al antiguo Bogeyman?

—Nunca lo atraparon. Nunca lo encontraron.

—¿Así que podría ser la misma persona que simplemente decidió que había cambiado de opinión y que ahora prefería niñas?

La sensación de desesperación crecía. —Mi hipótesis, aunque no sea gran cosa, es que podría ser una de dos opciones. La primera es que sea la misma persona de hace tantos años que, como dice usted, ha tenido un repentino cambio de parecer. Eso explicaría por qué es capaz de entrar y salir de estas casas sin incidentes, porque ya lo ha hecho antes y sabe cómo. El único problema con eso es que si hubiera cometido estos crímenes cuando tenía treinta o cuarenta años, ahora tendría sesenta o setenta, por lo que la movilidad podría ser un problema. La segunda opción es que sea alguien nuevo. Alguien que quizás leyó sobre el caso original del Bogeyman hace tantos años y, después de treinta años, ha decidido imitarlo.

—¿Y una de las antiguas víctimas? —preguntó Olivia—. ¿Podrían estar imitándolo? Solo es una idea, si no, me callo.

Marcus Vickery.

El nombre brotó de los labios de Giles al mismo tiempo que apareció en la mente de ella.

—Él y el Bogeyman hablaron la noche que lo visitó —explicó Giles—. Se quedaron de cháchara, por lo visto. Así que existe la posibilidad de que mantuvieran el contacto y que ahora esté continuando el legado, por así decirlo.

—Espero que mis hijos continúen mi legado cuando yo ya no esté —dijo Noah.

—¿Y qué legado es ese?

—Mi fantástico, fantástico estilo.

Fiona resopló. —Solo es fantástico si te lo dice otro. Si no, solo da vergüenza ajena.

—En fin —intervino Stephanie, levantando la mano—. Volviendo al tema por el momento. Tengo una tercera hipótesis.

Una ola de silencio barrió al equipo como un tsunami.

—Que el Bogeyman original fue a la cárcel por algo, y que alguien que conoció durante su encarcelamiento está continuando esto por él.

Nadie dijo nada. Olivia siguió bebiendo su Coca-Cola Light, Giles se metió un par de Tic Tacs en la boca y Noah se removió incómodo en su asiento. Fiona fue la única que permaneció quieta.

También fue la única con las agallas para cuestionarla.

—Esto no tendrá nada que ver con su padre, ¿verdad?

Stephanie se llevó la mano al collar. —No necesariamente. Solo digo que es algo en lo que deberíamos pensar. Una idea un poco fuera de lo común.

Intuyó por sus expresiones incómodas que ninguno de ellos la creía, pero ya estaba sobre la mesa. Lo había soltado, así que si era una vía que quería explorar más a fondo, el equipo no podría cuestionarla ni juzgarla.

Stephanie se aclaró la garganta. —Ahora que los tenemos a ustedes tres, podemos avanzar claramente en este embrollo. Sabemos que las tres primeras víctimas van a una escuela de baile local llamada Pump and Jump. Giles, ¿alguna noticia sobre la última víctima?

El agente asintió, sosteniéndole la mirada. —La última víctima *también* es miembro.

—Perfecto. —Echó un vistazo a Fiona—. Se suponía que Devon iba a llamar a todos los padres para advertirles, pero puede que estuviera esperando la orden judicial. Averigüe en qué punto está y notifique a los padres de los pasos que deben seguir, y dígales que vamos a celebrar una reunión mañana por la tarde para informarles del riesgo para la seguridad de sus hijos.

Fiona asintió. —Sí, señora. ¿Algo más?

—Los dueños actuaron de forma sospechosa cuando hablamos con ellos. Me dio la sensación de que ocultaban algo sobre alguien que pudiera trabajar allí o sobre uno de los padres. Presiónelos a ver si puede sacarles algo y luego tráigamelo.

—Hecho.

La siguiente era Wellard. —Olivia, reúna a un pequeño ejército de agentes uniformados y realice interrogatorios casa por casa para cada víctima. Lance un llamamiento en las redes sociales pidiendo grabaciones y cualquier información que el público pueda tener. Alguien en algún lugar tiene que tener imágenes de *algo*.

—Desde luego —respondió Wellard con un pequeño saludo militar.

Por último, Noah. —Mackenzie, ¿puede retomar el trabajo de Devon y rastrear las pruebas del caso original y contactar con las antiguas víctimas? Vea si puede hacer que vengan y si pueden aportar algo sobre lo que hemos discutido esta mañana.

Noah le apuntó con un dedo a modo de pistola. —A la orden, mi capitán.

—Mientras tanto, Giles, creo que hay un antiguo sospechoso al que hace tiempo que le debemos una visita.

El rostro de Giles se iluminó. —¡Suena de maravilla!

CAPÍTULO
TREINTA Y OCHO

Para este trayecto, Stephanie dejó que Giles condujera. Estaba cansada, agotada y harta de lidiar con el tráfico de Guildford. No era bueno para su corazón.

Mientras se abrochaba el cinturón de seguridad, Giles arrancó. Al instante, se aferró a la manilla de la puerta, temiendo por su vida.

—¿Siempre ha conducido como si tuviera diecisiete años?

Él se encogió de hombros. —No le pasa nada a mi forma de conducir —respondió mientras salía de un cruce sin apenas espacio.

—Supongo que piensa que todos los demás en la carretera conducen fatal, ¿no?

La miró de reojo, con una ceja arqueada. —Usted ha conducido por aquí, ¿verdad? Hoy en día todo el mundo se cree con derecho a todo. Y me encanta cuando se olvidan de usar las palanquitas del volante. De verdad creo que algunos se piensan que la carretera es suya. También creo que a algunos se les debería exigir repetir el examen cada cinco años más o menos. Eso los mantendría a todos a raya.

Antes de que pudiera responder, se acercaron a un semáforo en verde que cambió a ámbar. Stephanie sintió cómo el coche aceleraba para intentar pasarlo. Se agarró al asiento. No era una maniobra ilegal. Solo estúpida.

Los dos segundos que Giles había esperado ganar los perdieron al detenerse en otro semáforo. Permanecieron en silencio. Fuera, las nubes se habían disipado y asomaban pequeños retazos de cielo azul.

Giles bostezó.

—Puede terminar antes —le dijo ella—. Ya ha hecho bastante esta mañana.

—No puedo.

—No tiene que hacerse el héroe. Le estoy diciendo que se tome el tiempo libre.

—Nos falta un hombre —dijo Giles con firmeza—. Y usted me ha confiado esta investigación. No quiero decepcionarla.

—No lo hará. Además, no nos falta un hombre. Contamos con dos mujeres más.

Un silencio incómodo se instaló en el coche.

—Devon no está enfermo, ¿verdad?

Aunque sabía que la pregunta iba a llegar, la pilló por sorpresa.

—No se encuentra bien —respondió de forma evasiva.

—¿Cómo estaba cuando habló con él?

—Le he visto con mejor cara.

—Muy diplomática. Debería haberse metido a política. ¿Se va a poner bien?

Ella desvió la mirada hacia el coche de delante y se tomó su tiempo antes de responder. —Espero que se mejore pronto.

—No me refería a eso. No se va a deshacer de él, ¿o sí?

—No puedo despedirlo por estar enfermo. Recursos Humanos se me echaría encima de inmediato.

—Sigo sin referirme a eso. La bebida. No será su fin, ¿verdad?

Se dio cuenta de que ya no tenía sentido ocultárselo a Giles. —Espero que no —respondió con solemnidad—. Lo que necesita ahora mismo es a sus amigos íntimos, a sus compañeros y algo de apoyo. Está pasando por mucho. Pero usted lo conoce mejor que yo. ¿Cree que superará esto?

Giles se mordisqueó el labio. —Sí, lo creo... Con el tiempo.

—Entonces eso es lo que todos debemos creer.

CAPÍTULO
TREINTA Y NUEVE

Myles Delaware se había pasado toda la vida trabajando de obrero en Guildford. Las pruebas de los años pasados bajo el sol y la lluvia aún eran patentes: su piel curtida le colgaba del cuerpo como una camiseta de licra holgada; la definición y la musculatura de sus hombros, brazos y pecho; los tatuajes desvaídos tras años de exposición. A punto de cumplir los setenta, parecía estar notablemente en forma para su edad —ágil y diestro—, lo que reflejaba una vida vivida al aire libre, en constante movimiento. Se movió con la misma destreza que Stephanie y Giles mientras se adentraban en su casa.

El estrecho pasillo de su piso bajo de un dormitorio estaba adornado con fotografías de viajes recientes a Benidorm y Mallorca con amigos y familiares. En el salón, un sofá de dos plazas miraba hacia un televisor que parecía una reliquia de los noventa, cuya capa de polvo sugería que no se había usado desde que lo compró.

—Pónganse cómodos —dijo Myles, señalando el sofá. Hablaba con acento *cockney*.

Giles y Stephanie declinaron la oferta; prefirieron quedarse de pie. —Pasamos mucho tiempo sentados —explicó ella.

—Eso no es bueno. Vengan, podemos sentarnos fuera.

Myles se dirigió a las puertas traseras que daban al patio, las abrió con una llave y salió al jardín. Un banco de jardín de estilo pub ocupaba el centro del espacio. Al fondo del jardín había un cobertizo hecho a mano construido con maderas de varios tonos. Stephanie reparó en que había aparatos de gimnasio tras el cristal de la ventana.

—De todas formas, se está mucho mejor aquí fuera —dijo mientras se acomodaba en el banco.

Stephanie alzó la vista al cielo; un nubarrón gris oscuro amenazaba con descargar lluvia.

—Un poco de lluvia nunca le ha hecho daño a nadie —dijo—. A veces invito a mis colegas y nos montamos una fiestecilla en el jardín como en los viejos tiempos. Más barato que el bar, eso se lo aseguro.

La mirada de Stephanie se posó en las botellas de cerveza vacías en la caja de reciclaje, arrimada en un rincón junto a la casa. En la caja de Devon solo había un par de botellas menos.

—Disculpe la intromisión —empezó a decir Stephanie.

—No se preocupen. Tampoco tengo mucho más planeado para hoy. Una de las maravillas de estar jubilado, ¿eh?

—Desde luego. Estamos investigando la oleada de allanamientos que se está produciendo en la zona y queríamos hablar con usted sobre su implicación en una investigación similar en los años noventa.

Su rostro se endureció y negó con la cabeza. —Todo aquello fue una sarta de gilipolleces, ¿vale? Se dan cuenta de eso, ¿no?

A Stephanie le pareció ver cómo se le tensaban los músculos. —Eso fue antes de que llegáramos nosotros —dijo ella, en un intento inmediato de calmar la incipiente ira del hombre—. ¿Por qué no nos cuenta lo que pasó?

—¿Quieren decir que tengo que volver a pasar por todo esto? ¿Toda esta movida? ¿No tienen la información en algún ordenador por ahí? ¡No me puedo creer que vayamos a tener esta conversación *otra vez*! —Su voz sobresaltó a los pájaros de un árbol cercano. Dejó escapar un profundo suspiro—. No sé ni por qué se manchó mi nombre en primer lugar. Me arruinó el negocio, aquello.

—¿Cómo? —preguntó Stephanie.

—Bueno, pues yo había estado haciendo un par de reformas de desvanes y ampliaciones y algunas chapuzas por la zona para la gente a la que le estaban entrando a robar. Entonces, después de que alguien dijera que yo podría haber tenido algo que ver, todo el mundo puso mi nombre en la lista negra y se aseguraron de que no me dieran más trabajo después de que todo se calmara. Así que tuve que empezar a trabajar para otro, y para el final de mi vida laboral estaba trabajando en la construcción de puñeteras urbanizaciones y nuevas promociones. Lo odiaba. Todo porque a alguien se le ocurrió inventarse que me metía en las habitaciones de los críos y los miraba mientras dormían.

—¿Y lo hizo?

Stephanie hizo una mueca cuando Giles terminó de hablar. De todas las preguntas que podría haber hecho, aquella era probablemente la más estúpida.

Myles estuvo de acuerdo. —¿Claro que no lo hice, joder! ¿No acaban de oír lo que he dicho? No tuve nada que ver con esos allanamientos. Solo había hecho algunos trabajos para un par de las víctimas.

—¿Sabe quién le dio su nombre a la policía? —preguntó Stephanie.

Myles negó con la cabeza. —Nunca lo averigüé. Aunque si alguna vez lo hacen, ¿podrían decírmelo? Me gustaría hacerles una visita.

Los músculos de los antebrazos del hombre se tensaron y flexionaron como las cuerdas de un piano.

—No —respondió Stephanie con firmeza, zanjando esa línea de conversación—. No podemos hacer eso. ¿Se le ocurre alguien que pudiera haber querido hacerle algo así?

—¿Qué? ¿Creen que alguien intentaba cargarme el muerto?

Ella no reveló nada con su expresión. —Es algo que podríamos investigar.

—Pudo haber sido cualquiera. Quizá incluso uno de los clientes para los que hice algún trabajo. A lo mejor pensaron que tenía la pinta.

Los ojos de Stephanie se posaron en los tensos músculos del hombre y se preguntó si tendría la destreza necesaria para entrar en las propiedades sin hacer ruido. Quizá tuviera los conocimientos y las herramientas para conseguirlo, pero dudaba que tuviera la calma y la fluidez necesarias para moverse en silencio.

—Ese tipo que trabajó en la investigación de entonces, ¿cómo se llamaba? —preguntó Myles.

—¿Qué tipo? Probablemente habría varios —respondió ella.

—El inspector, el colega ese.

—¿El inspector Lockwood?

Myles chasqueó los dedos, emocionado al reconocerlo. —¡Ese mismo!

—¿Qué pasa con él?

—¿Qué hace ahora? ¿Sigue viviendo en esa pedazo de mansión junto a Blackheath?

Stephanie lo confirmó con un sutil asentimiento.

—Yo le hice unos trabajos en ella en su día. Un tipo raro.

—¿Por qué dice eso?

—No sé. Era un poco extraño, ya sabe. Dijo que él y yo podíamos llegar a una especie de acuerdo si le hacía un trabajo por lo bajini, ¿sabe? Que podía hacer desaparecer mi nombre, siempre que hiciera que le mereciera la pena. —La atención de Myles se posó en el banco—. Me pasé seis semanas construyéndole ese garaje. Y por nada. Casi me arruina.

—Aun así, al menos sacó su nombre de la investigación —dijo Stephanie, mientras su cerebro empezaba a procesar rápidamente la información—. ¿Le dijo *por qué* haría eso por usted?

Myles se encogió de hombros. —Solo que veía que yo no había tenido nada que ver, así que pensó que también podía sacar algo de provecho mientras tanto. Estoy bastante seguro de que todos aceptaban sobornos entonces. Sobornos y todo eso. —Volvió a chasquear los dedos, con la cara iluminada por el recuerdo de una historia olvidada—. Había otro tipo. Clive McGowan. Un fulano con nombre escocés pero, por lo que pude averiguar, ni un solo hueso escocés en el cuerpo.

A Stephanie se le heló la sangre en las venas. Por el rabillo del ojo, vio que Giles se movía, incómodo. —¿Qué pasa con él?

—También quería algo de ayuda.

—¿Con qué?

Myles vaciló y se puso a rascar la madera. —Digamos que yo tenía otro problema que él me ayudó a hacer desaparecer.

CAPÍTULO
CUARENTA

Stephanie temblaba mientras se subía al asiento del copiloto y cerraba la puerta tras de sí.

No se lo podía creer. El inspector jefe McGowan, un hombre al que conocía desde hacía poco más de un mes, había caído en picado en su estima. Y qué indiferente y estoico se había mostrado Myles al respecto, como si fuera algo tan común como creía la gente.

Se sentía turbada e inquieta.

¿Por qué todas las figuras paternas de su vida, y los hombres con poder que se había encontrado, habían resultado ser unos cabrones? Cada vez le costaba más confiar en la gente.

—¿Estás bien? —preguntó Giles mientras ella se dejaba caer pesadamente en el coche, poniendo a prueba la suspensión.

—Asimilándolo, sin más.

—¿El qué?

Fue entonces cuando se dio cuenta de que Giles no era consciente de las implicaciones. Llevaba toda la vida, toda su carrera, rigiéndose por las normas. La habían moldeado, le habían dado forma y la habían guiado. Era inquebrantable en su forma de entender el trabajo policial y aborrecía a cualquiera que se desviara de él. Con Giles, sin embargo, tenía la sensación de que seguía siendo un ingenuo ante todo aquello.

—Lo has oído. Ha dicho que McGowan aceptaba sobornos.

—Eso dice él. No significa que sea verdad. Igual que ha afirmado que no tuvo nada que ver con esos chicos.

No lo había considerado de esa manera. Quizá la ingenua era ella.

—Lo que me recuerda —continuó Giles— que te debo una disculpa.

—¿Por qué?

—La gente de sesenta y setenta años puede salirse con la suya mucho más de lo que yo creía.

Ella sonrió con aire de suficiencia. —Te lo dije. No dejes que te engañen.

Un silencio denso inundó el coche.

—¿Tu padre?

Ella asintió mientras se abrochaba el cinturón de seguridad.

—¿Quieres hablar de ello?

—No hay mucho que decir. Solo que... no deberías subestimar a nadie. Da igual lo grande o pequeño que sea.

CAPÍTULO
CUARENTA Y UNO

La casa estaba en silencio. Un silencio sepulcral. Peor que la última vez que había estado allí sola. No se oía la lluvia contra el cristal de la ventana, ni el silbido del viento entre los ladrillos, ni siquiera el crujido de las tablas del suelo o el quejido de las tuberías. Solo estaban ella y el álbum de fotos, con los rostros iluminados por la luz amarillenta del techo y el duro resplandor blanco de la linterna del móvil.

Stephanie estaba sentada con las piernas cruzadas en su antiguo dormitorio, con la espalda apoyada en el borde de la cama. Había encontrado el álbum de fotos en el cajón de abajo de una cómoda, enterrado bajo un montón de deuvedés y cedés. Lo cogió y lo abrió por la primera doble página. Estaba dividida en cuatro, y cada recuadro contenía una foto: Stephanie jugando en el barro; la tarta de su tercer cumpleaños con las velas encendidas; un paisaje cualquiera de unas vacaciones al sol; y una foto de su padre, fumando un cigarrillo y repantigado en el sofá. Sobre su cabeza había un cartel que rezaba: «¡Bienvenida a casa, pequeña!».

Stephanie sacó la última fotografía de su funda de plástico y le dio la vuelta. En el reverso, escrita con una tinta negra tan nítida que parecía del día anterior, estaba la fecha: 19/03/1990.

La fecha de nacimiento de Kimberley.

Una leve sonrisa se dibujó en su rostro. Volvió a meter la foto en su funda y la sonrisa se le borró al instante al cruzar su mirada con la del hombre que había sido responsable de darle la vida. Nunca había pasado una página tan rápido.

En la siguiente, la sonrisa regresó. Esta estaba llena de fotos de su hermana de bebé, bien envuelta en sus mantas, con los ojos cerrados pero aun así sonriendo a la cámara con la misma sonrisa fotogénica que siempre había tenido.

Stephanie desbloqueó el móvil, hizo una foto a la doble página y se la envió a Kimberley con un mensaje: *Qué gordita eras.*

Tras darle a enviar, volvió a pasar la página y se quedó helada.

La foto que la había hecho volver —la de Kimberley— acudió de golpe a su mente. Seguía con el hombre al que no reconocía. Pero esta vez, sostenía a su hermana pequeña con un brazo mientras que con el otro rodeaba a su padre.

¿Quién era? ¿Y por qué no lo recordaba?

Antes de que pudiera pensar más en ello, su móvil sonó, vibrando contra su pierna.

—No me has dicho que ibas a volver a ir —dijo Kimberley.

—Solo quería comprobar una cosa para el trabajo —respondió ella.

Kimberley no dijo nada, pero Stephanie intuyó que su hermana quería decir algo.

—¿Quién iba a decir que eras una monada de bebé? —continuó —. ¿En qué momento se torció todo?

—Mira quién fue a hablar —replicó Kim.

Otra pausa cargada.

—No lo quiero —dijo ella, con la voz tensa—. El dinero. No lo queremos. No lo necesitamos. No queremos nada suyo.

—Lo entiendo. Creí que debía ofrecéroslo.

—Y te lo agradecemos, pero no. No podemos. ¿Qué vas a hacer con él? ¿Puedes donarlo a alguna organización benéfica, a un refugio o algo así?

Stephanie echó un vistazo al álbum de fotos. —Hablaré con el abogado mañana, pero seguro que hay alguna organización contra la violencia de género a la que podamos ofrecérselo. Sería el último sitio al que él querría que fuese a parar.

CAPÍTULO
CUARENTA Y DOS

Stephanie miró el reloj, con creciente impaciencia. Kieran Rowe la había hecho esperar algo más de cinco minutos y, cuando por fin salió del despacho, no parecía tener ninguna prisa.

—Siento la espera —dijo mientras se acomodaba tras el escritorio y dejaba caer su flamante maletín de cuero en el suelo, a su lado—. Una llamada de última hora que no he podido eludir.

—No importa cuando facturas cada seis minutos. Puedes llegar todo lo tarde que quieras, que al final vas a cobrar igual.

Él levantó las manos, como queriendo decir que no podía hacer nada.

—¿Cómo está su hermana? —preguntó Kieran.

A Stephanie la pilló por sorpresa la pregunta. —Está bien. Embarazada. Así que está lidiando con todo lo que eso conlleva.

El rostro del veinteañero se quedó en blanco, como si no tuviera ni idea de lo que ella estaba hablando.

—He visto que me ha mandado un mensaje esta mañana, pero todavía no he tenido ocasión de mirarlo bien.

—Probablemente sea sobre lo que he venido a hablar contigo —dijo ella—. El dinero.

Él entrelazó los dedos sobre el escritorio. —Me lo imaginaba.

—*Nosotras* no lo queremos. Preferiríamos donarlo a una organización benéfica.

El rostro de Kieran se contrajo como si sintiera dolor. Levantó un dedo y lo tamborileó sobre el escritorio. —Hay un pequeño contratiempo con eso.

Sin añadir nada más, encendió el ordenador e inició sesión mientras hacía clic repetidamente con el ratón.

—¿Cuál es el problema? —preguntó ella.

No respondió; siguió tecleando y haciendo clic.

—Kieran, ¿a qué te refieres con que hay un contratiempo?

Finalmente, se detuvo y apoyó los antebrazos en el escritorio, con expresión preocupada.

—Mi equipo y yo hemos estado releyendo con más detenimiento el testamento y la validación testamentaria de su padre, y parece que hay algo que pasamos por alto en un principio.

—¿Algo que pasasteis por alto?

—Sí.

—¿Cómo se os pudo pasar por alto? ¿Para qué os estamos pagando una cantidad de dinero ridícula?

Hizo una pausa para respirar, intentando calmarse.

—Se nos escapó, sin más. Son cosas que pasan. Obviamente, intentamos minimizarlas en la medida de lo posible, pero solo somos humanos y a veces se cometen errores.

Puede que le robe esa frase.

—Kieran, por favor, suéltalo ya. ¿Qué es? No quiero más sorpresas desagradables de este hombre nunca más. Mi hermana y yo queremos que esto se acabe lo antes posible.

—Lo entiendo perfectamente, es solo que... —Se aclaró la garganta—. En cuanto al dinero. Su padre estipuló que, en el caso de que no pudiera legarse a sus descendientes, ya sea por fallecimiento o por elección, pasaría a otra persona.

—¿Otra persona? ¿Quién? No tiene a nadie más.

Kieran echó un vistazo rápido a la pantalla.

—Eso no es del todo cierto. —Se le hizo un nudo en la garganta —. ¿Le suena de algo el nombre de Elliot Broadbent?

Stephanie parpadeó, con la respiración entrecortada, como si se le hubiera enganchado en algo afilado. Por un momento, Kieran y su despacho entero parecieron inclinarse. Se le encogió el estómago.

—¿Elliot Broadbent? —repitió, con una voz que era apenas un susurro.

—Sí.

Entonces encajó las piezas. El hombre de las fotos. El hombre que sostenía a Kimberley. El hombre abrazado al hombro de su padre.

—¿Lo conoce?

No pudo responder. Solo podía pensar en las fotos del álbum que habían hecho resurgir recuerdos enterrados hacía mucho tiempo.

—Creemos que podría ser el hermano de su padre —explicó Kieran—. Eso lo convertiría en su tío. Y en el caso de que ni usted ni su hermana deseen quedarse con nada de la herencia o el dinero, todo pasará a ser suyo.

CAPÍTULO
CUARENTA Y TRES

Las palabras de Kieran resonaban en su cabeza.

Eso lo convierte en tu tío.

El hombre de la fotografía, el hombre del que no sabía nada, pero que estaba segura de que había formado parte de su vida mientras crecía, durante una época que había reprimido y casi olvidado por completo.

Tras un duro intercambio de palabras con el abogado, lo había convencido para que le diera la dirección del domicilio de Elliot Broadbent. Suponiendo que aún viviera allí, su casa era un pequeño bungaló encajonado entre muchos otros a lo largo de una concurrida carretera en el centro de Guildford. A unas pocas casas de distancia había una licorería que veía a tanta gente entrar y salir como un fumadero de crack. El edificio era de ladrillo y un pequeño sendero atravesaba el jardín delantero.

Stephanie avanzó arrastrando los pies, el cuerpo tembloroso, las manos sudorosas y el pulso acelerado. Al llegar a la puerta, levantó la mano y llamó una vez.

Una vez era suficiente como para que se considerara un error y le daría tiempo de sobra para huir, para salir corriendo y no volver jamás.

Pero por mucho que quisiera huir, no podía. Las piernas no le respondían. Algo la mantenía firmemente anclada al suelo.

Mamá.

En cuanto descubrió la identidad de su tío, una pregunta la había estado atormentando por encima de todas las demás. Le daba igual su estado o qué estaba haciendo con su vida. No quería establecer una conexión ni un vínculo con aquel hombre. No. Quería saber la verdad: si había sido culpable y cómplice de sus abusos. Si había sabido lo que su hermano le estaba haciendo.

Unos instantes después, oyó ruidos. Pies arrastrándose sobre la moqueta, un estruendo, algo que arañaba la pared, una respiración fuerte y pesada.

Entonces la puerta se abrió. Se quedó helada, mirando fijamente al hombre que tenía delante. Sabía que era imposible, que no podía ser. Pero en ese momento, al verlo por primera vez, creyó que estaba mirando a su padre; una versión más vieja, desnutrida y gravemente enferma. Compartían los mismos pómulos, los mismos ojos marrones y penetrantes, la misma boca, la misma sonrisa lasciva. Salvo que esta vez no había malevolencia ni maldad en su expresión. Solo dolor y sufrimiento. Era como si alguien hubiera cogido a su padre, le hubiera extraído toda la maldad y hubiera dejado atrás una cáscara vacía.

Con dedos temblorosos, se agarraba a un andador conectado a un concentrador de oxígeno que rodaba a su lado. La cánula nasal, que le rodeaba las orejas, desaparecía en sus fosas nasales, marcando ligeros surcos rojos en una piel que parecía fina como el papel y descolorida, manchada de moratones amarillentos y capilares rotos. El hombre aparentaba setenta y tantos años, pero parecía veinte años mayor. Su complexión, antes ancha como la de su padre, se había consumido hasta convertirse en un amasijo encorvado de huesos y piel tirante; la camisa del pijama le colgaba de los hombros como si fuera de otra persona, de una versión más joven. Su respiración era fatigosa, incluso con el oxígeno. Tenía un brillo acuoso en los ojos, del tipo que sugería que las lágrimas no tardarían en llegar, aunque no brotaba ninguna, y las ojeras eran profundas e implacables.

—¿Sí? —Su voz era apenas más fuerte que un susurro, ahogada por el ruido de la máquina que lo mantenía con vida.

—¿Elliot? ¿Elliot Broadbent?

Estar de pie parecía ser un suplicio mientras respondía: —Sí, soy yo.

Los dedos de Stephanie se aferraron a la correa de su bolso. —¿El hermano de Colin?

—¿Colin? —Un poco de vida volvió a su voz—. Sí. Conozco a Colin. ¿Qué ha pasado?

Tartamudeó. —Me llamo Stephanie. Stephanie Broadbent. Soy tu sobrina.

Y entonces su rostro se iluminó con el asombro del reconocimiento. Sus ojos se abrieron de par en par, y ahora el brillo de su mirada adquirió un nuevo significado: lágrimas de felicidad en lugar de lágrimas de dolor.

—¿Stephy? —La examinó de arriba abajo—. Vaya, cómo has crecido. No te había... ¿Cuánto tiempo ha pasado?

No fue capaz de responder. Se estremeció al oír el diminutivo. Hasta ahora, solo su padre la había llamado Stephy.

—Será mejor que entres.

Elliot se dio la vuelta sin decir nada más y avanzó lentamente por el pasillo arrastrando el tanque de oxígeno. Stephanie dudó antes de entrar y cerrar la puerta con cuidado. El aire del interior era denso, como si no hubiera visto aire fresco ni un ambientador en mucho tiempo.

—Por aquí —dijo Elliot por encima del hombro, con voz quebradiza.

Ella lo siguió, pisando con cuidado la moqueta sucia. Todas las superficies por las que pasaban parecían haber sido reutilizadas como almacén. Cajas de cartón hundidas bajo su propio peso, pilas de cartas sin abrir, un bastón apoyado torpemente sobre un paragüero roto.

El salón no estaba mejor. Tenue por las gruesas cortinas que cubrían la ventana, la habitación parecía más un búnker que un hogar. Un gran sillón reclinable ocupaba el centro, rodeado de artículos de primera necesidad al alcance de la mano: una bandeja plegable con frascos de pastillas alineados en filas marciales, un calefactor portátil apuntando directamente a la silla y un mando a distancia maltrecho y cubierto de cinta aislante. Cerca había un segundo sillón intacto que parecía que nadie se había sentado en él desde hacía mucho tiempo.

Elliot señaló vagamente el sofá. —Siéntate, si quieres. Me temo que no tengo mucho que ofrecerte. No hay té. Dejé de usar el hervidor el año pasado. Pesa demasiado.

Stephanie se sentó rígidamente en el borde del sofá, apartando un ejemplar descolorido del *Radio Times*. —He visto cosas peores.

Él se acomodó en su silla con un gemido ahogado, luego tanteó para comprobar la conexión de su tubo de oxígeno antes de instalarse. Su respiración era superficial pero regular.

—Eras tan pequeña la última vez que te vi.

Ella no dijo nada. No sabía qué decir.

—Te has convertido en toda una mujer. —Le recorrió el rostro con la mirada—. Tienes los ojos de tu madre, ¿lo sabías? Te pareces muchísimo a ella. Siempre pensé que tenía los ojos más bonitos que había visto nunca.

Juntó las rodillas y se alisó las piernas, incómoda, incapaz de mirarlo.

—¿Qué relación tenías con ellos? —preguntó—. Te vi en algunas fotografías, cogiendo a mi hermana después de que naciera.

—¿Kimberley? ¡Oh! ¿Cómo está?

—Bien.

—Me alegro de oírlo.

—¿Teníais una relación cercana?

Su mirada se posó en un trozo de moqueta frente a él. —En un tiempo sí. Y luego... bueno, nos distanciamos y perdimos el contacto después de lo que... después de lo que pasó con... bueno, ya sabes.

No era capaz de decirlo. Stephanie se preguntó si era por culpa o por tristeza.

—¿Sabías lo que le estaba haciendo?

Inhaló una profunda bocanada de aire y la contuvo. La máquina carraspeó y chasqueó. Por un segundo, pensó que se había muerto delante de ella, pero cuando soltó todo el aire, dijo: —Claro que no. Nunca vi nada. Nunca oí nada. Lo que pasaba entre tu madre y tu padre era cosa de ellos. Nunca me metieron en sus asuntos. Se guardaban su relación para ellos. —Los ojos acuosos de

Elliot sostuvieron los suyos un instante antes de apartar la mirada. Tragó saliva—. No sabía nada, Stephanie. Te lo juro.

Su respuesta fue demasiado rápida, demasiado pulcra, demasiado ensayada.

A Stephanie se le encogió el estómago. —Vivías al final de la puta calle. —Su voz empezó a subir de tono—. Estabas en nuestra casa todo el tiempo. Hay fotos tuyas conmigo, con mi hermana. ¿Me estás diciendo que nunca le viste los moratones? ¿Nunca la oíste llorar? Nunca...

—No lo sabía —repitió él, esta vez con más brusquedad—. Colin y tu madre no me involucraron en su matrimonio. Yo no era parte de eso.

—Mientes.

—No miento.

—Sí que mientes. —Se levantó, demasiado inquieta para permanecer sentada. Todo su cuerpo vibraba de furia—. Lo sabías. Sabías exactamente lo que estaba pasando y elegiste mirar para otro lado. No te quedes ahí sentado, jadeante y patético, fingiendo que no lo hacías.

Elliot negó con la cabeza, su pecho subía y bajaba pesadamente. Su respiración se aceleró, cada aliento sonaba más débil, más forzado.

—¿Crees que no habría hecho algo si lo hubiera sabido? ¿Crees que no lo habría detenido? Vivo con ese error cada día de mi vida. Ojalá hubiera podido hacer algo antes. Ojalá me hubiera dado cuenta o hubiera visto las señales de advertencia pronto, pero no fue así. He pensado en el «¿y si...?» desde entonces. He vivido con la vergüenza y la culpa de no haber hecho nada. Pero la buena noticia es que no tendré que vivir con ello mucho más tiempo.

Lo miró fijamente. Sus ojos examinaron su cuerpo desnutrido, su pelo ralo. La vida se le escapaba lentamente del cuerpo.

—¿Qué te pasa?

Empezó a toser sin control, farfullando, con sibilancias. Stephanie se movió para ayudar, pero él la mantuvo a distancia, luego cogió una mascarilla conectada al tanque de oxígeno, se la apretó contra la boca y la miró mientras inspiraba profundamente.

—Enfermedad pulmonar obstructiva crónica en fase terminal —

dijo tan rápido como pudo—. Mis pulmones están destrozados. Hechos añicos después de cuarenta años respirando amianto y Dios sabe qué más.

—¿Cuánto tiempo?

—Un par de años ya.

—No. ¿Cuánto te queda?

Stephanie no supo si se encogió de hombros o simplemente se estremeció de frío. —Semanas. Meses. Años. Pronto estaré con tu madre.

—No, no lo creo —replicó ella, levantándose del asiento—. Estarás ahí abajo, con *él*, donde pertenecéis los dos.

CAPÍTULO
CUARENTA Y CUATRO

Tenía la mente hecha un auténtico caos mientras esperaba ante la puerta de la casa. Era como si le hubiera estallado una bomba en la cabeza y solo le funcionara un diez por ciento del cerebro. Ni siquiera se percató de que el sol se abría paso por un gran claro entre las nubes y le calentaba la espalda. Sin embargo, antes de que aquello pudiera tener algún efecto en su claridad mental, la puerta principal se abrió y reveló a una mujer despampanante de unos treinta y cinco años. Con una larga y elegante melena rubia, una figura esbelta y un par de ojos azul mar que brillaban a la luz del sol, la mujer pilló a Stephanie por sorpresa y la hizo sentirse ligeramente inferior.

—¿Sí? —preguntó.

—¡Mami, ven rápido! ¡Mr Beast ha subido un vídeo nuevo! —gritó una voz infantil desde dentro.

—¿La señora Lafferty? —inquirió Stephanie.

—Sí... —La confusión inicial de su tono se tornó preocupación—. ¿La conozco?

—No exactamente. Trabajo con su marido... *ex*marido.

—Sigue siendo mi marido hasta que se formalice todo. ¿Quién es usted? ¿Le ha pasado algo?

—Sí y no. Me llamo Stephanie. Soy su jefa. ¿Puedo pasar?

Karen Lafferty abrió la puerta de par en par y guio a Stephanie por el pasillo. Stephanie vio al hijo de Devon hundido en el sofá, riéndose con el iPad que sostenía a centímetros de los ojos, ajeno a su presencia. Karen la condujo a la cocina.

Era evidente que ambos se habían esforzado mucho en la casa a lo largo de los años. Una cantidad considerable de tiempo, dinero, energía y esfuerzo había transformado la propiedad en un hogar precioso.

Stephanie felicitó a Karen por ello.

—La mayor parte fue cosa mía —replicó Karen—. Probablemente podría contar con los dedos de una mano las cosas en las que Devon ayudó.

En apenas unos segundos de conversación, Stephanie ya se había formado una desafortunada primera impresión.

—Aún no me ha dicho qué hace aquí, Stephanie.

Stephanie se metió las manos en los bolsillos para no juguetear con las uñas. —Es por su marido —dijo sin rodeos—. No corre ningún peligro inminente, es solo que... —Inhaló profundamente, sin saber cómo abordar el tema—. Mire, no sé qué está pasando entre ustedes dos, y no me corresponde meterme, pero no lo ha pasado bien estos últimos días. Ha... ha estado bebiendo. No *muchísimo*, pero lo bastante como para que afecte a su trabajo. Tanto que he tenido que mandarlo a casa un par de días.

Karen permaneció de pie, apoyada en la isla del centro de la cocina, con los brazos cruzados y el rostro endurecido. Tras su dura fachada, Stephanie percibió un atisbo de cariño y preocupación por el hombre al que una vez amó. No se había desvanecido por completo.

—Bueno, gracias por informarme. Pero esto también es duro para mí. Para mí tampoco está siendo todo de color de rosa. Tengo un trabajo que atender y tengo que cuidar de Finn. ¿Qué quiere usted que haga? Hemos pasado el punto de no retorno. No podemos volver. No después de todo.

—Lo entiendo.

—Yo nunca pedí nada de esto.

—Pero fue su decisión divorciarse, ¿no?

La expresión de Karen se endureció aún más. La preocupación se convirtió en consternación.

—Puede que usted esté acostumbrada a que la gente haga lo

que les dice, inspectora, pero conmigo no le va a funcionar. Conozco a mi marido. Sé que no va a cambiar. Sabe Dios que le he dado muchísimas oportunidades para que lo intentara. Y sé que esto es lo mejor. Para él, para mí y para Finn. Puede que Devon aún no se dé cuenta, pero es así.

—No si sigue bebiendo.

Un destello de compasión cruzó los ojos azules de Karen antes de desvanecerse. —¿Tiene marido, inspectora?

Stephanie negó con la cabeza.

—¿Pareja?

Otra negativa. —Vivo sola y no tengo a nadie, así que no estoy en la mejor posición para entender lo que está a punto de decirme.

—Eso también significa que no está en posición de dar consejos —replicó Karen.

—No pretendo dar ningún consejo. Como ha dicho, no tengo ni idea de lo que hablo. Lo único que le pido es que contacte con él. Que lo apoye. Puede que no le caiga bien ahora mismo; puede que lo odie a muerte... créame, solo lo conozco desde hace unas semanas y ya he pasado por eso, pero estoy segura de que una parte de usted todavía lo quiere. Aunque sea una parte tan pequeña y enterrada que ni siquiera pueda verla, todavía hay una parte de usted que se preocupa por él. Y ahora mismo necesita apoyo. No le pido que cancele el divorcio y vuelva con él. Es su prerrogativa, su decisión. De acuerdo. Pero está sufriendo, y si las cosas no cambian rápido, su hijo podría crecer sin padre. Yo crecí sin ninguno de mis padres y no se lo desearía ni a mi peor enemigo.

CAPÍTULO
CUARENTA Y CINCO

El motor se apagó y pronto el silencio llenó el coche. Durante un largo instante, Stephanie se quedó sentada, con los dedos aferrados al volante y los nudillos blancos por la adrenalina y la frustración.

Apoyó la cabeza en el volante y rompió a llorar en una repentina, incontrolable y catártica liberación de emociones. La reunión con su tío, la incomodidad que había sentido al hablar con él y la extraña conversación con Karen... Todo la había superado. Demasiado.

Sollozó con la cara entre las manos, dejando que la tensión y la frustración fluyeran libremente.

Cuando se calmó, se secó los ojos con el dorso de la mano, sorbió por la nariz un par de veces y salió del coche. Al poner un pie en el camino de entrada, empezó a dolerle el estómago y las familiares punzadas de hambre y culpa se instalaron en su interior.

Se dirigió a la puerta principal, echándose el bolso al hombro, con las piernas pesadas por el estrés de un largo día.

Al acercarse a su casa, vio un destello amarillo en las cortinas de su vecino. Un momento después, él apareció fuera, vestido con vaqueros y una camisa elegante, como si estuviera listo para salir.

—Hola, Jimmy —dijo ella mientras metía la llave en la cerradura.

—Buenas noches, Stephanie —respondió él—. ¿O debería decir inspectora? ¡Nunca lo sé!

—Stephanie está bien, porque es mi nombre. —Hizo lo posible por no sonar grosera ni displicente.

—Claro. Stephanie será. ¿Un día largo?

—Los he tenido más largos.

—Espero que no te importe que te lo diga, pero he vuelto a ver algo raro fuera de tu casa.

—Eres nuestro vigilante del barrio. No tiene nada de raro. Necesitamos más gente que se preocupe por los demás.

Jimmy sonrió educadamente, casi con timidez.

—¿Qué has visto?

—Un Skoda gris —dijo—. Estaba aparcado al otro lado de la calle. Normalmente no me fijaría en algo así, pero cuando llevas viviendo aquí tanto tiempo como yo, te acabas fijando en quién conduce qué coche. Y este era uno que no había visto nunca.

—¿Un Skoda gris?

Él asintió con entusiasmo. —Y lo raro es que había alguien dentro. Un hombre, creo. Pero no lo he visto bien.

—¿La matrícula?

Jimmy negó con la cabeza. —Mi vista ya no es lo que era.

—¿Cuánto tiempo ha estado ahí?

—Cerca de una hora. Simplemente ahí aparcado. No creo que la persona saliera, y tampoco vi a nadie entrar. Parecía que estaba trasteando con algo dentro. Me ha parecido un poco raro y he pensado que quizá querrías saberlo.

Abrió la puerta. —Curioso —dijo—. Pero seguro que no es nada de lo que preocuparse.

—Claro. Solo pensaba que debías saberlo.

Stephanie se lo agradeció, le deseó buenas noches, y luego entró a toda prisa y fue directa a la nevera, donde le esperaba un gran surtido de chocolatinas y aperitivos. Los devoró de una sentada, metiéndose uno en la boca antes de haber terminado el anterior. Al final, después de unos veinte minutos, el interminable torrente de chocolate llegó a su fin y subió corriendo las escaleras, saltando los escalones de dos en dos.

Cuando entró en el cuarto de baño, ya se estaba metiendo los dedos en la garganta para vomitarlo todo de nuevo. Justo antes de que el contenido de su estómago chapoteara en el agua, vio fugazmente a su tío y a su padre, del brazo, reflejados en la superficie ondulante. Al fondo, un Skoda gris permanecía al acecho.

CAPÍTULO
CUARENTA Y SEIS

No puedo apartar la vista de ella. No sé qué es, pero esta niña es tan hermosa, tan familiar. El parecido es asombroso. En la oscuridad, bien arropada bajo el edredón, parece serena, tranquila, como un ángel dormido.

Esta casa no se parece a ninguna otra. Es más pequeña y compacta, por no hablar de lo desordenada que está. Tengo que tener cuidado con cada paso que doy; no puedo permitirme dar un paso en falso. Pero el mayor riesgo y el pulso acelerado han merecido la pena.

No puedo apartar la vista de ella.

Pierdo la noción del tiempo que llevo aquí; diez minutos, veinte, quizá más. Sin duda, es el mayor tiempo que he pasado en la habitación de una niña. Pero no quiero irme. Quiero absorber tanta esencia suya como sea posible. Me la llevaría conmigo si pudiera, la sacaría de la casa a escondidas. Pero eso nunca funcionaría. Jamás funcionaría. Quedaría al descubierto y el mundo descubriría la identidad del Coco.

El dormitorio de la niña es pequeño y angosto, pero he encontrado un sitio en un rincón que sirve. No es el sitio más cómodo, pero merece la pena.

Ella merece la pena.

Su pelo rizado, la estructura de su cara, la forma en que se le curvan las pestañas, todo en ella es inmaculado. Inspiro hondo, controlándome.

A mi alrededor hay un desorden de juguetes sobre la alfombra. Cajas de Play Doh, cachivaches y una caja de juguetes. En las paredes cuelgan con orgullo pruebas de sus dotes artísticas. En la penumbra, distingo un dibujo de la niña y su familia. Figuras de palo cogidas de la mano bajo el sol, con una casa al fondo. La suya, supongo, aunque no se parece en nada. Aun así, no está mal para una niña de ocho años.

Mejor que cualquier cosa que yo pudiera hacer.

Pasan otros cinco minutos, acompañados por el sonido constante de su respiración y el de sus padres durmiendo en otra habitación.

Todo es perfecto. Podría pasarme aquí toda la noche. Pero sé que al final sus padres se despertarán, el sol saldrá por el horizonte y me pillarán.

De mala gana, saco el globo del bolsillo y empiezo a inflarlo. El sonido llena la habitación y ella se mueve.

Solo un movimiento. Un temblor de sus dedos.

No me muevo.

Otro segundo. Otra bocanada para inflarlo.

Vuelve a agitarse, esta vez más despacio. Y entonces, sin previo aviso, abre los ojos de golpe.

Vidriosos. Confusos.

Me mira directamente.

Por un instante, me pregunto si lo he imaginado. Pero no, me ve. No del todo. No con claridad.

Se incorpora.

El corazón empieza a latirme con fuerza.

—¿Mami? —susurra con la voz rasposa por el sueño.

Doy medio paso hacia atrás. Estoy en la sombra, pero sus ojos se están acostumbrando. Ve mi forma. Mi silueta.

Entonces su expresión cambia. El miedo inunda su rostro. Abre la boca.

Va a gritar.

Entro en pánico. Me lanzo hacia delante sin pensarlo. Con una mano le tapo la boca mientras la otra busca a tientas la almohada. Se debate, más fuerte de lo que esperaba. Me da patadas, me aporrea los brazos con los puños, me araña la muñeca con las uñas.

Pero está indefensa, desamparada. Para ella, la lucha termina en cuanto empieza.

—Lo siento —susurro—. Lo siento mucho. Shhh, por favor, shhh....

Sus gritos ahogados se filtran entre las fibras, pidiendo ayuda, suplicándome que pare. Me imagino su cara bajo la almohada, aplastada, asfixiándose, boqueando en busca de aire.

Presiono con más fuerza. O ella o yo.

Y entonces se queda quieta.

Totalmente quieta.

Me tiemblan las manos.

Este no era el plan. Este nunca fue el plan.

La miro, la suave silueta de su cara bajo la almohada.

Ha sido un error. Todo un terrible error.

Dejo caer el globo y me derrumbo en el suelo. Se me forman lágrimas en los ojos. Las aparto parpadeando, con la mano sobre la boca.

Tengo que salir de aquí. Tengo que correr. Tengo que escapar.

No puedo volver nunca más.

CAPÍTULO
CUARENTA Y SIETE

Stephanie se encontraba en el umbral, con una mano enguantada apoyada en el marco de la puerta mientras la otra jugueteaba con su collar por debajo del mono de forense.

Había ocurrido. Habían descubierto un cadáver. Una niña, de no más de siete años, con toda la vida por delante, había muerto asfixiada en su dormitorio.

El Coco había ido un paso más allá. Ya no se limitaba a observar, esperar y escabullirse en silencio por la puerta de atrás. Ahora mataba, se llevaba lo que creía que era suyo.

Entró sola en el dormitorio. Solo ellas dos: ella y la víctima. La pequeña Yasmin. Se agarró el collar con más fuerza mientras recorría la habitación de la niña, decorada en tonos rosas y con estanterías repletas de osos de peluche. Un montón de peluches yacía arrumbado en un rincón. Los potentes focos de la escena del crimen arrojaban un brillo casi fantasmal sobre la almohada rosa que le cubría delicadamente la cabeza.

Stephanie recordó la pesadilla que había tenido la otra noche. El asombroso parecido entre la niña que tenía delante y la imagen de su hermana tumbada en la cama de enfrente, mientras Stephanie se ahogaba bajo un montón de dinero.

Stephanie miró al suelo. Había un globo tirado en la moqueta, desinflado. Ni rastro de un cordel, ni indicios de que hubiera llegado a estar hinchado.

Extraño, pensó Stephanie.

Antes de que pudiera seguir dándole vueltas, llamaron a la puerta. Noah, que había llegado poco antes que ella como sargento de guardia por la prolongada ausencia de Devon, ocupaba casi todo el umbral con su ancha complexión; sus pantalones granates se veían por debajo del mono.

—¿Se puede pasar?

—Adelante.

Noah cruzó el umbral con cautela y respeto y se colocó a su lado.

—Acabo de hablar con sus padres —empezó él—. Han informado de que encontraron el cuerpo al despertarse a las seis y media. Su padre iba a prepararse cuando la vio tumbada. Lo primero que le llamó la atención fue la almohada y luego el globo en el suelo.

Stephanie miró la goma azul que tenía delante mientras los engranajes de su mente empezaban a girar.

—¿No oyeron nada?

Noah negó con la cabeza. —Por lo visto, no se enteraron de nada. El asesino debió de asegurarse de que no hiciera ni un ruido.

La mirada de Stephanie se desvió hacia la almohada. La pobrecilla apenas habría podido oponer resistencia al hombre que le apretaba la cara. No tuvo ninguna oportunidad.

—¿Cómo entró?

—La teoría es que por la puerta de atrás, otra vez. Esta vez, desbloquearon la puerta de la cocina y se colaron.

—¿Cámaras?

Otra negativa con la cabeza.

—Con esta ya van cinco de cinco sin que nadie vea ni oiga nada. Debe de moverse como un gato —dijo, más para sí misma que para Noah—. Debe de saber qué casas tienen cámaras de seguridad y cuáles no. Si no, no entiendo cómo se sale con la suya.

Se agachó para inspeccionar el globo, con la mente a toda velocidad. Durante un buen rato, permaneció en silencio mientras intentaba imaginar la escena, visualizándola mentalmente. Notó a Noah rondando detrás de ella, incómodo.

—¿Qué está pensando, inspectora?

—Que estaba despierta cuando la mató.

—¿Por qué dice eso?

—Por el globo. No está terminado. Eso me dice que algo salió mal.

—Pero las dos veces anteriores también salió algo mal. Lo echaron de la casa y el gato explotó el globo.

—Lo sé, pero esos fueron factores externos. Algo que ocurrió fuera de la habitación. Esta vez... —Volvió a llevarse la mano al collar, imaginando el rostro de su madre bajo la almohada—. Esta vez ocurrió *aquí*. En ninguno de los allanamientos anteriores el Coco ha matado a la víctima, igual que en los de hace treinta años. El modus operandi siempre ha sido entrar, observar, dejar un globo y salir por el mismo sitio. No tiene sentido que lo altere de repente.

Se levantó, cerró los ojos y fingió ser el Coco, cerniéndose sobre la niña como un monstruo en la noche, observando, deleitándose con la visión. Cogió el globo y empezó a hincharlo. Entonces, la niña se despertó.

—Debió de entrar en pánico —dijo en voz alta—. Quizá la niña lo reconoció. Tal vez empezó a gritar pidiendo ayuda. Pero el ritual no estaba completo, no había hinchado el globo, así que, para evitar que gritara y delatara su posición, le tapó la cara con la almohada y la mató.

—¿Por qué no terminó el ritual e hinchó el globo después?

Se lo pensó un momento. —Pánico. Miedo. Creo que una parte de esto, de este ritual, es venerarlas, por la razón que sea. Y matarlas, arrebatarles la vida, lo habría dejado bastante afectado, así que no habría sido capaz de terminar el trabajo. No creo que su intención fuera matar. Creo que fue todo un error.

—Todo se le fue de las manos —apostilló Noah.

Ella se volvió hacia él. —Lo que significa que nuestro trabajo está a punto de volverse mucho más difícil.

—¿En qué sentido?

—Porque creo que va a esconderse. Después de esto, no creo que vuelva a salir a hacer más visitas nunca más. Lo que significa que puede que no lo atrapemos jamás.

Noah sopesó esa idea antes de bajar la vista hacia el cuerpo que tenían delante.

—El Coco se ha ido para siempre. Otra vez.

—Durante los próximos treinta años, por lo menos. Hasta que aparezca su siguiente reencarnación —respondió Stephanie.

CAPÍTULO
CUARENTA Y OCHO

Ella mantuvo la cabeza gacha durante el largo camino de vuelta al coche, aparcado al otro lado de la calzada, en el extremo más alejado de la calle. Hizo todo lo posible por evitar las miradas curiosas y asustadas de los vecinos de la víctima, más preocupada por que su cara apareciera en las innumerables cámaras que la apuntaban.

Resultó que sus esfuerzos habían sido en vano.

Justo cuando se disponía a meterse en el coche, una figura se le acercó. Una mujer de unos cincuenta y tantos años, que vestía un abrigo largo y negro y zapatos de tacón, trotó hacia ella como si surgiera de entre las sombras. Bajo la tenue luz de la madrugada, sus rasgos parecían desfigurados.

—¿Inspectora Broadbent?

Se giró y vio el móvil en la mano de la mujer.

—¿Quién es usted? —preguntó Stephanie.

—¿Por qué el aumento de la presencia policial? —contestó la mujer—. ¿Ha ocurrido algo grave? ¿Ha vuelto a atacar el Hombre del Saco?

Stephanie reconoció de inmediato con quién estaba tratando. Había algo raro en el tono de la mujer. No eran solo las preguntas que hacía —aunque fueran una pista bastante reveladora—, sino la forma en que las hacía. La entonación sugería que era alguien que no aceptaría un no por respuesta, alguien que se aferraría a cada palabra como un chicle pegado a la suela de un zapato.

—No ha respondido a mi pregunta —repitió Stephanie—. ¿Quién es usted?

La mujer esbozó una sonrisa cómplice e intransigente. A Stephanie le pareció reconocerle el pelo.

—¿Es una de las reporteras de Louis?

—Amelia Shaw. —Le tendió la mano.

Stephanie la ignoró y abrió la puerta del coche. Cuando se metía dentro, Amelia agarró la puerta, impidiendo que la cerrara.

—¿Qué hace? —espetó Stephanie.

—Solo tengo unas preguntas sobre lo último que ha pasado.

—Y yo tengo que estar en un sito. Parece que solo una de las dos va a conseguir lo que quiere.

Stephanie intentó cerrar la puerta, pero la fuerza de Amelia la sorprendió.

—Solo un par de preguntas. Luego podrá irse.

—Debe de ser nueva en esto —dijo Stephanie, dejando escapar un profundo suspiro—. Esto no funciona así. Ahora, por favor, quite las manos de mi coche.

Amelia no se movió; apretó con más fuerza. —¿La gente tiene derecho a saber si sus hijos siguen corriendo peligro.

—Claro que corren peligro —contestó Stephanie—. Corren peligro todos los malditos días: de tropezar y clavarse un cuchillo, de que los atropellen de camino al colegio, de caerse desde una gran altura y partirse el cuello. Corren peligro a cada minuto de cada día, igual que usted y que yo.

—Pero no por el Hombre del Saco, nosotros no.

—Si se refería a eso, debería haber sido más clara. ¿No es eso lo que le enseñan en la facultad? Primero de Periodismo.

Los nudillos de Amelia se pusieron blancos de frustración y vergüenza. Stephanie le sostuvo la mirada.

—¿Por qué el aumento de la presencia policial? ¿Ha ocurrido algo? ¿El Hombre del Saco ha ido a más?

Stephanie sabía que la mujer intentaba sonsacarle respuestas, que buscaba un gesto que la delatara, una señal de que iba por buen camino. Se aseguró de que su expresión no revelara nada.

—¿Cómo ha llegado tan rápido? —preguntó Stephanie.

—La comunidad —respondió.

—¿Qué comunidad?

Amelia señaló la calle con la mano que tenía libre. —Está en todas partes. Esta gente se cuida unos a otros: por internet, en persona, en eventos. Están preocupados por la seguridad de sus hijos y, sin embargo, no hemos recibido ninguna comunicación oficial por su parte. Parece que no están en el mismo bando.

Stephanie puso los ojos en blanco. —Tenemos un trabajo que hacer. —Agarró el tirador y tiró ligeramente de él—. Y no podemos hacerlo si nos están acosando cada dos por tres. Sé que Louis la ha mandado. Pero tendrá que esperar a que hayamos evaluado la situación. Pronto recibirá el comunicado de prensa oficial. Y puede decirle a Louis que será el primero en saberlo. Ya me dará las gracias luego.

Stephanie tiró de la puerta de nuevo, esta vez con más fuerza. Amelia sintió que había perdido la batalla y la soltó. La puerta se cerró de un portazo con un golpe seco y satisfactorio. Stephanie arrancó el motor y se marchó, sin prestar mucha atención a los pies de Amelia, a solo unos centímetros de las ruedas.

CAPÍTULO
CUARENTA Y NUEVE

A Stephanie la sangre le siguió hirviendo durante las horas siguientes. Amelia, y por extensión Louis, no tenían ningún derecho a plantarle cara de esa manera. No era su forma preferida de gestionar las cosas. Se había sentido acorralada y, como un perro asustado, se había defendido. ¿Había sido poco profesional su comportamiento? Claro, pero no le habían dejado otra opción.

Cuanto más tiempo trabajaba en la policía de Surrey, más empezaba a ver la verdadera cara de Louis. De momento, le había bloqueado el número de teléfono, anticipándose a las varias llamadas que podría intentar hacerle.

Solo tenía que acordarse de desbloquearlo.

Era primera hora de la tarde y el equipo había estado trabajando sin descanso en la última actualización. Muchos de ellos, incluida ella, habían trabajado durante la hora de la comida, aunque en su caso había sido por motivos diferentes. Sentada en su despacho, a solas con sus pensamientos, siguió pensando en su padre y en su tío, en su relación y en los abusos que Elliot había fingido desconocer. En su opinión, era un completo disparate. Habría visto las pruebas. Habría visto los moratones. Y, sin embargo, no había hecho nada al respecto. Le había mentido.

Pero primero tenía que demostrarlo.

Abrió el HOLMES 2 en su ordenador y pulsó en el cuadro de

búsqueda. El cursor parpadeaba rítmicamente en la pantalla. Se quedó mirándolo un buen rato, con la mente ocupada por una punzada repentina de hambre.

Al cabo de unos minutos, introdujo el nombre de su padre en la barra de búsqueda. De inmediato, apareció un aluvión de informes. El primero era el relacionado con el asesinato de su madre; el resto eran de testigos y sospechosos sin relación alguna a lo largo de los años llamados Colin Broadbent.

Con cautela, hizo clic en el primer resultado. Toda la investigación sobre la muerte de su madre estaba al alcance de su mano. Durante años, había luchado contra la tentación de mirar, de desenterrar los horrores de aquella noche, de revivir los recuerdos que había encerrado bajo llave durante tanto tiempo.

Y, durante años, había mantenido la llave escondida.

Hasta ahora.

Pero, antes de que pudiera empezar a leer, llamaron a su puerta.

—Pase —dijo.

Un momento después, apareció Giles. —Todos la están esperando, señora.

¿Ya? ¿Adónde se había ido el tiempo? Le dio las gracias, apagó la pantalla y lo siguió a la sala de incidencias, donde el equipo la esperaba. El lugar parecía vacío sin Eve, Devon e incluso el inspector jefe McGowan.

—Gracias, equipo —empezó—. Quiero que esto sea breve y directo, ya que sé que tenemos mucho que hacer. Así que... ¿quién quiere empezar?

Una mano levantada. Wellard. —He compartido todo con *Surrey Live* y lo hemos publicado en las redes sociales. Por ahora, hemos recibido docenas de comentarios de gente enviando su apoyo. Un par de graciosillos, pero nada serio. También hemos compartido las medidas que la gente puede tomar para mantener a sus familias seguras.

Stephanie asintió. —¿Qué ha dicho *Surrey Live*?

—Nada.

Por supuesto que no.

—¿Ya han publicado su artículo?

—A los diez minutos de enviarles todo —confirmó Olivia.

—Eso debería mantenerlos contentos por el momento. ¿Alguna noticia de Trent Whitaker y su grupo de Facebook?

Olivia negó con la cabeza. —Es público, así que me he unido, pero sobre todo es gente compartiendo sus teorías y fotos que creen que son útiles. Hay algunas imágenes de cámaras de seguridad que voy a revisar, pero ninguna parece haber sido tomada en las zonas donde ocurrieron los allanamientos.

Stephanie gruñó. —Tengan cuidado, sean diligentes y no pierdan demasiado tiempo en pistas innecesarias.

—Por supuesto. Ya me vuelvo a mi sitio.

—Hablando de cámaras de seguridad —dijo Stephanie, dirigiendo su atención al sargento Mackenzie—. Noah, ¿cómo vamos con el puerta a puerta?

El sargento cruzó una pierna sobre la otra, dejando ver un par de calcetines con dinosaurios azules. —Ya están terminadas, señora. Aunque ojalá fueran buenas noticias. La calle es pequeña y de las quince casas que hay, todos estaban durmiendo. Dicen que no vieron ni oyeron nada. Tenemos un par de grabaciones de seguridad doméstica que Olivia y yo tendremos que revisar, pero aparte de eso, nada más concreto.

Stephanie soltó un pequeño suspiro y se giró hacia el panel de incidencias que tenía detrás. Tal como había pedido, el agente Wellard, en ausencia de Devon, había impreso un mapa a gran escala de Guildford y había marcado las casas de las víctimas con chinchetas de diferentes colores. Desde la vista aérea, se veía claramente que compartían una cosa en común: todas estaban cerca de grandes campos o zonas boscosas, lo que permitía al Coco realizar escapadas rápidas y fáciles. Se había hecho un vago intento de adivinar los puntos de salida del Coco, señalados con una chincheta de otro color.

—¿Algún avance sobre cómo entra y sale?

Silencio. Stephanie miró a Olivia, que negó tímidamente con la cabeza.

—¿Qué hay de los sospechosos? —preguntó—. ¿Giles? ¿Alguna novedad?

—Pump and Jump, señora. Yasmin East era otra alumna de allí.

—Buen trabajo. Entonces creo que podemos dar por sentado que tenemos que ir para allá cuanto antes. Sé que os habéis repartido la responsabilidad, pero ¿cómo vamos con lo de reunir a los padres para una reunión esta tarde?

—La mayoría está dispuesta —confirmó Giles.

—Fantástico. ¿Fiona?

La agente se sobresaltó inesperadamente. Bajó la vista a su regazo y luego la levantó hacia Stephanie.

—Noah y yo nos hemos puesto en contacto con las antiguas víctimas, y tengo una reunión con ellas más tarde, solo para preguntarles por su paradero...

—¿Tienen alguna relación con la escuela de baile?

La confusión se dibujó en sus labios. Finalmente, Fiona negó con la cabeza. —No que yo haya podido determinar.

—Entonces déjelo. No creo que tengan nada que ver. Esta persona está atacando a niñas de esta escuela de baile por una razón muy particular. Nuestra respuesta está ahí. Además, tenemos sus huellas dactilares y su ADN en el archivo, así que si aparece algo, sabremos dónde encontrarlas.

—Sí, señora. ¿Aun así quiere que asista a la autopsia?

Eso se lo recordó. Leanna Moore, la patóloga, le había pedido a Stephanie que asistiera, pero ella se lo había delegado al agente Singleton.

—Por favor, agente. Informe de sus hallazgos tan pronto como pueda. Más vale que esperemos que el asesino haya metido la pata y dejado algunas huellas dactilares o ADN.

Stephanie volvió a su despacho a coger las llaves del coche. Al estirar el brazo sobre el escritorio para cogerlas, sus ojos se posaron en el monitor del ordenador. Pensó en la información que se ocultaba tras él, a solo unos clics del ratón y el teclado.

No había tiempo para leerlo ahora, así que desbloqueó rápidamente el ordenador y empezó a imprimirlo todo. La impresora de su despacho cobró vida con un zumbido y sintió una oleada de adrenalina, como si estuviera haciendo algo que no debía. Como si estuviera infringiendo la ley de alguna manera. Aunque tenía acceso a todas las pruebas del caso de su madre, sentía como si alguien la estuviera observando y que, de un momento a otro, McGowan irrumpiría por la puerta para suspenderla.

Mientras las páginas comenzaban a imprimirse, su teléfono vibró contra su pierna.

—Louis, si tienes algo que...

—¿Quién es Louis? —preguntó Kimberley.

Stephanie exhaló profundamente, liberando la tensión repentina que le había atenazado el cuerpo. —Alguien que cada vez me cae peor.

—Ya sé lo que se siente.

—¿Por qué me da la sensación de que eso es una indirecta para mí?

—No lo es. Son solo tus inseguridades que salen a flote —dijo Kimberley bruscamente.

—Siempre es un placer hablar contigo, hermanita. ¿Había algo importante que quisieras decirme? No tengo mucho tiempo.

—Dijimos que no habría secretos, ¿verdad?

Por el rabillo del ojo, Stephanie vio las luces parpadeantes de la impresora.

—¿Qué es ese ruido? —preguntó Kim antes de que pudiera responder.

—Solo la impresora de mi despacho.

—¿Qué estás imprimiendo, un libro?

Ella se rio entre dientes. —Casi. En fin, ¿decías que nada de secretos?

—Sí. Nada de secretos. Bueno, he pensado que debía hacértelo saber, ya que tú no me lo hiciste saber el otro día, que me voy para la casa.

—Ah. Ya veo.

No sabía por qué, pero de repente se sintió protectora con el lugar, como si fuera suyo y nadie más pudiera acercarse. Como si Kimberley tuviera que pedir permiso antes de pensar en ir allí.

—Si encuentro algo que crea que te pueda interesar, te lo haré saber.

La impresora se atascó, produciendo un chirrido horrible. Stephanie se quedó mirándola un momento, perdida en sus pensamientos.

—Hablando de no tener secretos —dijo—. Eso me recuerda que hay algo que tengo que contarte sobre el hombre que vimos en la foto...

CAPÍTULO
CINCUENTA

El aire del depósito de cadáveres era frío, estéril y olía ligeramente a formol. A Fiona le recordó a la residencia del padre de Stephanie, cuando llegó a la escena del crimen. Había sido la primera vez que ponía un pie en una residencia, y el lugar apestaba a muerte, donde sus residentes se iban apagando lentamente.

Ahora se encontraba en un lugar de muerte real, donde la gente ya había fallecido, abandonada para rondar los pasillos y susurrar secretos en las rendijas de las ventanas y las puertas.

Fiona se puso la indumentaria adecuada y luego abrió las puertas dobles. El olor acre de los productos químicos le arañó la garganta detrás de la mascarilla y le provocó arcadas. En el centro del depósito de cadáveres estaba Leanna Moore, una vieja amiga. Una *vieja* amiga, con todas las letras. Fiona y Leanna habían ido al mismo colegio de la zona y se habían movido en círculos sociales parecidos, a pesar de que Leanna era unos años mayor. Desde entonces, habían mantenido el contacto de forma intermitente y, tras el ingreso de Fiona en el cuerpo de policía, se habían hecho buenas amigas, de las que quedaban fuera del trabajo siempre que sus agendas se lo permitían.

—¿A estas horas? —preguntó Leanna, ajustándose los guantes—. No es propio de ti llegar tarde.

—Sigue estando de moda, ¿no?

—Casi lo único que tienes de moderna.

Riéndose, Fiona se acercó sin prisa al pequeño cuerpo que yacía sobre la mesa de metal, de un blanco resplandeciente bajo el foco de luz. Se detuvo un instante, asimilando la escena. Daba igual cuántos cadáveres hubiera visto o en qué estado de descomposición se encontraran, nunca se acostumbraba, sobre todo cuando se trataba de niños.

Nunca los tendría, de eso estaba segura. Pero eso no impedía que los quisiera. Estaba acostumbrada a su sobrina y a su sobrino en pequeñas dosis, tanto cuando se portaban de maravilla como cuando hacían sus peores trastadas. Aun así, los adoraba. Eran dulces, inocentes y a menudo le llenaban el corazón de ternura. Pero había visto horrores en el mundo, y eso la asustaba.

—¿Lista? —preguntó Leanna.

—La verdad es que no, pero ya estoy aquí.

Leanna retiró la sábana con un cuidado que rozaba lo maternal. Los rasgos de la niña estaban pálidos, casi traslúcidos bajo las luces del techo, enmarcados por un pelo enmarañado y con los labios ligeramente entreabiertos, como si pudiera exhalar, empezar a respirar y despertarse de repente.

Fiona se quedó mirando el hueco en la fila superior de sus dientes. Según las declaraciones de los padres, a Yasmin se le había caído un diente de leche la noche anterior, y el Ratoncito Pérez le había dejado una moneda de una libra bajo la almohada. Esta fue recuperada más tarde en la escena del crimen y guardada como prueba.

—Quizá pensó que el asesino era el Ratoncito Pérez —susurró Fiona para sí misma.

—El peor Ratoncito Pérez de la historia —replicó Leanna—. Aunque creo que el mío le sigue de cerca. Cada vez que se me caía un diente, me encontraba una piedra del jardín. A ver, ¿qué se supone que hace una niña de siete años con una piedra?

Mucho más que alguien a quien ha matado una persona que creía que era el Ratoncito Pérez.

Fiona inspiró hondo, recomponiéndose e ignorando el sordo dolor de la pena que sentía en el estómago. —¿Qué puedes decirme?

—No mucho, la verdad —explicó Leanna—. Había comido

bien. Probablemente cenó sobre las ocho, que según me han dicho es tarde para una niña de su edad. Estaba bien hidratada, perfectamente sana. Y murió asfixiada con la almohada.

—¿Eso es todo? Pensaba que me habías hecho venir para algo más sustancioso.

Leanna la señaló con el dedo. —Pero *hay* algo. —Se acercó a la cabeza de la niña, pasando un dedo sobre el perfil de su cara—. No hay ni un solo hematoma —añadió—. Normalmente, si alguien te aprieta una almohada contra la cara, presiona sobre la propia cara para impedir que respires, lo que podría dejar moratones o inflamar algunos músculos, incluso romper la nariz. Pero esta vez... esta vez no veo nada de eso. He visto tantos de estos casos que ya intuyo cómo murieron, lo horrible o doloroso que pudo ser para ellos. Pero con ella, me da la sensación de que fue suave...

—¿Como si el asesino se estuviera conteniendo?

—Como si en realidad no quisiera hacerlo. Como si hubiera sido un error.

CAPÍTULO
CINCUENTA Y UNO

Ningún secreto. Ese había sido su acuerdo. Ningún secreto. Pero Stephanie ya había roto ese pacto, quebrantando el armisticio al mantener en secreto la identidad de su tío durante un día. Él le había confirmado que lo había visitado sola, y, sin embargo, ella no había dicho nada. Había guardado un secreto.

Así que ahora le tocaba el turno a Kimberley.

El aire del desván era seco y sofocante, denso por el olor a aislante viejo y a humedad. El polvo se le pegaba a la garganta a Kimberley mientras avanzaba con cuidado entre las vigas bajas, con una mano apoyada en el techo inclinado para mantener el equilibrio y la otra protegiendo al bebé que llevaba en el vientre. Hasta ahora, el resto de la casa le había ofrecido poco más que una montaña de facturas, cartas del ayuntamiento y correo basura de Papa John's, Domino's y las inmobiliarias locales. Así que había cambiado de táctica. No tenía nada que hacer subiendo escaleras y arrastrándose entre capas de aislante, pero eso no iba a detenerla. Estaba segura de que en su familia se ocultaban más secretos. Algo que Elliot Broadbent había dicho, algo que había insinuado pero sin entrar en detalles.

Algo que su padre había sabido o hecho.

La mirada de Kimberley se posó en una caja de plástico con viejos adornos de Navidad y una maltrecha maleta marrón escondida junto a una colchoneta de camping deshinchada; de esas que llevaban tres generaciones en la familia pero que nunca se habían aventurado más allá de las islas británicas.

Se arrodilló y tiró de la maleta para liberarla de una alfombra de papel de regalo de Navidad.

En el momento en que se puso de pie, el desván empezó a dar vueltas. Se le nubló la vista por los bordes y lanzó la mano en busca de apoyo, agarrándose a la viga más cercana. Una oleada de náuseas la invadió, como una marea que la arrastraba hacia el fondo. Se obligó a respirar hondo y con calma. Llevaba horas sin comer ni beber nada. Solo era eso.

Se sentó en el escalón para recuperar el aliento. Antes de abrir la maleta, esperó y aguzó el oído. Le pareció oír un ruido. Un movimiento.

Aquel lugar le daba muy mal rollo. Sentía que no pertenecía allí. Para Stephanie era distinto; ella había conocido la casa antes de que se mudaran. Tenía recuerdos, tanto buenos como terribles. En cambio, Kimberley no recordaba nada de ella. No había nada en su psique o en su subconsciente a lo que pudiera aferrarse. Ninguna imagen de su madre abrazándola. Ninguna de su padre entrando en el dormitorio a altas horas de la noche. Solo podía imaginar lo que Stephanie le había contado de segunda mano e intentar reclamarlo como propio.

Se sentía una extraña en su propia casa.

Al cabo de un minuto, los latidos de su corazón se calmaron. Abrió los cierres de la maleta con los dedos entumecidos y la abrió. Encima había una fina manta de tartán que reconoció de una de las fotos. Era del viejo sofá del salón. La apartó.

Debajo había montones de papeles: carpetas, recibos, sobres amarillentos y más fotografías. El olor a moho era intenso.

Su mirada se posó en una carpeta más gruesa que las demás. Dudó, con los dedos suspendidos sobre ella. Luego la abrió. Contuvo el aliento. Pero antes de que pudiera procesar lo que estaba viendo, antes de que las piezas encajaran del todo, su móvil vibró con fuerza contra su muslo. El ruido repentino la devolvió de golpe a la realidad del desván.

Lo cogió de un tirón: Stephanie.

Kimberley silenció la llamada y volvió a mirar la carpeta, con el estómago hecho un nudo.

Pasó un instante. Luego otro.

Cerró la maleta.

Ningún secreto. Ese había sido su acuerdo. Solo que Stephanie había roto el trato. Ahora le tocaba a Kimberley hacer lo mismo.

CAPÍTULO
CINCUENTA Y DOS

Una ráfaga de viento azotó a Stephanie cuando salió del coche y alzó la vista hacia la academia de baile Pump & Jump, en la primera planta. Sobre sus cabezas, una bandada de gaviotas revoloteaba, observando con curiosidad su próxima comida allá abajo, mientras el hedor de la depuradora, a unos cientos de metros a la vuelta de la esquina, le invadía las fosas nasales.

—Entremos antes de que nos confundan con las sobras de pollo de alguien o nos desmayemos del pestazo —dijo Giles desde el otro lado del coche.

—De acuerdo. Pero si las gaviotas vienen a por nosotros, te sacrificaré a ti primero.

—*¿A mí?*

—Eres más joven y pareces más apetitoso. Tienes más chicha.

Giles se miró el estómago. —¿Me estás llamando gordo?

De repente, Stephanie entró en pánico. —No, por supuesto que no. Solo intentaba...

—No pasa nada —replicó Giles con una risita que la calmó al instante—. Estaba de broma. Hace falta mucho más que eso para ofenderme. Me crie con dos hermanos mayores y fui a un colegio solo para chicos.

Stephanie suspiró aliviada. Lo último que quería era ofender a alguien por su peso; sabía de primera mano el impacto psicológico y fisiológico que eso podía tener.

En cuanto Giles le abrió la puerta, la música reverberó a través de las paredes y sintió las vibraciones en los pies.

—¿Sabías que tenían clase? —preguntó Stephanie.

Giles negó con la cabeza. —¿Qué crees que es? ¿Bailes de salón?

Ella hizo una pausa y escuchó el golpe sordo y repetitivo del bajo que vibraba en el aire. —Algo me dice que es ballet —dijo con sarcasmo.

Cuando llegaron al final de la escalera, la música *drum and bass* les inundó los oídos. Dentro de la academia de baile, un grupo de treinta niños de diez años estaba en plena actuación, moviendo brazos y piernas en un caos sincronizado. Los chicos llevaban pantalones cortos y camisetas (algunos lucían camisetas de tirantes), mientras que las chicas llevaban mallas negras y tops deportivos a juego. Botellas de agua de colores fluorescentes y sudaderas desechadas se alineaban en los bordes de la sala. Al frente, de pie, se encontraba Montana Robertson, que vestía una sudadera con capucha negra con la inscripción *P&J CREW* bordada en lentejuelas en la espalda. Dio dos palmadas y luego hizo un gesto cortante en el aire, silenciando la música a mitad de compás.

—Vale, ya basta por ahora, chicos. ¡Pausa para beber agua! ¡Venga, venga, venga!

Los niños se dispersaron hacia los bordes de la sala, cogieron sus cosas y se sentaron en el suelo, observándolos con sus sesenta ojillos brillantes.

Montana se acercó con cautela, intentando disimular su incomodidad. —Supongo que no están aquí por la clase de claqué para adultos que tenemos esta tarde, ¿verdad?

—Quizá a Giles le apetezca más tarde —dijo Stephanie—. Pero ahora mismo, nos preguntábamos si podríamos hablar en el despacho. —Dirigió la mirada hacia el espacio de la oficina al fondo de la sala, que estaba vacío—. ¿Dónde está Craig?

—Ha salido —respondió Montana—. Se ha ido a Londres a pasar el día.

—¿Ah, sí? ¿Cuándo se ha ido?

—¿Podríamos hablar en unos diez minutos? La clase termina en punto, y entonces podremos charlar después de que hayan recogido a todo el mundo.

Stephanie consultó su reloj. No tenía ningún compromiso inmediato. Quizá podría intentar llamar a su hermana otra vez. —¿Le importa si miramos? —preguntó—. No se preocupe, ambos tenemos el certificado de antecedentes penales en regla.

Montana rio con torpeza y asintió.

Stephanie y Giles se dirigieron a la ventana del otro extremo de la sala. Inmediatamente, los niños se pusieron de pie de un salto y corrieron hacia el centro del espacio, cada uno de pie a la misma distancia del otro, bien entrenados y ensayados. En cuanto empezó la música, comenzaron a bailar con atletismo y profesionalidad, sus movimientos bruscos, medidos y sincronizados. Stephanie observaba con asombro, sintiéndose como un juez en el jurado de *Britain's Got Talent*. Entonces algo por el rabillo del ojo la distrajo: un Skoda Fabia gris aparcado al otro lado de la calle, con el conductor oculto tras el reflejo de las nubes.

Stephanie se giró en redondo y salió a toda prisa. Giles la llamó, pero ella no le prestó mucha atención. Se encontró bailando mientras se abría paso entre los niños y bajaba las escaleras. Salió corriendo al exterior y su paso se convirtió en un trote.

Pero ya era demasiado tarde. En cuanto salió a la calle, el Skoda arrancó. No se fijó en el conductor; en su lugar, centró su atención en la matrícula, la que había estado intentando conseguir durante los últimos días.

Antes de que desapareciera de su vista, lo único que pudo distinguir fueron las dos primeras letras y posiblemente el primer número.

LF4.

No era mucho, pero era un comienzo. Mientras escribía la matrícula en un mensaje para Fiona, Giles salió del edificio.

—Pensé que me ibas a hacer volver andando a la oficina —dijo él.

—Todavía estás a tiempo —replicó ella por encima del hombro.

—¿Qué era?

—Un coche que me ha estado siguiendo.

—¿Un admirador secreto?

—O un maníaco sádico al que le gusta ver dormir a los niños.

Giles sonrió con suficiencia. —He oído que el mercado de las citas está fatal ahora mismo. No queda más que lo peorcito.

Mientras entraban, una serie de coches se detuvo a lo largo de la calle, listos y esperando para recoger a los niños. Stephanie se detuvo junto a la puerta y esperó a que terminara la clase. Cuando los niños empezaron a salir, invitó personalmente a los padres a la charla que daría más tarde esa noche, y luego los observó mientras volvían a sus coches. Existía una posibilidad muy alta de que uno de los padres de las clases fuera el Coco; que hubiera venido a las clases, seleccionado a sus víctimas al salir del recinto y luego las hubiera seguido hasta casa, preparando el terreno para sus noches de terror.

Una vez que la academia se vació, volvieron a la primera planta, donde encontraron a Montana barriendo antes de la siguiente clase.

—Ya no necesitaremos usar su despacho —dijo Stephanie.

Montana colocó la fregona en un rincón de la sala, junto a los altavoces, y se sacudió el polvo de la ropa. —¿Ha pasado algo?

—¿Qué le hace decir eso?

—¿Por qué otro motivo estarían aquí?

—Pues, de hecho, sí ha pasado algo —explicó Giles—. Yasmin East. ¿Le suena ese nombre?

Montana asintió casi de inmediato.

—La misma persona que creemos responsable de todos los demás allanamientos entró en su casa —continuó Giles—. La mataron en mitad de la noche.

Montana se tapó la boca con una mano, ahogando un grito ahogado que ya se le había escapado de los labios. —¿La ha matado?

—Hemos comunicado la noticia al público y en las redes sociales; sin embargo, queríamos dirigirnos a los padres de los miembros de la clase aquí, así que hemos organizado una reunión en esta misma sala para esta noche.

—*¿Esta noche?*

—Espero que eso no suponga un problema —replicó Stephanie, aunque dejó claro que la reunión se celebraría de todos modos—. Mi compañero debía haberle avisado.

—No..., nadie ha llamado. Pero... tendré que cancelar la clase de claqué —dijo Montana.

—Y yo que tenía tantas ganas de verla —respondió Steph, intentando inyectar algo de ligereza a la conversación.

No funcionó. Montana se abrazó a sí misma y se quedó mirando al suelo. —No puedo creer que la hayan asesinado. Los niños van a estar destrozados. No tengo que decírselo yo, ¿verdad? Quiero decir, lo haré. Pero ya fue bastante duro contarles lo de Maddie, que...

—Se lo diremos a los padres esta noche, y luego será decisión suya cómo informan a sus hijos —contestó Giles.

—¿Quién es Maddie? —La curiosidad de Stephanie pudo más que ella.

—Maddie Vickery. Una de nuestras mejores alumnas —respondió Montana con adoración y entusiasmo—. Sinceramente, la mejor que he visto nunca. Y además era muy joven. Tenía potencial. Hacía muchas clases semanales, pero falleció repentinamente hace un par de semanas. Y justo en su cumpleaños. Pilló a todo el mundo por sorpresa.

Stephanie le concedió a la mujer un momento de reflexión.

—¿Vickery? ¿Ha dicho que su apellido era Vickery?

Montana asintió. —Pobre familia. He intentado ponerme en contacto con su madre, pero como es comprensible, no me ha respondido.

—¿Familia de Marcus Vickery? —Stephanie miró a Giles, cuyos ojos se abrieron con un atisbo de reconocimiento mientras los engranajes de su mente empezaban a girar.

—No estoy segura. No sé quién es.

Pero Stephanie sí lo sabía. El nombre estaba claro en su mente. Marcus Vickery, una de las víctimas originales del Coco.

Stephanie tardó unos instantes en ordenar sus pensamientos. Finalmente, cuando se recompuso, dijo: —Sé que es mucho que asimilar, pero el motivo de nuestra visita era saber si usted o Craig han tenido tiempo para pensar en quién podría ser el responsable de estas intrusiones o si han notado algo extraño o diferente en el comportamiento de alguien.

Montana no necesitó pensar mucho. Se mordió el labio y los miró a ambos fijamente.

—Íbamos a decir algo el otro día —empezó, con la voz ronca y débil—, pero no sabíamos si era lo correcto. Supusimos que lo descubrirían por su cuenta después de revisar nuestros archivos de todos modos, pero...

Hizo una pausa.

—Hemos recibido varias quejas sobre uno de los padres cuya hija viene aquí.

A Stephanie se le despertó la curiosidad. —¿Quejas sobre...?

La garganta de Montana se convulsionó al tragar. —Su hija viene aquí los martes a clases de contemporáneo. Pero algunos de los padres cuyas hijas asisten a otras clases durante la semana han empezado a verlo fuera del edificio.

—¿Cuando no debería estar? —preguntó Giles.

—No tiene ninguna razón para estar ahí —confirmó ella—. Hemos intentado hablar con él al respecto, pero siempre alega que tiene asuntos en el polígono industrial y usa este sitio para aparcar porque aquí es gratis. Ninguno de nosotros se lo cree, pero no le hemos visto hacer nada ofensivo o fuera de lo común que nos haga pensar lo contrario.

—A veces no hace falta. El hecho de que piensen que algo va mal es suficiente para actuar. ¿Por qué no nos dijeron nada antes?

Montana vaciló. —No queríamos meterle en un lío innecesario.

En ese momento, a Stephanie se le ocurrió una idea. —Le agradeceríamos que preparara este lugar para la reunión de más tarde. Mientras tanto, vamos a necesitar su nombre y dirección lo antes posible.

CAPÍTULO
CINCUENTA Y TRES

Adam Keegan vivía en el pequeño pueblo de Worplesdon, al norte de Guildford. Trabajaba como director global de control de crédito para un gran conglomerado y había estado en la oficina de Londres cuando Stephanie y Giles intentaron contactar con él. Eso significó que se vieron obligados a esperar hasta las siete de la tarde a que Adam llegara a casa, justo una hora antes de la reunión que tenían prevista en la escuela de baile.

Esperaban de pie en la entrada para coches cuando Adam apareció en un enorme BMW X5 que dominaba el espacio. Su rostro se contrajo con aprensión en cuanto vio a Stephanie.

—Gracias por esperar —dijo él mientras salía del coche y cogía una bolsa del asiento trasero.

—Ha sido un placer —replicó Stephanie con una sonrisa sarcástica, presentándose a sí misma y a Giles.

Adam avanzó lentamente hacia la casa e introdujo la llave con evidente temor. Stephanie observó cada uno de sus movimientos mientras él entraba y dejaba la bolsa en el suelo. Siguió su mirada, esperando a medias ver a su hija bajar corriendo las escaleras para recibirlo. En cambio, la casa permaneció vacía y silenciosa.

—¿Dónde está su hija?

—En casa de su madre. Nos separamos hace unos meses.

Stephanie se fijó en el estado impecable de la casa. A todas luces, lo estaba llevando bien.

—¿Con qué frecuencia la ve?

—Fines de semana alternos.

—¿Y durante las clases de baile?

Adam se detuvo de repente y se giró para mirarlos. —¿*Clases de baile*? Quiero decir…, sí. Perdón, quería mencionar eso también. Las clases de baile, sí.

Las alarmas empezaron a sonar en la mente de Stephanie mientras él los conducía a la lujosa cocina. La limpieza del lugar indicaba que solo lo usaba una persona: un único cuchillo, tenedor, cuchara, taza y plato secándose en el escurridor era todo lo que necesitaba.

Tanto Stephanie como Giles rechazaron su oferta de tomar algo y observaron en silencio cómo Adam se llenaba un vaso de agua y se lo bebía de un trago. Stephanie intuyó que a él le apetecía algo un poco más fuerte.

—¿Cómo se llama su hija? —preguntó Stephanie.

—Michaela.

—¿Qué edad tiene?

—Siete. El año que viene cumplirá ocho.

—¿Cuánto tiempo lleva yendo a Pump and Jump?

Adam vaciló. —Un par de meses. Hace poco que acordamos apuntarla. Le gusta mucho. Eso la mantiene feliz, lo que me hace feliz a mí.

Sus respuestas sonaban frías y evasivas. Sus ojos saltaban de Giles a Stephanie, como si estuviera jugando una partida de Pong.

—¿Está al tanto de la reciente oleada de robos en la zona? —inquirió Giles, retomando el interrogatorio donde Stephanie lo había dejado.

Adam dejó el vaso en la encimera. —He oído algo, sí.

—Nos ha llegado la información de que el responsable ha estado atacando a miembros de los grupos de baile de Pump and Jump.

—No me diga.

—¿Ha notado algo sospechoso últimamente? ¿Alguien merodeando por su casa, tal vez, o por la de su expareja?

Adam negó lentamente con la cabeza. —Nada. ¿Creen que podría tener a Michaela en el punto de mira?

—Solo estamos haciendo una ronda —explicó Stephanie—. Para concienciar a la gente, para que todo el mundo esté sobre aviso. Es usted una de las primeras personas con las que hablamos; hemos empezado con el grupo de su hija e iremos revisando poco a poco el resto de las clases.

—Tienen ustedes una gran tarea por delante. —Los hombros de Adam parecieron relajarse ligeramente, como si se sintiera aliviado.

—Si con ello podemos proteger a estas niñas, haremos lo que sea.

—Por supuesto —dijo él, asintiendo cortésmente—. Bueno, le agradezco que me lo haya hecho saber. No dude de que le pasaré la información a mi exmujer y le diré que tiene que estar atenta.

Stephanie fingió una sonrisa. —Se lo agradeceríamos mucho. Sin duda, nos aligera la carga de trabajo.

Un silencio incómodo se apoderó de ellos. Fuera, el viento arreció, agitando las hojas de un árbol del jardín, y Adam empezó a moverse con nerviosismo.

—Si no hay nada más, entonces...

Stephanie levantó un dedo. —En realidad, hay una cosa, algo que ha llamado nuestra atención. —Hizo una breve pausa—. ¿Qué días va su hija a la escuela de baile?

—Los martes —contestó él, con un matiz de nerviosismo que se colaba en su tono.

—Bien. Entonces, ¿por qué un par de padres han informado de que lo han visto a usted en su coche otros días de la semana en los que su hija no tiene clase?

Adam bufó, con la incredulidad grabada en el rostro. Su intento de parecer sorprendido no resultó convincente. —¿Qué? ¿De qué está hablando? ¿Qué padres? ¿Quién ha estado diciendo eso?

—Hemos recibido informes de que usted ha pasado una cantidad preocupante de tiempo en los alrededores de la escuela Pump and Jump. No sabrá nada al respecto, ¿verdad?

—Demuéstrenlo. Demuestren que era yo.

—Hay varios testigos presenciales.

—¿Y qué dicen que he estado haciendo?

—No están seguros. Por eso están preocupados. Esperábamos

que usted nos lo pudiera aclarar. ¿Admite haber estado allí en días que no eran para recoger a su hija?

Adam abrió la boca y la volvió a cerrar, atrapado en una lucha interna.

—Será mejor para usted que lo admita ahora —añadió Giles—. No queremos tener que volver, pero lo haremos si creemos que hay motivos.

Finalmente, tras unos instantes más de vacilación, Adam cedió.

—Puede que haya ido un par de veces —dijo—. En las últimas dos semanas.

—¿Por qué?

—Por... por un par de razones. Mi exmujer fue un día solo para hablar con Montana y Craig sobre el rendimiento de nuestra hija y el pago de las clases. Y luego... —Su mente inventó rápidamente una excusa—. Y luego las otras veces he estado observando.

—¿Observando a *quién*? —preguntó Stephanie, cada vez más preocupada.

—A una de las madres —explicó Adam, con la voz quebrada—. La vi una vez. No recuerdo cuándo ni cómo, pero me pareció atractiva. El único problema es que no la he vuelto a ver desde entonces. Y... y por eso fui a un par de las clases de baile de su hija. Iba a salir del coche a hablar con ella, pero siempre me entraba el pánico y me iba.

Stephanie se tomó un momento para asimilar sus palabras. Era plausible, sí, ¿pero era creíble? No estaba tan segura. Había algo inquietante en la forma en que hablaba —un minuto controlado, al siguiente presa del pánico—, como si estuviera intentando desesperadamente urdir una mentira convincente para que se marcharan.

—Entonces, ¿no tiene nada que ver con observar a niñas menores de edad? —sondeó Stephanie.

Su boca se abrió de nuevo y un brillo cubrió su frente.

—¿Cómo se atreve? En absoluto. La... la insinuación me parece totalmente aborrecible.

Ella ignoró sus protestas. —¿Le suenan de algo los nombres de Becky Wednesday, Layla Whitaker, Mia Harris, Helen Lynas y Yasmin East?

Adam negó con la cabeza.

Stephanie recitó las fechas de los robos. —¿Qué estaba haciendo usted en esas fechas?

—Estaba aquí. Durmiendo.

—¿Solo?

—Sí, solo. No ve a nadie más viviendo aquí, ¿o sí?

Se acercó un poco más, un movimiento sutil pero de clara intención.

Stephanie se mantuvo firme, sin ceder terreno.

—¿Puede demostrar que estaba aquí en las noches en cuestión?

—¿Me está acusando en serio de ser el Coco?

—¿Cómo sabía que nos referíamos al Coco?

—Porque sé atar cabos. —Otro movimiento, otro centímetro más cerca.

Giles dio un paso adelante, acortando la distancia entre ellos, pero Stephanie se sentía más que capaz de manejar la situación por sí misma.

—Entonces quizá entienda por qué le preguntamos estas cosas. Es usted un hombre inteligente —acaba de decirlo usted mismo—, así que puede imaginar por qué nos puede preocupar que un hombre que vive solo haya estado merodeando por la escuela de baile donde varias niñas han sido traumatizadas y una ha sido asesinada. ¿O eso es demasiado difícil para su intelecto?

Aquello pareció funcionar. Adam retrocedió, bajó las manos y se apoyó en la encimera de la cocina. Cogió el vaso y empezó a hacerlo girar sobre la superficie. Por un breve instante, Stephanie pensó que podría arrojárselo.

—Entiendo lo que parece, pero, sinceramente, no he tenido nada que ver con esos robos. No hay nada que pueda decir o hacer para demostrarlo. Pero si no tienen ninguna prueba, entonces nuestras opciones están claras: yo voy a seguir con mi tarde, y ustedes se van a ir de mi casa. Ahora.

CAPÍTULO
CINCUENTA Y CUATRO

A las ocho de la tarde, los padres de las niñas de entre seis y once años estaban reunidos en la academia de baile Pump & Jump. Unos pocos habían traído a sus hijas con ellos, mientras que la mayoría había acudido en solitario. En la sala zumbaba una mezcla de cautela y miedo, con decenas de conversaciones que resonaban con más fuerza que cualquier cosa que pudieran emitir los altavoces. Stephanie, Giles, Montana y Craig —que había regresado de Londres poco antes— estaban de espaldas a los espejos.

Stephanie alzó la mano e, al instante, el grupo de adultos, cuyas edades oscilaban entre finales de la veintena y finales de la cuarentena, guardó silencio y sus conversaciones se convirtieron en un murmullo.

El corazón se le aceleró y una fina capa de sudor le cubrió el cuerpo. No le gustaba hablar en público y nunca se le había dado bien dirigirse a multitudes. Apenas unas semanas antes, le habían encomendado hablar ante cientos de universitarios y había estado hecha un manojo de nervios. No estaba segura de si esto sería más fácil o más difícil.

Fuera como fuese, no tenía elección.

—Gracias por venir esta noche —empezó, con la voz ronca y seca—. Lamento no haber abordado este asunto antes; sin embargo, no ha sido hasta hace poco que nos hemos percatado de que todas las víctimas de estas visitas del Hombre del Saco pertenecen a la academia Pump and Jump. —Hizo una pausa para examinar con la mirada a los adultos de la sala. A pesar de la invitación, no vio ni rastro de los padres de las víctimas recientes—. Entendemos que este es un momento preocupante para ustedes, sobre todo después de lo ocurrido recientemente con Yasmin, algo que todos lamentamos profundamente. El propósito de la reunión de esta noche es asegurarles que estamos trabajando activamente para localizar a este individuo. Estamos haciendo todo lo que está en nuestra mano.

—También les pedimos que informen de cualquier cosa que puedan ver o de la que sospechen, por trivial o inoportuna que parezca. Con ese fin, instamos a todos los residentes de la zona y a los miembros de este grupo a que extremen las precauciones por las noches. El Hombre del Saco sigue un patrón claro: ataca en mitad de la noche, mientras todo el mundo duerme. Recomendamos que se aseguren de que todas las puertas estén cerradas con llave antes de acostarse y, si es posible, que instalen trampas caseras. Si tienen cámaras de seguridad, por favor, comprueben que estén encendidas, cargadas y apuntando a la parte trasera de la casa. Si, en el desafortunado caso de que el Hombre del Saco les visite, les rogamos que no toquen nada de lo que encuentren a la mañana siguiente. Las pruebas de ADN son cruciales en la escena de un crimen, y cualquier muestra que podamos recoger será de gran ayuda.

—¿Y si mata a nuestras hijas como mató a Yasmin? —gritó una voz grave y áspera de entre la multitud. Stephanie buscó su origen, pero no consiguió localizar al interlocutor entre el gentío.

—Agradezco su preocupación —respondió ella, ahora con más confianza—. Sin embargo, nuestra opinión profesional es que su muerte, aunque trágica, fue un incidente aislado. No prevemos que este individuo vuelva a matar. Dicho esto, estamos haciendo todo lo posible por encontrarlo, y se le hará responder ante todo el peso de la ley.

—¿Cómo saben que no es la misma persona que se salió con la suya hace treinta años? ¿Y si se sale con la suya otra vez?

Stephanie tragó saliva antes de responder, centrándose en la mujer que había hecho la pregunta y sosteniéndole la mirada.

—Puedo asegurarle que *no* se saldrá con la suya una segunda vez. Tiene mi palabra.

CAPÍTULO
CINCUENTA Y CINCO

Eran poco más de las diez cuando Stephanie por fin llegó a casa. Había tenido que soportar otra hora respondiendo a las preguntas de la multitud de padres preocupados. Al terminar, se sintió segura de haber hecho lo suficiente para disipar sus miedos y orientarlos sobre las mejores medidas para proteger sus hogares y familias de cualquier intrusión. El único problema ahora era que estaba cansada. Y hambrienta.

No había comido nada, y su estómago se lo recordaba a cada instante, gruñendo y recriminándole que no hubiera cenado. Bajó la vista hacia el móvil; su reflejo en la pantalla negra la interpelaba.

No lo hagas.

No lo hagas.

Pero lo hizo; desbloqueó el dispositivo, buscó la aplicación de Uber Eats y pidió una pizza grasienta del local independiente de la calle principal. Había probado su comida unas semanas antes y le había impresionado lo sabrosa que era. Y además, a buen precio.

Mientras esperaba, deambuló por la casa, ordenando y limpiando, intentando distraerse de los documentos impresos que llevaba en el bolso. La investigación del asesinato de su madre reposaba en una carpeta pulcra, llamándola a gritos, suplicando que la leyera.

Descubre la verdad.

Averigua hasta qué punto puedes fiarte de tu tío.

Entérate de lo que sabía.

Se quedó de pie en la entrada del salón, mirando el bolso como si fuera una prueba de embarazo. La comida estaba a diez minutos. Tiempo suficiente para empezar. Tiempo suficiente para comer algo antes de convencerse de que necesitaba vomitarlo.

Sabía qué demonios aflorarían al leerlo. Sabía qué bestia despertaría en su interior, una que mostraría su horrible rostro. Pero era un mal necesario si quería descubrir la verdad sobre la implicación de su tío en los malos tratos y el asesinato de su madre.

En toda su carrera policial, nunca antes se había sentido obligada a ahondar en el pasado, a revivir los recuerdos que había ocultado durante tanto tiempo.

Exhalando profundamente, se acercó al bolso y sacó la carpeta. La sintió pesada en la mano, como si llevara un ladrillo. Casi doscientas páginas.

La llevó al sofá, se sentó con las piernas cruzadas y la colocó con cuidado sobre su regazo. El móvil vibró. La pizza estaba a cinco minutos. Lo ignoró.

Abrió el expediente.

Las primeras páginas eran administrativas: nombres del personal, números de informe, registros de incidencias mecanografiados. Luego venían las fotos de la escena del crimen —borrosas por la mala calidad de los escaneos digitales y de los objetivos de las cámaras, aún peores—, que mostraban el interior de la casa que tan bien conocía: la cocina, el pasillo, el baño y el salón. Una foto mostraba a una mujer desplomada en el sofá, con el pelo desparramado sobre el cojín y un brazo colgando a un lado. Inerte.

Se le formó un nudo en la garganta mientras estudiaba la imagen todo el tiempo que pudo soportar. Incluso muerta, su madre seguía siendo una mujer hermosa.

Pasó la página lentamente, presentando sus últimos respetos a su mamá.

Luego venían las declaraciones de los testigos.

Justo cuando se disponía a leerlas, sonó el timbre, y una sacudida de miedo le recorrió el cuerpo. Se sobresaltó y casi se le cae la carpeta al suelo. Dejándola a un lado, corrió hacia la puerta, le arrebató la caja de pizza al repartidor sin darle las gracias y volvió al sofá, desechando la comida sobre el cojín de al lado. Ahora estaba demasiado concentrada. Su mente había entrado en un estado profesional. Había dejado a un lado sus sentimientos personales y lo trataba como si fuera un caso en el que estuviera trabajando.

Tras una honda respiración, volvió a centrar su atención en las declaraciones de los testigos. Muchas eran de familiares y amigos, pero las más reveladoras eran las de los vecinos. Durante mucho tiempo había creído que sus vecinos no habían hecho nada ante los malos tratos de su padre, que se habían quedado de brazos cruzados, convirtiéndose en cómplices del asesinato de su madre. Pero al leer sus declaraciones, se dio cuenta de lo equivocada que estaba. En varias ocasiones, habían manifestado su preocupación a la policía, pero, tras unas cuantas visitas rutinarias —que Stephanie ya no recordaba—, habían sido desestimadas. En todos los casos, su madre había negado cualquier tipo de violencia por parte de Colin. Lo había defendido hasta el final.

Después de leer aquello, empezó a meterse trozos de pizza en la boca.

Todo se detuvo cuando, al pasar la página, encontró la declaración de su tío como testigo. El documento estaba fechado dos días después de la muerte de su madre.

Empezó a leerlo línea por línea.

La vi el fin de semana anterior en una barbacoa en su casa. Todo parecía normal, aunque noté que estaba más callada de lo habitual. Apenas hablaba con Colin. Había tensión, pero supuse que era una cosa de pareja casada y no quise meterme, ¿sabe? ¿Que si le vi moratones? No. No podría decir que los viera nunca.

Contuvo la respiración. Sus dedos se aferraron con más fuerza al papel.

Continuó leyendo. Unos minutos más tarde, el agente de policía que trabajaba en el caso había acorralado a Elliot con el tema de los moratones.

¿Que si mi hermano tenía mal genio? Pues sí, la verdad. Los dos lo teníamos. Mi madre solía llamarlo a él el Joker y a mí Batman porque era nuestro cómic favorito de la época y siempre nos estábamos peleando. Él siempre empezaba y también siempre ganaba porque era mucho más grande que yo, y siempre me recordaba que nunca sería lo

bastante grande para ser Batman. Yo siempre podía esconderme y meterme en sitios estrechos si necesitaba escapar. Pero con los años, dejamos de pelearnos, como hacen los críos. Y después de que nacieran las niñas, nunca le vi levantarle un dedo a esas chicas, ni a su mujer. No sé de dónde ha salido todo esto.

A Stephanie se le empezó a secar la boca. Él no había sabido nada de los malos tratos. Había estado tan ajeno a ello como la policía en su respuesta a las preocupaciones de los vecinos.

Entonces leyó otro fragmento: la declaración de una amiga de la familia, una mujer que decía ser la mejor amiga de su madre. En ella, mencionaba que, durante una pequeña reunión en la que ella y Elliot habían estado presentes, habían visto a Colin ser violento con su madre, dejándole moratones en el hombro izquierdo y en la parte superior del muslo. Tras el incidente, según el relato de la amiga, su madre había defendido las acciones de Colin, afirmando que no era nada de lo que debiera preocuparse; y Elliot le había restado importancia al incidente como si fuera algo habitual, como si fuera así como funcionaba su matrimonio.

Siempre están así, había dicho Elliot. *Pero se siguen queriendo. Y a veces ella se las devuelve con la misma fuerza.*

Al ser interrogado al respecto en una transcripción posterior, Elliot había negado tener conocimiento alguno y había seguido defendiendo a su hermano, protegiéndolo de la investigación policial. Eso significaba que le había mentido a la policía. Elliot había sabido de lo que Colin era capaz de hacerle a su madre. Había mentido para proteger a su hermano.

Y seguía haciéndolo, seguía mintiendo, seguía protegiendo a su hermano a pesar de que estaba muerto.

Stephanie cogió la caja de la pizza y se metió en la boca otro trozo de grasa y carbohidratos. Cuando se lo terminó todo, subió corriendo al piso de arriba y lo vomitó todo.

CAPÍTULO
CINCUENTA Y SEIS

Bien arropada, acurrucada en su edredón, se sentía segura y a gusto; a gusto frente al frío glacial del invierno de fuera, a gusto frente al aire gélido que persistía en la habitación. A su lado, Kimberley, de no más de dos años, dormía profundamente, con el pulgar en la boca, completamente frita.

Apacible en medio de la oscuridad.

Tan silencioso que Stephanie podía oír el suave silbido de la nariz de su hermana mientras se sumía en un sueño más profundo. Ahora que Kimberley dormía, se permitió cerrar los ojos.

Hasta que oyó los ruidos. Unos pasos que crujían al acercarse a la puerta del dormitorio, unas sombras que danzaban en la rendija de luz que había debajo.

Stephanie se tensó, consciente de lo que podría pasar. El dinero. El ahogamiento.

Entonces la puerta se abrió con un gemido largo y lento, con mucha menos sutileza de la que su padre había mostrado jamás. Quizá esa noche había bebido más de la cuenta, o puede que simplemente le hubiera dejado de importar a quién molestaba mientras la atormentaba.

Stephanie se quedó mirando la foto colgada en la pared. Una foto de ella, Kimberley y su madre escalando en las montañas, muy, muy lejos.

Su padre entró. Ella se apretó más el edredón contra la cara y cerró los ojos con fuerza para aislarse del mundo, para aislarse de su padre maltratador.

Pero hubo quietud, silencio. Ningún movimiento.

¿Se lo había imaginado? ¿O es que estaba allí de pie sin más?

Con cuidado, abrió los ojos y se movió en la cama para ver mejor. La anticipación era la peor parte. La tortura mental a la que la sometía mientras esperaba. ¿Lo haría? ¿No lo haría? Algunas noches la dejaba completamente en paz, se limitaba a quedarse allí mirando, haciendo ruidos extraños e incómodos. Otras... intentaba no pensar en ello.

Pero esto parecía diferente. La sombra que proyectaba era más pequeña, más delgada, y el peso de sus pies en la moqueta era más apagado, más suave, más silencioso. Con los años, había aprendido a captar esos detalles.

Lentamente, abrió un ojo. Se quedó helada.

La luz de la calle le iluminaba los rasgos lo justo para ver que no era su padre.

Era su tío. El hombre al que solo había visto un puñado de veces y con el que siempre se había sentido incómoda.

Estaba allí de pie, con los brazos a los costados y los hombros encorvados. Se limitaba a observar. A mirar fijamente. *A sonreír.* Una sonrisa suave, sutil, lasciva, como la de un hombre al que acabaran de desvelar un oscuro secreto.

Sus ojos relucían en la penumbra mientras la miraba.

Stephanie no podía moverse. Sus dedos se aferraban al edredón, pero los sentía inútiles, flácidos. Las piernas se negaban a patalear.

¿Por qué estaba allí? ¿Dónde estaba su padre?

Entonces se dio cuenta. La cuerda.

Colgando de su mano derecha, justo al lado del muslo, una fina cinta blanca danzaba ligeramente en el aire inmóvil. Y al final de ella, flotando justo por encima de la muñeca del hombre, había un globo. Azul. Suave y redondo, casi brillante.

Él dio otro paso hacia ella.

El pecho de Stephanie se contrajo, como si la habitación se hubiera encogido de repente y todo el oxígeno hubiera sido succionado. Intentó llamar a Kimberley, pero abrió la boca y no le salió nada.

Su tío estaba ahora a los pies de su cama, con la cabeza ladeada como un niño curioso. Luego avanzó hacia ella, arrastrando los pies casi en silencio, salvo por el roce de sus pies en la moqueta.

Los ojos de Stephanie se abrieron como platos al cruzarse con los suyos. Sin embargo, él no mostró ninguna señal de preocupación o miedo por haber sido visto. En lugar de eso, se detuvo junto a su cabeza y dejó caer el globo a su lado.

Sin decir nada, se quedó un momento antes de darle la espalda y salir de la habitación. En cuanto la puerta se cerró, ella se despertó, gritando por dentro, con el pecho agitado y jadeante.

CAPÍTULO
CINCUENTA Y SIETE

Solo ha sido un sueño, se había dicho a sí misma, y llevaba diciéndoselo desde que se despertó empapada en su propio sudor. Solo un sueño. Un producto de su imaginación.

Su subconsciente había confundido a su tío y a su padre, fusionándolos en una única figura siniestra, en el mismo depredador. Debía de ser cosa de familia.

Se quedó tumbada durante horas, con la mirada fija en la puerta del dormitorio, esperando que se abriera. Había abrazado a Bart, su querido oso de peluche, y juntos habían mantenido a raya al hombre del saco.

Ahora, sin embargo, le estaba pasando factura. Estaba cansada; en realidad, más que cansada. Luchando por mantener los ojos abiertos, se levantó de la cama y se arrastró hacia el baño. La luz era dura y casi la cegó. Dentro, el olor a bilis todavía flotaba en el ambiente. Necesitaría más ambientadores para enmascarar el hedor.

Mientras bajaba las escaleras con pasos quedos, sentía los pies pesados en los escalones, como si los músculos no se le hubieran despertado del todo. Se detuvo a mitad de camino, con una mano deslizándose por la barandilla y la otra apretada contra la boca para reprimir un bostezo.

Allí, en el felpudo, había un sobre grueso y acolchado.

Sin sello. Sin nombre. Sin dirección. Sin ninguna indicación de que hubiera pasado por un servicio de reparto.

Lo habían entregado en mano, colándolo por el buzón en algún momento de la noche. ¿Cuándo? ¿Lo había oído?

Bajó las escaleras lentamente, con un ojo puesto en el sobre y el otro en el pasillo. Tensando el cuerpo, cogió un zapato, ignoró el sobre por el momento y registró el resto de la casa: la cocina, el salón, el baño de abajo. Buscaba a un intruso, buscaba al hombre del saco.

Una vez comprobado que la casa estaba vacía, se dirigió a la puerta de entrada, se agachó y recogió el sobre. Era marrón, del tipo que se encuentra en los armarios de material de oficina. Pesado, como si contuviera un grueso fajo de papeles. Por un momento, se preguntó si contendría las diez mil libras que le habían concedido en el testamento de su padre, pero desechó rápidamente la idea.

Un pavor helado le recorrió la nuca. Le dio la vuelta al sobre y empezó a despegar la solapa, con cuidado de no romperla. Una vez abierto, miró dentro. Incapaz de discernir el contenido, metió la mano y empezó a sacar los documentos.

Entonces las vio. Fotografías. Casi una docena, impresas en papel grueso y brillante que sugería que no se habían escatimado gastos para enviárselas.

Eran fotos de ella.

En su coche. Saliendo de la comisaría. Entrando en el despacho del abogado. Entrando en el piso de Devon. Saliendo de nuevo, esta vez con botellas vacías de vodka y cerveza; varias tomas de ese momento, como si el fotógrafo hubiera decidido centrarse en ese incidente concreto.

Las miró fijamente, absorbiendo el significado de cada una. En el fondo de su mente, los engranajes empezaron a girar. ¿Quién las había enviado? ¿Por qué? ¿Y qué significaban?

Tenía una vaga idea —el Skoda Fabia—, pero ¿qué tenían que ver con el hombre del saco?

Pero otros pensamientos más acuciantes la asaltaron. Devon. Llevaba un par de días sin ir a trabajar, y no lo había visto ni había tenido noticias suyas.

. . .

Mientras conducía hasta allí, Stephanie se había preparado para encontrar a Devon yaciendo sobre un charco de su propio vómito, algo que solo se había encontrado una vez en su carrera. Soltó un profundo suspiro de alivio cuando la voz de él respondió por fin a la llamada de su interfono.

—¿Diga?

—Creía que estabas muerto —dijo ella.

—Pues pareces decepcionada —respondió él, con una voz que resonaba como si estuviera en el espacio.

Ella alzó la vista hacia el edificio. —¿Me vas a dejar pasar o qué?

—Solo si prometes dejar de cuidar de mí.

Un instante después, mientras una ráfaga de viento le azotaba los tobillos, sonó el zumbador y abrió la puerta de un tirón, perseguida por un puñado de hojas que intentaban escapar del crudo tiempo otoñal.

Para cuando empezó a subir las escaleras, las piernas se le habían despertado y subió con facilidad.

La puerta del piso de Devon ya estaba abierta para ella. Se cruzó con una de sus vecinas al entrar, la saludó con un educado asentimiento de cabeza y cerró la puerta tras de sí.

Al darse la vuelta, esperaba que el piso estuviera en el mismo estado en que lo había encontrado antes: miseria y desorden por todas partes. En cambio, se encontró con lo contrario. Como la noche y el día. Limpio, ordenado. Ninguna prueba que sugiriera que allí había vivido alguien, y mucho menos un hombre que empezaba a tener un serio problema con la bebida.

Devon estaba de pie junto al sofá. —¿Qué te parece?

—Creo que te has dejado un trozo del rodapié de al lado de la televisión. —Señaló la esquina de la habitación para recalcarlo.

Devon lo miró rápidamente, y entonces se dio cuenta de que estaba bromeando. —No seas gilipollas.

—Disculpa. Has hecho un buen trabajo. Te has mantenido ocupado.

Él resopló. —¿Qué otra cosa iba a hacer? Necesitaba algo para ocupar mi tiempo. No sé cómo hay gente que puede pasarse todo el día en casa.

—¿Tuviste la reunión con salud laboral?

Devon se metió las manos en los bolsillos del pantalón y bajó la vista al suelo. —Tuvimos una videollamada, sí.

—¿Y?

—Y me han dado algunos consejos, algunos recursos. Quieren que vaya para una evaluación y unas pruebas.

—¿Pruebas?

—Para ver si estoy en condiciones de trabajar.

Ella lo examinó con su ropa de trabajo. —¿Cuándo fue la última vez que bebiste?

—Desde que me pusiste en vereda.

Le alegró oírlo. —¿Cuándo pensabas volver?

—Hoy, si me dejas.

—¿Crees que estás listo?

Inhaló profundamente y asintió. —Estoy bien. No perfecto, pero lo suficientemente bien.

Ella sonrió. —Eso es todo lo que necesitaba oír. Pero antes de que nos vayamos... —Rebuscó en su bolso y sacó las fotografías—. Supongo que no sabrás nada de que me hayan hecho estas fotos, ¿verdad?

Devon le cogió las fotos con cautela, como si contuvieran algo peligroso. Luego empezó a examinarlas, tomándose su tiempo. Su expresión no revelaba nada.

—¿Esto es de la puerta de mi casa? —preguntó, refiriéndose a la imagen de ella sujetando las botellas.

—Lamentablemente, sí.

—¿De dónde las has sacado?

—Las he encontrado en mi buzón esta mañana. Sin remitente. Sin sello, sin dirección.

—Así que las entregaron en mano —dijo Devon, pensativo—. ¿Crees que son del hombre del saco? ¿Crees que está intentando asustarte para que lo dejes?

Ella se encogió de hombros. —Posiblemente. Supongo que no has visto un Skoda Fabia gris merodeando por aquí, ¿no?

Devon no necesitó pensar mucho. —No puedo decir que haya prestado mucha atención a lo que pasaba ahí fuera. He estado más centrado en lo que pasa aquí arriba. —Se dio un golpecito en el lateral de la cabeza—. Además, soy un negado para los coches. Lo único que sé es que mientras tenga cuatro ruedas, un motor y algunas puertas, vale para subirse.

Le devolvió las fotografías. Stephanie las cogió con una expresión solemne.

—¿Tienes miedo?

Ella sonrió con suficiencia. —¿De qué tengo que tener miedo? No soy una niña de siete años. Y créeme, me he topado con monstruos peores que esta persona en el pasado.

CAPÍTULO
CINCUENTA Y OCHO

Stephanie estaba furiosa con Giles. Se suponía que era su día libre, pero había decidido venir a trabajar. No porque tuviera mucho que hacer, sino porque sentía que se lo debía a las víctimas y a la investigación. Lo había llevado a un aparte y le había explicado que tenían ayuda de sobra y que, en su mayor parte, todo estaba bajo control, pero él había decidido desobedecerla.

—La buena noticia —empezó él, sonriéndole desde su asiento en la sala de operaciones—, como estoy seguro de que todos estaréis de acuerdo, es que no ha habido informes de más allanamientos desde la muerte de Yasmin East.

Un pequeño vítores resonó entre el equipo. Tímido, pero sincero. Sí, había algo que celebrar. Pero el equipo era dolorosamente consciente de que una chica había perdido la vida a manos del Hombre del Saco.

—No sé si eso es bueno o malo —dijo Stephanie.

—¿En qué sentido, inspectora? —preguntó Giles.

—Bueno, es estupendo porque significa, como sospechaba, que nadie más va a ser aterrorizado por esta persona. Pero también es malo porque..., bueno, porque se ha escondido. Ahora corremos el riesgo de que la historia se repita y se esfume sin más.

Giles asintió pensativo. —Eso no suena tan apetecible.

—Nada apetecible, desde luego. Así que tenemos que hacer todo lo que esté en nuestra mano para asegurarnos de que eso no ocurra. —Inspeccionó al resto del equipo y se alegró de ver a Devon allí de nuevo. Volvían a ser un equipo completo—. Aunque me hace preguntarme: ¿cuál es el *móvil*? *¿Por qué* está haciendo esto esta persona? Parece que, al menos en lo que respecta a los últimos sucesos, el Hombre del Saco solo se centra en vigilar a estas chicas. Y, sin embargo, ahora que algo ha salido mal, se ha escondido. Estoy convencida de que la muerte de Yasmin East fue un error. Entonces, ¿por qué está haciendo esto? ¿Qué saca de ello? ¿Y por qué parar después del asesinato? Si se tratara de una escalada en su comportamiento, similar a lo que podríamos ver en un asesino en serie, esperaría que aparecieran más cadáveres. Pero, por ahora, no ha sido así.

—Más vale que no ocurra —comentó Giles, bajando rápidamente la mirada cuando el equipo se giró hacia él.

Justo cuando Stephanie iba a responder, Fiona levantó una mano mientras se mordía las uñas de la otra. Esa mañana se había recogido el pelo en una coleta que la hacía parecer más joven. —Disculpe, inspectora —empezó—, y espero que no le importe que diga esto, pero ¿se acuerda de la psicóloga forense que vino hace un par de semanas?

Stephanie gruñó a modo de asentimiento.

—Bueno, pues ayer contacté con ella para ver qué tenía que decir de todo esto. Y..., bueno, cree que esta persona está reviviendo algún tipo de trauma.

—¿De qué manera?

Fiona dejó de morderse las uñas y miró a todo el equipo. —Dijo que tal vez lo estén usando como una forma de duelo. Señaló que es extraño que no haya ningún componente sexual, ninguna naturaleza sórdida detrás de esto, y que el globo representa una conexión con un niño por el que podrían o no estar de luto.

—Marcus Vickery —dijo sin pensar—. Su sobrina murió la otra semana.

—O Adam Keegan —añadió Giles, con un chicle asomándole por la boca—. No ve a su hijo tanto como probablemente le gustaría. Supongo que eso es una *forma* de trauma.

—Lo confirmo —añadió Devon asintiendo.

Un silencio incómodo se apoderó del equipo.

—Qué aguafiestas —comentó Noah, dándole una palmada juguetona en el brazo a Devon—. Gracias por eso.

Stephanie ignoró el ambiente y preguntó: —¿Y qué hay de la conexión con el anterior Hombre del Saco? ¿Qué dijo sobre eso?

—Dijo que podría ser la misma persona o alguien nuevo —explicó Fiona—, siempre que haya un elemento de trauma o duelo involucrado. Si es alguien nuevo, tendría que estar familiarizado con el caso anterior o ser alguien que aprendió de él.

O alguien a quien le habían *enseñado* a hacerlo, pensó Stephanie, y su mente se desvió de nuevo hacia su padre. El trauma en ese caso habría sido su muerte. Quizá la persona a la que potencialmente había manipulado en la cárcel estuviera usando a las niñas como una vía de escape para su duelo en lugar de a los niños.

—Excelente trabajo, Fiona —respondió Stephanie—. Muy bueno. Has pensado de forma original. Estoy impresionada. Pero el trabajo aún no ha terminado. ¿En qué punto estamos con todo lo demás?

Uno por uno, los miembros del equipo le expusieron sus últimas novedades. El único problema era que no había nada que informar. Nadie había visto ni oído nada. Las grabaciones de los circuitos cerrados de televisión y de las cámaras se habían agotado y no llevaban a ninguna parte. Fiona y Noah habían hablado con las víctimas que quedaban de los años noventa y habían comprobado sus coartadas; todas habían sido descartadas como posibles sospechosos. Lo único que tenían eran los resultados del ADN y de las huellas dactilares tomadas tanto a las víctimas anteriores como a las actuales, que debían de llegar en cualquier momento.

Stephanie señaló a Fiona, que había estado supervisando el progreso.

—Reclámelos urgentemente —dijo—. El laboratorio me dijo que los tendríamos en una semana, y todavía no los hemos visto.

—Sí, inspectora —respondió Fiona con tristeza, bajando el tono de voz.

Stephanie dio una palmada, dando por terminada la reunión.

—Buen trabajo, equipo. ¿Alguien tiene algo más que quiera compartir?

Ninguna respuesta. De inmediato, el equipo empezó a

levantarse de sus sillas y a volver a sus mesas. Todos menos una: la agente Olivia Willard, que se quedó atrás y esperó a que Stephanie se acercara.

—Inspectora —empezó, con voz suave y vacilante—. Había... había algo que quería enseñarle. Pero no quería hacerlo delante del equipo, y no estaba segura de si usted ya estaba al tanto, pero...

—Suéltelo ya, Willard —espetó Stephanie, y luego se acordó de añadir—: Por favor.

Olivia cogió su portátil de la silla de al lado, abrió la tapa e inició sesión. En la pantalla aparecía el inconfundible azul del logotipo y la cabecera de Facebook. Debajo, una imagen de encabezado con fotos de las víctimas recientes del Hombre del Saco. Stephanie reconoció las fotos de las que colgaban en el tablón de incidencias a su espalda. Debajo del encabezado estaba el nombre del grupo de Facebook: *Justicia para las víctimas del Hombre del Saco de Guildford.*

Sin decir nada, Olivia se desplazó un poco hacia abajo, revelando una serie de imágenes.

Stephanie ahogó un grito y su ritmo cardíaco se disparó.

Allí, condensadas en varias miniaturas, estaban las imágenes que le habían metido por el buzón esa mañana, la mayor de las cuales la mostraba a ella sosteniendo las botellas de vodka.

—¿Quién las ha publicado? —preguntó.

—Ha sido un usuario anónimo —respondió Olivia.

—¿Qué dice?

Olivia no se atrevió a leerlo, así que le pasó el portátil a Stephanie.

Esta es la persona encargada de la investigación sobre el Hombre del Saco. ¡Una borracha! ¿Es este el tipo de persona en la que podemos confiar para proteger a nuestros hijos de este individuo enfermo? La inspectora Stephanie Broadbent ha demostrado ser ineficaz, y la sangre de la muerte de Yasmin East está en sus manos. Debemos hacer algo. Esto no puede ni se permitirá que continúe.

A Stephanie se le heló la sangre. Un sinfín de emociones explotaron en su interior: furia, sed de venganza, culpa, frustración, arrepentimiento.

Echó un vistazo a las métricas de interacción de la publicación: a más de cinco mil personas les había gustado.

Más de cinco mil personas habían visto las imágenes de ella con las botellas en la mano. Más de cinco mil personas pensaban ahora que era incompetente para el cargo.

Más de cinco mil personas se habían movilizado para tomarse la justicia por su mano.

CAPÍTULO
CINCUENTA Y NUEVE

La puerta se cerró suavemente con un leve clic, silenciando los sonidos del despacho, pero apenas consiguió aplacar la cacofonía que se arremolinaba en su mente. Las fotos, las publicaciones, los comentarios y la enorme cantidad de gente que estaba de acuerdo con su opinión. Todo había sido exagerado de forma desproporcionada por una fuente anónima.

Sin embargo, estaba convencida de que no se trataba en absoluto de una fuente anónima. Creía que solo había una persona responsable, un único individuo empeñado en hacerle la vida imposible desde el momento en que el Bogeyman entró en su vida: Trent Whitaker.

Ese cabronazo.

Justo cuando iba a coger el móvil, este empezó a sonar en su bolsillo. Sacó el dispositivo y echó un vistazo al identificador de llamada.

Louis Brown.

Se quedó mirando el nombre un buen rato, sopesando si contestar.

Al final, justo antes de que saltara el buzón de voz, pulsó el gran botón verde de la parte inferior de la pantalla.

—Buenos días, Stephanie —dijo él.

—Louis...

—¿Cómo van las cosas?

Que no te afecte. No dejes que sepa que lo has visto.

Apretó los dientes. —No hemos recibido informes de más visitas del Bogeyman, así que lo consideramos una victoria.

—Y con razón. ¿Están más cerca de descubrir quién es y dónde está?

Stephanie hizo una pausa antes de responder. Louis estaba siendo mucho más amable de lo habitual, más afable.

—Seguimos investigando todas las líneas de actuación posibles. Por desgracia, no tengo nada más que darle.

—Eso es porque me toca a mí darle algo *a usted*.

Permaneció en silencio y esperó a que continuara.

—No sé si está al tanto, pero hay unas fotos circulando...

Aun así, no dijo nada.

—Unas fotos suyas que andan por las redes sociales... saliendo de un edificio con botellas de vodka, entrando en el bufete de un abogado...

—Lo sé, las he visto.

—Obviamente, no da buena imagen.

—No hace falta que me lo diga.

—Pero lo que quería que supiera es que hemos recibido esas mismas fotos y nos han pedido que publiquemos un artículo sobre usted.

Stephanie se humedeció los labios y contuvo la respiración, preparándose para las siguientes palabras de él.

—Pero no vamos a hacerlo —dijo.

El corazón de Stephanie volvió a latir con fuerza y dejó escapar un grito ahogado. —¿Puede repetirlo?

—Es una campaña de desprestigio —explicó Louis—, y no es nuestro estilo. Aunque sea el de otros periódicos, desde luego no es el nuestro. Sé que usted y su equipo están haciendo un buen trabajo y no quiero ponerlo en peligro. Pero eso no quiere decir que no se hayan enviado las mismas fotos a otros periodistas...

—¿Cree que las publicarán?

Louis suspiró al otro lado del teléfono. —Posiblemente. Puedo hacer algunas llamadas, pero eso podría descubrir el pastel.

Stephanie se paseó por su despacho, con la mente a mil por hora mientras imaginaba las difíciles conversaciones que tendría que mantener. Todo por culpa de un solo hombre.

—¿Sabe quién las envió? —preguntó, apoyándose en el escritorio mientras la adrenalina la invadía.

—Sí...

—¿Va a confirmármelo? Porque ambos sabemos quién es. Pero usted es el único que lo sabe a ciencia cierta.

Una pausa.

—Trent —dijo él, con voz firme.

—Bingo. Diez estrellas de oro para mí —respondió ella con sarcasmo.

Por supuesto que era él. Eso explicaba por qué no había tenido noticias suyas en varios días, por qué no lo había visto merodeando fuera de la comisaría, esperándola a ella o a alguien más implicado en la investigación.

—Hay algo más que debe saber.

El tono de Louis la dejó sin aire.

—¿El qué?

—Me dijeron que no se lo contara, pero creo que tiene derecho a saberlo.

—Continúe.

—Trent no es quien hizo las fotos. Provienen de otra persona. Él solo las financia.

Stephanie le dio vueltas en la cabeza. —¿Qué está diciendo?

—Digo que ha contratado a un detective privado.

Stephanie se quedó helada.

—El detective hizo las fotos, pero fue Trent quien me las envió, y estoy bastante seguro de que también fue él quien las publicó en internet.

—¿Un detective privado? —repitió, mientras su mente se esforzaba por asimilarlo.

—Sí.

—¿Quién?

—No lo sé. Esa es la gracia de un detective privado. No se sabe quién es.

La imagen del viejo Skoda Fabia apareció en su mente. ¿Había estado el detective privado al volante haciendo las fotos o era el Bogeyman?

—¿Por qué contrató a un detective privado? ¿Solo para sabotearme? —preguntó. Empezaba a dolerle la cabeza, así que se sentó en su escritorio.

—Trent y las familias de las otras víctimas lo contrataron para atrapar al Bogeyman.

—¿Sabe cómo les va?

—No. Pero ya sabe cómo es Trent. Es un hombre con muchos contactos.

—¿Qué se supone que significa eso?

—Que, vaya donde vaya usted, él no andará muy lejos.

CAPÍTULO
SESENTA

Otra llamada perdida.

La tercera en los últimos diez minutos. Jason, preocupado por dónde estaba, preguntándose adónde se habría ido. Ridículo. ¿Dónde estaba esa preocupación cuando ella se consumía sentada en el salón, asimilando cómo su vida se había puesto patas arriba? Ah, sí: había estado arriba en su despacho, trabajando. *Dándole tiempo y espacio para estar sola*. Era lo último que necesitaba. Al contrario, necesitaba consuelo y apoyo: emocional, físico y mental. Y, sin embargo, la había ignorado por completo. Estaba pasando por el peor momento de su vida, y él estaba demasiado ocupado con el trabajo, preocupado por el último acuerdo que se estaba cerrando o porque todos los mercados se habían ido al garete ese día. No era de recibo, y ahora él se hacía la víctima, acusándola de descuidarlo y de excluirlo.

¡Tengo una muy buena razón para hacerlo, Jason!, quería gritarle. Y unas cuantas más.

Peor aún, quería estrangularlo. En este momento, no se estaba comportando como el hombre del que se había enamorado. Había sido amable, tierno, considerado. Había estado a su lado cada vez que ella tenía un mal día en el instituto o cuando los críos se portaban como unos capullos y la hacían sentir una inútil. Había estado ahí cuando tenía unos dolores de regla terribles y solo quería pasarse el día entero en la cama con varias tabletas de chocolate. Incluso era él quien se las proporcionaba.

Pero ahora…, ahora, estaba distante, diferente. En otro lugar. Mental, física y literalmente. A veces, cuando hablaba con él, era como hablarle a un perro. Solo la miraba, asentía y sonreía en los momentos adecuados, pero no había absolutamente nada detrás de aquellos preciosos ojos suyos. Por no mencionar que nunca estaba en casa. Siempre fuera por trabajo, socializando en las copas de después de la oficina, pasando el mayor tiempo posible lejos de ella.

Iban en un vagón de primera clase con destino a la calle del divorcio; podía sentirlo.

Pero, por suerte, había surgido una distracción. Algo que la alejara de los pensamientos sobre su padre asesino, su hermana mentirosa y su inútil marido.

Miró la hora. Llevaba cinco minutos de retraso.

Comprensible, dada la situación. Lo había encontrado por internet, le había enviado un mensaje y, tras un breve intercambio, habían acordado quedar.

Sintió que se le hacía un nudo en el estómago. El tipo de nudo embriagador que sientes de adolescente en una primera cita.

Tamborileó con los dedos en el volante mientras la lluvia golpeaba con insistencia el parabrisas, difuminando la calle en una neblina de tejados grises. Un hombre pasó por la acera. El corazón le dio un vuelco en la garganta y luego volvió a su sitio.

No era él.

Le siguió una mujer con un carrito de bebé. Tampoco era ella.

Apretó con más fuerza el volante.

Los cinco minutos se convirtieron en diez. Los diez en quince. El nudo siguió apretándose.

Finalmente, un mensaje suyo: *Lo siento, llego tarde. El tráfico es un infierno. Qué ganas de conocerte.*

Entonces, como si lo hubiera enviado a propósito en ese preciso instante, apareció por detrás de la tienda de licores y empezó a caminar hacia ella, saludándola con entusiasmo mientras se acercaba.

En cuanto lo vio, el nudo de su estómago desapareció, y todos los pensamientos sobre su hermana, su padre y su marido se desvanecieron con la lluvia.

CAPÍTULO
SESENTA Y UNO

Stephanie se obligó a apartar de sus pensamientos a Trent, las imágenes y el detective privado. Tenía un trabajo que hacer, aunque cada vez le resultaba más difícil.

Solo podía pensar en lo mal que salía en las fotos. En cómo su cara parecía más hinchada de lo normal. ¿Había vomitado la noche antes de que se las hicieran? No lo recordaba. Pero el simple hecho de verse así le daba ganas de volver a hacerlo.

Trent. ¿Quién se creía que era? Amenazarla de esa manera. Porque eso eran las imágenes: una amenaza. Una amenaza de que se revelarían más secretos sobre su vida si no atrapaba al Bogeyman. Lo que planteaba la pregunta: ¿cuánto más sabía él? Recordó que su vecino le había dicho que el otro día había visto un coche extraño merodeando por la calle. ¿Y si el detective privado había entrado en su casa? ¿Y si había encontrado el joyero, su osito de peluche? ¿Y si había descubierto lo de su padre?

Y entonces, otro pensamiento: ¿y si esa era la razón por la que la había estado acosando desde el principio? ¿Y si existía una conexión entre su padre y Trent? ¿Era posible? ¿Podría ser Trent el Bogeyman, buscando vengar la muerte de su mentor?

Sus pensamientos empezaban a entrar en una espiral. Drásticamente. Pero antes de que pudieran ir más allá, pararon frente a la casa de dos dormitorios de Marcus Vickery en Shalford.

Stephanie se giró hacia Devon. Habían conducido en silencio

durante todo el trayecto y, por la expresión cansada y desgastada de él, era evidente que había estado luchando contra sus propios demonios durante el viaje.

—¿Lista?

—Listo.

El olor a carne cocinándose se escapó por la puerta principal en cuanto Marcus Vickery la abrió, vestido con vaqueros y una camiseta, con un delantal colgando del cuello.

—¿Qué hacen aquí? —preguntó, sorprendido.

—Tenemos que tratar algunas cosas más con usted —explicó Stephanie, y luego presentó a Devon—. Espero que no interrumpamos.

Mientras entraban en la casa, Marcus respondió: —Mi hermana ha venido a cenar temprano. Acabo de preparar hamburguesas y salchichas, ¿quieren una?

Ella inspiró hondo; el aroma de la comida le hizo cosquillas en los sentidos. No deseaba nada más que comer, pero no podía darse un atracón delante de aquella gente, sobre todo cuando uno de ellos era un posible sospechoso en una investigación de asesinato.

—Nos quedaremos a tomar un café.

Un instante después, entraron en la cocina. En el centro había una isla que exhibía los frutos de la cocina de Marcus: varios platos de pechugas de pollo, salchichas y hamburguesas, cuencos llenos de ensalada y verduras, una pequeña bolsa de panecillos de hamburguesa y tantos condimentos como se encontrarían en el pasillo de un supermercado. Había comida suficiente para alimentar a una familia de diez.

Al otro lado de la cocina estaba la hermana de Marcus, Connie. Levantó la vista cuando entraron, con una mano alrededor de un vaso de limonada turbia y la otra apoyada despreocupadamente en el borde de la isla. Rondaría los treinta y cinco, tal vez un poco más, con el pelo castaño oscuro recogido en una gruesa trenza que le llegaba al final de la espalda. Vestía toda de negro —vaqueros, jersey, botas—; el único color en ella era un toque de pintalabios color cereza y el brillo de un pendiente de plata en la nariz.

—Connie, estos son los detectives que trabajan en el nuevo caso del Bogeyman —explicó Marcus.

Ella miró alternativamente a Stephanie y a Devon con sus ojos de color almendra. —Porque tuvieron *tantísimo* éxito con el último. Marcus me ha dicho que ha vuelto.

Marcus rodeó la isla y le dio un codazo suave a su hermana en el brazo. —Sé amable —dijo.

Stephanie ignoró el comentario y señaló la comida. —Parece que tiene un auténtico festín entre manos.

—Mi hermano no sabe cocinar para menos de ocho personas —respondió Connie, sorbiendo su bebida.

—Al menos habrá sobras para mañana —señaló Devon—. No hay nada mejor que una hamburguesa o salchicha fría a la mañana siguiente.

—Habríamos tenido otra boca que alimentar —dijo Marcus—. Pero...

Se giró hacia su hermana y le frotó el brazo con compasión.

—Siento su pérdida —le dijo Stephanie a Connie.

La hermana de Marcus dejó la bebida, se llevó la mano al pecho e inclinó la cabeza. —Gracias. Se lo agradezco. Es duro. La echo de menos una barbaridad. Pero lo voy superando.

—*Lo estamos* superando —le recordó Marcus—. Poco a poco.

—Poco a poco. —Levantó la vista hacia Stephanie—. Disculpe, quería hablar con él. Los dejo a solas.

Limonada en mano, Connie cogió su plato de comida y se dirigió al salón. La cocina se quedó en silencio, como si un aire de incomodidad se hubiera instalado en ella. Stephanie esperó a que la puerta se cerrara antes de empezar.

—Lo reconocí ayer en el estudio de danza.

—Sí. ¿Y?

—¿Por qué estaba allí?

—Fui porque Connie no se veía con fuerzas para ir, y sentí que tenía un deber con los otros padres.

—¿Cómo se enteró? Mi equipo no se puso en contacto con usted.

—Me enteré por algunos de los otros padres, y un par de personas también publicaron algo en el grupo de Facebook.

Le rugieron las tripas. Su mirada se desvió hacia la comida de la encimera.

—¿Cuál es su conexión con el lugar?

—Aparte del hecho de que mi sobrina iba allí, ¿quiere decir? Stephanie apretó la mandíbula mientras asentía.

—No veo cuál es el problema —dijo él—. Un par de padres se han puesto en contacto conmigo desde que empezó todo esto para pedirme apoyo, para pedirme mi versión de los hechos. Así que pensé en ir, por si alguien hacía una pregunta que yo pudiera ayudar a responder.

—Pero no lo hizo. Pasó desapercibido.

—Eso es porque respondió a todo lo que le plantearon. —Marcus bufó, metió una hamburguesa en un panecillo, la roció con kétchup y se la metió en la boca—. No iba a empezar a hacer que todo girase en torno a mí. Si le soy sincero, estoy contento de que la gente no conozca mi conexión con el Bogeyman.

¿Y por qué podría ser?, se preguntó ella. ¿Porque en secreto eres él y no quieres llamar la atención?

—Hábleme de la relación con su sobrina —dijo Stephanie, cambiando de táctica.

Marcus estaba a medio masticar, pero no iba a dejar que eso lo detuviera. —Tenía un nombre, por cierto. Emma. Y era el alma más bonita que he conocido. La quería como a una hija. Connie y Emma siempre estaban aquí. Siempre estábamos jugando en el jardín o dando paseos. Nos mató cuando Emma murió. Pero sigo sin ver qué tiene que ver eso con nada.

—Simple curiosidad por mi parte —respondió Stephanie—. No puedo ni imaginar el dolor por el que deben de estar pasando. Es... es duro.

Marcus gruñó, tragó un bocado y lo regó con una cerveza.

—¿Es eso todo lo que ha venido a preguntarme? ¿Sobre mi sobrina?

—No exactamente —respondió Devon—. Teníamos curiosidad sobre su relación con el antiguo Bogeyman.

—¿Qué relación?

—Bueno, usted fue la única de las víctimas con la que habló. ¿Mantuvieron el contacto?

Marcus se limpió la boca con el dorso de la mano. —¿Mantener el contacto? ¿Qué creen que éramos? ¿Amigos por correspondencia? A ver, recibimos una carta extraña por correo un par de semanas después de que ocurriera, pero...

—¿Qué decía?

Marcus se encogió de hombros. —Nunca la vi. Mis padres la cogieron antes que yo y nunca me dijeron lo que ponía.

—¿Recuerdan lo que decía?

—Probablemente no. Fallecieron hace unos quince años.

Stephanie soltó un pequeño bufido de resignación por la nariz. —Siento oír eso.

—Y yo. Ahora, si eso es todo, a mi hermana y a mí nos gustaría volver a nuestra cena.

Stephanie levantó un dedo. Marcus se quedó helado. —¿También queríamos preguntarle por su paradero la noche en que Yasmin East fue asesinada?

—¿Perdone?

—Me ha oído —replicó Stephanie, con un filo en su tono.

—¿Lo dice en serio? ¿Por qué quiere saber eso?

—Indagaciones rutinarias —respondió Devon.

—«Indagaciones rutinarias». Sí, indagaciones rutinarias, una mierda. Estaba aquí. Dormido. Y si no me cree, analice mis huellas y mi ADN en el sistema. ¿Pensaba que ya lo estaban haciendo?

—Las pruebas están en curso. —El filo duro de su tono se había perdido, como si acabara de enseñar todas sus cartas de golpe y hubiera perdido.

Marcus se metió más comida en la boca. —Bueno, pues cuando lleguen los resultados de sus pruebas y demuestren que yo no estuve allí, entonces serán más que bienvenidos a volver y disculparse por perturbar mi tarde. Saben, solía tener mucho respeto por lo que hacen, pero esto lleva ya treinta años, y entre esto y las cosas que veo en Facebook, empiezo a entender por qué la gente no confía en ustedes tanto como antes.

CAPÍTULO
SESENTA Y DOS

Llevaban los últimos cinco minutos conduciendo en silencio, sin que ninguno de los dos quisiera romperlo.

Al final, Devon dijo:

—Por cierto, nunca te di las gracias.

—¿Por qué? —preguntó Stephanie.

—Por hablar con Karen.

—¿Ah, sí?

—Vino anoche y me comentó que habías pasado para advertirla de mi estado.

—¿Y cómo fue?

Devon se encogió de hombros.

—Hablamos. Mucho. De nosotros. Del matrimonio. De Finn.

—No era mi intención arreglar las cosas entre vosotros...

—Y no lo has hecho. Es decir, creo que ayer por fin me di cuenta de que era el final. Un cierre, ¿sabes? Como si hasta ahora hubiera estado negándolo. Creo que eso fue lo que desencadenó la borrachera.

Stephanie guardó silencio mientras reducía la velocidad ante un semáforo.

—Entonces, ¿no hay vuelta atrás?

Devon negó con la cabeza.

—Probablemente sea lo mejor. Habíamos dejado de comunicarnos y, cuando lo hacíamos, siempre acababa en pelea. No había conexión, ni emoción. Nada. Al final, ya no había amor. El matrimonio estaba muerto, y no había reanimación cardiopulmonar que pudiera resucitarlo.

—Siento oír eso —fue lo único que se le ocurrió decir.

—No lo sientas. Esto es bueno...

—Siempre y cuando hayas llegado a esa decisión por ti mismo y no te hayan coaccionado para pensar así.

Devon se rio entre dientes.

—No te preocupes, ya soy mayorcito. Sé pensar por mí mismo. Pero me sorprende que te preocupes tanto por mí.

—¿Qué quieres decir?

—Si no hubieras hablado con Karen, no sé dónde habría acabado.

El tráfico se reanudó y Stephanie pisó suavemente el acelerador.

—Eres un miembro valioso del equipo —respondió—. Sé que a Giles y a Noah les habría destrozado que te pasara algo.

Él resopló.

—¿Pero a ti no?

Ella no respondió.

—En cualquier caso, te debo una, jefa.

—Lo recordaré —dijo ella.

Condujeron en silencio un rato hasta que se detuvieron en otro semáforo.

—¿Qué piensas de esto del Bogeyman? —preguntó él, rompiendo de nuevo el silencio.

Stephanie soltó un largo suspiro y se apretó la coleta.

—Sinceramente, no tengo ni idea. He estado dándole vueltas a todas las posibilidades. Sigo sin saber con certeza si es el antiguo Bogeyman que ha vuelto o si es una persona nueva. No sé si es una de las antiguas víctimas o alguien completamente aleatorio. Por un momento, hasta pensé que mi padre podría estar implicado.

Se le paró el corazón al darse cuenta de lo que acababa de decir. El miedo se apoderó de ella. ¿Y si la juzgaba?

—¿Tu padre? —preguntó él—. ¿Por qué?

No había juicio en su tono, lo que le dio la confianza para ser sincera y directa —para ser vulnerable— con él.

—Es una estupidez, pero... bueno, a veces desaparecía por la noche y no volvía. A día de hoy, no sé adónde iba. Y la otra noche tuve una pesadilla en la que salían él y un globo. Y para hacerlo todo aún más preocupante, las visitas del Bogeyman de los noventa cesaron casi exactamente cuando entró en la cárcel por lo que le hizo a mi madre.

Devon asintió pensativo. Por el rabillo del ojo, lo vio morderse el labio.

—Pero, Steph… todo eso suena muy raro y tal… pero tu padre está muerto.

Ella soltó una carcajada, dándose cuenta de repente de lo extraño que sonaba.

—Ese detalle no se me escapa —respondió—. Lo curioso es que estaba tan convencida de que era él que intenté contactar con su prisión para ver si podía conseguir información sobre algunas de las personas con las que había compartido celda, por si los había convertido en esta encarnación más reciente, pero no me aprobaron la solicitud.

—Yo puedo hacer eso por ti —respondió Devon de inmediato.

—¿Perdona?

—Sí, tengo un colega en el servicio penitenciario. Me debe un par de favores y probablemente podría conseguirnos la información si se lo pido por las buenas.

—¿Harías… harías eso?

Le dio un codazo en el hombro.

—Como te he dicho, te debo una.

Una sonrisa se dibujó en su rostro.

—Si haces eso por mí, estaremos en paz.

CAPÍTULO
SESENTA Y TRES

Si había algo en lo que no era especialmente buena —y, en su inútil opinión, había varias cosas en las que no era muy buena, pero esta se llevaba la palma—, era la espera. Los largos periodos de inactividad que a menudo se extendían sin fin entre las tareas de una investigación. Como los análisis de ADN y huellas dactilares que aún estaban esperando. Y ahora, más recientemente, la espera para descubrir los nombres de aquellos con los que su padre había compartido celda durante su estancia en prisión. Devon había dicho que llevaría tiempo. No había especificado cuánto. Solo... *tiempo*. Comprendía que su contacto necesitaba seguir ciertos procedimientos y protocolos, pero no se le daba bien esperar.

Normalmente, para llenar el vacío, habría salido a correr, se habría subido a su bicicleta de montaña o habría encontrado un muro o un árbol que escalar. Pero, en lugar de eso, se encontró navegando por las redes sociales, un pasatiempo que hacía meses que no practicaba. Era una inútil pérdida de tiempo que normalmente la dejaba más deprimida que antes. Lo llamaban *doomscrolling*.

Y en cuanto abrió Facebook, descubrió por qué.

En la parte superior de la pantalla estaban las imágenes que habían atormentado sus pensamientos desde que las había visto por primera vez: las botellas vacías, el estado en el que se encontraba y la insinuación que entrañaban las acusaciones.

Durante un largo momento, su dedo se quedó suspendido sobre la sección de Comentarios. Sabía que no debía, que era una idea pésima, pero algo la impulsaba a hacerlo.

Se sentía un cero a la izquierda. Todo lo que decían en su contra le parecía justificado porque era un eco de lo que había oído toda su vida.

No eres nadie.

No vales nada.

Ni siquiera mereces estar aquí.

No solo de su padre, sino de los cuidadores y padres de acogida que habían intentado —y fracasado— cuidar de ella y de su hermana en un sistema fallido.

Se castigaba a sí misma a diario. ¿Qué más darían unos cuantos mensajes de odio?

Como era de esperar, ninguno de los comentarios era amable. Se quejaban de la inactividad de la policía y citaban sus propios ejemplos de lo poco que les importaba. Una persona incluso relató que le habían dicho: «¿Qué espera que hagamos?», tras un robo reciente.

Ella negó con la cabeza, consternada. Mal asunto. Muy mal asunto.

Iban a tener que hacer algo. Y rápido. La confianza de la gente estaba bajo mínimos, y su gestión de la investigación no hacía más que empeorar las cosas.

Había, sin embargo, un puñado de comentarios más amables. Pero solo un puñado. No los suficientes para contrarrestar la creciente oleada de culpa que sentía gestarse en su interior.

Salió del grupo de Miembros de la Comunidad de Guildford y continuó desplazándose por su muro. Se detuvo cuando volvió a ver las fotos, esta vez publicadas en otro grupo de Guildford.

Se estaban haciendo virales, difundiéndose por todas partes. Todo porque un hombre se había propuesto hacerle la vida imposible.

Trent Whitaker.

Bloqueó la pantalla y lanzó el móvil al cojín de al lado, acurrucando las piernas más contra el pecho. En ese instante, solo podía pensar en su torturador. Su torturador actual.

El Skoda Fabia.

¿Y si estaba aparcado fuera, observándola?

Echó un vistazo a las cortinas y las ventanas, asegurándose de que todas estuvieran cerradas y de que no hubiera rendijas. Saltó del sofá, se acercó a las cortinas del salón y se asomó. Con la tenue luz de las farolas, no vio el Skoda por ninguna parte.

Respiró aliviada, cerró las cortinas con cuidado y regresó al sofá. Necesitaba algo para distraerse de todo aquello. Subió entonces a su dormitorio. Del cajón de la mesita de noche, sacó la lata que se había llevado de la casa de su infancia y se puso a jugar con la pulsera que había dentro, rememorando tiempos más felices.

Pronto, la paranoia comenzó a disiparse y el ruido en su cabeza empezó a desvanecerse. Hasta que sus ojos se posaron en la carpeta morada que contenía las notas de la investigación del asesinato de su madre. La había subido la otra noche para leer un poco antes de dormir y luego se había olvidado de ella.

Dejando la lata con cuidado sobre la cama, se dirigió a la carpeta. Era otra forma de castigo, otra manera de desestabilizar su estado mental.

Respiró hondo, levantó la carpeta y continuó por donde la había dejado: su propia declaración como testigo, escrita a los diez años. Lo recordaba vívidamente. Sentada en la pequeña habitación, rodeada de adultos que le hablaban con amabilidad, llorando, sorbiendo de un vaso de zumo que tenía un sabor extraño y metálico. Y luego había explicado lo que había visto, cómo se había quedado indefensa mientras su padre estrangulaba a su madre hasta matarla.

Contuvo una lágrima mientras seguía leyendo. A continuación, se topó con un nombre que le saltó a la vista: Gavin Lockwood.

El hombre que había dirigido la investigación original del Bogeyman. También había sido el inspector a cargo de la investigación del asesinato de su madre, gestionando ambas simultáneamente, con un solapamiento de unos pocos meses.

¿Había habido algo más que un solapamiento? ¿Había sido su padre el Bogeyman original, pero solo se le había acusado de la muerte de su madre? ¿Había algo más? ¿O era simplemente una coincidencia?

Era completamente normal que él estuviera trabajando en varias investigaciones a la vez —ella misma era responsable de lo mismo—, pero su instinto le decía que había algo más, que él estaba conectado de alguna manera. No podía quitarse de la cabeza la sensación de que su padre y el Bogeyman estaban relacionados de algún modo.

Que el inspector Lockwood y su equipo habían ignorado varias denuncias sobre los malos tratos a su madre. Que, en cierto modo, habían protegido a su padre de una investigación más a fondo.

Que también podrían haberlo blindado de la operación Bogeyman.

CAPÍTULO
SESENTA Y CUATRO

El sol era demasiado brillante. El cielo, demasiado azul. La hierba, demasiado verde. Todo brillaba con la luz suave y filtrada de las viejas fotos de la infancia. Volvía a tener diez años, descalza en el jardín trasero, chillando de risa mientras se agazapaba detrás de la casita de plástico, aferrando una pistola de agua de color verde neón con sus pequeñas manos. El sol le daba con fuerza y le quemaba la nuca y los brazos. A esas alturas, la crema solar ya había desaparecido con el agua, pero no le importaba. Se lo estaba pasando demasiado bien.

La voz de su madre resonó como una melodía.

—¡No puedes esconderte para siempre! Allá voy, preparada o no...

Un chorro de agua salió disparado hacia ella, rebotó en la casa de plástico y la roció con una fina neblina. Casi le daba de lleno.

Stephanie agarró con fuerza la pistola de agua, con el dedo perfectamente colocado sobre el gatillo.

Contuvo la respiración mientras el silencio se apoderaba del jardín, a la escucha del suave sonido de unos pies que se acercaban sobre la hierba. Su madre estaba cerca, pero Stephanie estaba preparada para recibirla.

Y entonces..., ¡apareció!

—¡Te pillé!

Stephanie chilló emocionada y apretó el gatillo de la pistola de agua repetidamente. Su madre soltó un grito cada vez que un chorro le daba en la cara y en los brazos. Luego llegó el chorro de agua en represalia, que alcanzó a Stephanie en el hombro mientras salía de su escondite, devolviendo los disparos entre chillidos de alegría.

Bailaron por el jardín, empapándose la una a la otra hasta que quedaron chorreando. Su madre llevaba el pelo recogido en un moño deshecho, empapado en algunas zonas, y el vestido se le pegaba a las rodillas. Estaba preciosa. Viva. Y Stephanie no recordaba la última vez que la había visto así; no en el mundo real.

En el sueño, todo era cálido. Luminoso. Seguro.

Hasta que la puerta trasera se abrió con un gemido. Stephanie se quedó helada a media carcajada, con la pistola de agua colgando de la mano.

Ambos se quedaron allí de pie, con los brazos a los costados, inmóviles. Como las gemelas de *El resplandor*.

Colin y Elliot Broadbent.

—Hola, chicas —dijo Elliot, con voz gélida y cortante.

El sol pareció atenuarse. El calor se esfumó del aire. Stephanie sintió que la hierba se enfriaba bajo sus pies.

El brazo de su madre bajó lentamente, la pistola de agua olvidada a un lado.

—No sabía que iba a venir usted, Elliot —dijo ella, con un tono educado pero tenso.

—Lo invité yo —respondió su padre—. No supondrá un problema, ¿verdad?

Algo en el tono de su padre le dijo que su tío se iba a quedar, aunque supusiera un problema.

Stephanie lo miró fijamente. Él seguía sonriendo, pero de un modo más inquietante. La desconcertó, la hizo sentirse incómoda.

—En absoluto —respondió su madre, forzando una sonrisa tensa—. Bienvenido. Cuantos más, mejor. Me pondré con la comida. Steph, ¿quieres venir conmigo a la cocina?

—No —la interrumpió Colin antes de que pudiera responder —. Puede quedarse en el jardín con nosotros. Tenemos una sorpresa para ella.

—Sí —continuó Elliot—. Una pequeña sorpresa de cumpleaños.

—Ya puedes irte —le dijo Colin a su madre.

Con cautela, como si estuviera a punto de dejar a su hija con una manada de leones, su madre se dirigió a la cocina, bajando la cabeza mientras pasaba a su lado en el umbral.

Stephanie se quedó paralizada en medio del jardín, con el dedo suspendido sobre el gatillo. No sabía por qué, pero sintió la necesidad de defenderse.

—¿Cuántos años cumples hoy, Stephy? —preguntó Elliot, adentrándose en el jardín.

—Nueve...

—Qué edad tan bonita. Ya te estás haciendo una chica mayor. ¿Estás teniendo un buen cumpleaños?

—Sí.

—¿Te gustaría ver tu regalo?

Apretó con más fuerza la pistola. Asintió.

Elliot se acercó más y se llevó la mano a la espalda.

Sacó algo.

Un globo, ya inflado.

Azul. Brillante. Atado con una larga cuerda blanca que se enroscaba como una serpiente.

—Esto es para ti, cariño —dijo, pasándoselo.

Stephanie no lo tocó.

—¿No te gusta?

Ella permaneció inmóvil.

—¿Por qué eres tan desagradecida? —siseó Colin. Se abalanzó sobre ella, la agarró del brazo y la empujó hacia su tío, obligándola a coger el globo—. Pequeña zorra desagradecida. Por eso no te regalamos cosas, imbécil.

Pero Stephanie se resistió, agitando los brazos, defendiéndose como pudo. En el forcejeo, la pistola se le cayó al suelo y le temblaron las piernas.

Se zafó e intentó correr hacia su madre.

Pero entonces el globo explotó, y lo único que recordó antes de despertar fue que su tío la cogía en brazos.

. . .

El teléfono móvil vibró sobre el escritorio, devolviéndola de golpe al presente. Se había estado quedando traspuesta, con la mirada perdida en el ordenador. La pesadilla le había vuelto a robar el sueño y estaba notando los efectos.

Miró la pantalla. Tardó un momento en reconocer el nombre en su mente.

—Señor... —dijo con voz lánguida, justo cuando empezaba a bostezar.

—Buenos días, Stephanie —dijo el DCI McGowan—. ¿Dónde está?

—En mi mesa.

—Parece medio dormida.

Terminó de bostezar. —He dormido fatal. No estará controlándome, ¿verdad? Se supone que todavía está de vacaciones.

—Pues de hecho sí lo estoy. Por desgracia, ha llegado a mi conocimiento que están circulando ciertas fotografías y quería atajarlo antes de mi vuelta.

Sintió que se le formaba un nudo en la garganta.

—Puedo explicarlo —dijo.

—Esperaba que así fuera. ¿Necesito acortar mis vacaciones?

Stephanie se levantó de un salto de la silla y se acercó a la ventana. Miró el campo que se extendía al otro lado del cristal, aferrándose al collar.

—Es el padre de una de las víctimas, señor. Ha contratado a un investigador privado que está empeñado en buscarle las cosquillas a esta investigación.

—¿Quién?

—Un tipo llamado Trent Whitaker. Ha publicado las fotos de forma anónima, nos lo han confirmado los moderadores del grupo de Facebook.

—¿Qué se está haciendo al respecto? No puede salirse con la suya.

—Yo me encargaré, señor.

—Bien —hizo una pausa—. Pero... he de admitir que las fotos tienen muy mala pinta, Steph.

—Lo sé.

—¿Hay algo que necesite contarme?

Se refería a las botellas de vodka. Por supuesto que sí. Se imaginó la foto en su mente.

—Puedo explicarlo, pero no ahora. Lo único que necesita saber es que me estoy encargando de ello. Está bajo control.

—Steph, si hay algo que deba saber...

—Confíe en mí —insistió—. Me estoy ocupando. No tiene de qué preocuparse. No le estropearé el resto del fin de semana. Tiene que desconectar.

—Lo mismo le digo, Steph. No tema hacer usted lo mismo.

CAPÍTULO
SESENTA Y CINCO

La puerta se abrió tras lo que pareció una eternidad. Al otro lado estaba Gemma Whitaker, vestida con un jersey azul marino y vaqueros, con el pelo recogido en un moño bajo en la nuca. Su expresión era de absoluto pasmo.

—Inspectora Broadbent —dijo sin pestañear—. ¿Qué hace usted aquí?

Stephanie se irguió ligeramente. —Quería ponerlos al día a usted y a su marido. ¿Está Trent en casa?

Como si lo hubieran invocado, el hombre al que empezaba a detestar a marchas forzadas apareció al fondo del pasillo. Llevaba un atuendo similar a los que le había visto antes, y su expresión fue un reflejo de la de su mujer en cuanto sus ojos se posaron en Stephanie.

Quizá de verdad pensaban que sus actos no tendrían consecuencias.

—Inspectora... —empezó Trent con voz tensa—. Esto es una... sorpresa.

Stephanie no esperó a que la invitaran a pasar. Cruzó el umbral y entró en la calidez de la casa de los Whitaker.

Gemma cerró la puerta suavemente tras ella. Un halo de incomodidad los envolvió.

Stephanie sonrió con sarcasmo. —¿Procedemos?

Los Whitaker se miraron. —¿Dónde prefiere? ¿En la cocina o en el salón? —preguntó Gemma.

—Donde estén más cómodos.

Stephanie percibió la aprensión que flotaba en la casa y la saboreó. Ya empezaba a sentirse mejor.

Gemma le indicó con un gesto que entrara en la cocina. El espacio estaba más ordenado desde su última visita, pero aún quedaban juguetes de Layla esparcidos por las superficies.

—¿Dónde está su hija?

—En el colegio —respondió Gemma.

—¿Cómo ha estado?

—Mejor. Vuelve a... vuelve a dormir. Y en su propia habitación, además, lo cual es bueno.

Stephanie ocupó uno de los taburetes de la barra. —Son muy buenas noticias. Deben de sentirse aliviados.

Gemma miró rápidamente a su marido y luego a Stephanie. —Sí, mucho.

Stephanie le dedicó una leve sonrisa. —¿Quieren oír más buenas noticias?

Otra mirada apresurada y ansiosa. —Claro...

—No se ha informado de más visitas del Hombre del Saco.

Gemma sonrió de oreja a oreja. —Son noticias excelentes. ¿Significa que lo han encontrado?

Stephanie negó con la cabeza. —Estamos trabajando en...

—Solo ha hecho falta que *muriera* un niño —interrumpió Trent—. No es para tirar cohetes, ¿no? Sigue ahí fuera.

—Soy muy consciente de ello. Pero, en general, parece que nadie más va a salir herido o traumatizado. Quizá debería compartir eso en sus redes sociales.

Los ojos de Trent se abrieron como platos. —¿Perdón?

—Ah, ¿no lo sabía? ¿O es que finge que no tiene ni idea?

Stephanie giró sobre el taburete para encarar a Trent. Gemma se desplazó al otro lado de la cocina, fuera del campo de visión de Stephanie. El gesto era revelador; era una mujer que se distanciaba de su marido y saboreaba la perspectiva de que él afrontara las consecuencias.

—He sido informada de que hay unas fotos mías circulando por internet, sobre todo en varios grupos de Facebook —explicó Stephanie.

—Vaya. Qué interesante.

—No sabrá usted algo al respecto, ¿verdad?

Trent frunció los labios y se encogió de hombros. —No me suena de nada.

Stephanie soltó una carcajada. —Vamos, Trent. Ha sido usted un incordio durante toda esta investigación; ha sido el que más se ha quejado. Pensé que, de entre toda la gente, sería el primero en reconocerlo. Al fin y al cabo, es usted un hombre que consigue lo que quiere.

Él se cruzó de brazos, como si se preparara. Un poco tarde.

—Ya le he dicho que no sé de qué me habla.

Stephanie cogió su móvil, lo sacó y cargó una foto del carrete. Era una captura de pantalla del administrador de la página comunitaria de Guildford, revelando la cuenta real tras las publicaciones anónimas. Le enseñó el móvil.

—Ese es su nombre, arriba del todo de la pantalla, ¿no es así? Trent... Whitaker. —Empezó a deletreárselo.

—Yo... yo... —empezó a balbucear.

—Oh, oh, no se esperaba eso, ¿verdad? Que alguien descubriera lo que ha hecho y se lo echara en cara. ¿En serio pensaba que podía arruinar la reputación de alguien y salirse con la suya? ¿Pensaba que podía esconderse detrás de su teclado? Las cosas no funcionan así.

—¿Cómo... cómo...?

—Porque somos la policía. Siempre lo descubrimos. Además, las publicaciones anónimas en Facebook no son anónimas en absoluto. Quizá se lo piense dos veces antes de volver a publicar algo así. Al menos, tenga las narices de poner su nombre. Cobarde.

Trent se quedó boquiabierto. Stephanie se volvió hacia su mujer, que meneó la cabeza con repugnancia. Dejó que el comentario flotara en el aire un momento.

—¿Cuál era el objetivo final, Trent? ¿Qué esperaba conseguir haciendo que me sacaran esas fotos? ¿Intentaba que me despidieran?

No respondió. No podía.

—Pues no ha funcionado, ni funcionará. Es simplemente triste, la verdad. Sé que está molesto por lo que le pasó a su hija —yo también lo estoy—, pero ahora mismo no hace más que interferir, obstaculizarnos. Está impidiendo activamente que persigamos a esa persona.

—¿Cómo?

—Porque tenemos que malgastar nuestro tiempo intentando averiguar qué cobarde publicó esas fotos.

—¿Pero ir a un bufete de abogados cuando se supone que está trabajando no es una pérdida de tiempo para la policía?

—Eso es personal.

—Lo sé. Sé lo de su padre, y sé lo que hizo.

A Stephanie se le cortó la respiración.

—Oh, oh, no se esperaba eso, *¿verdad?* —replicó él, con la valentía regresando a su voz.

—¿Cómo?

—Ya se lo dije: consigo lo que quiero.

—No tiene ningún derecho a hacer nada de esto, Trent. Está pisando una línea muy fina. Está obstruyendo a la justicia y, francamente, lo que está haciendo se considera acoso. Le doy esta última advertencia para que pare y despida a su investigador privado; de lo contrario, la próxima vez que venga por aquí, lo detendré, y no verá a su hija en mucho, mucho tiempo. Piense en eso un segundo. Sus actos tendrán consecuencias, Trent, igual que los del Hombre del Saco. Y cuando haya terminado con él, iré directa a por usted.

CAPÍTULO
SESENTA Y SEIS

Stephanie acababa de llegar al coche cuando oyó que alguien la llamaba.

—¡Inspectora, espere!

Se detuvo y se giró para ver a Gemma corriendo hacia ella. El sol empezó a asomar por entre las nubes, calentándole la nuca.

—Inspectora... —dijo Gemma, sin aliento al detenerse—. Lo... lo siento por él. Siento su comportamiento. Le dije que no publicara esas fotos. Le dije que no contratara al investigador. Le advertí de que no acabaría bien, de que no cambiaría nada, pero... cuando a Trent se le mete algo en la cabeza, se obsesiona. Es que... no lo deja pasar.

—Gracias por decírmelo —respondió Stephanie, cegada momentáneamente por el sol que se reflejaba en la ventanilla de un coche cercano.

—Sé que no cambia lo que ha hecho, pero quería que entendiera lo mucho que lo siento.

—¿Y eso es todo? —preguntó Stephanie.

Gemma Whitaker balbuceó algo ininteligible. —Yo... no lo sé.

Stephanie percibió la mentira al instante.

—No sé qué tiene pensado. Me ha mantenido al margen desde que monté en cólera por lo de las fotografías. No sé qué están planeando él y los otros.

—¿*Otros*?

—Los otros padres —dijo Gemma, dándose cuenta de repente de que había revelado demasiado—. Son...

—Gemma, si sabe algo, por pequeño o insignificante que le parezca, necesito que me lo diga. Necesito estar al corriente. Lo último que quiero es que alguien salga herido por esto. No se preocupe por mí, tengo la piel dura y puedo soportar este tipo de presión, pero no quiero que un inocente sea víctima de la retorcida idea de venganza de su marido.

La expresión de Gemma era un mar de dudas. Evitó la mirada de Stephanie y bajó la vista al suelo. —Lo siento —dijo—. Ojalá pudiera ayudar. Yo... no sé nada.

Stephanie resopló, se dio la vuelta y se dirigió al lado del conductor. Al abrir la puerta, dijo: —Tiene mis datos de contacto por si recuerda algo. Sin importar la hora.

Subió al coche y cerró la puerta de un portazo. Estaba en su espacio seguro. El corazón, que se le había acelerado en casa de Trent, se calmó rápidamente y dejó escapar un largo suspiro de alivio. Levantó una mano; los dedos le temblaban por la adrenalina.

Se quedó sentada un rato, meditando. Justo cuando iba a arrancar, le sonó el móvil.

Devon.

Lo puso en manos libres.

—¡SB! —exclamó él—. ¿Que si te traigo buenas noticias? ¡Pues claro que te traigo buenas noticias!

—Por cómo suenas, más vale que sean las mejores noticias del mundo.

Devon hizo una pausa y se rio entre dientes. —Querías un nombre. Te he conseguido un nombre.

—¿Perdona?

—Mi contacto de Instituciones Penitenciarias ha respondido antes de lo esperado. Y te ha encontrado un nombre.

CAPÍTULO
SESENTA Y SIETE

Perry Watson vivía en una pequeña casa de protección oficial en Woking, una ciudad en plena expansión a pocos kilómetros al norte de Guildford. En los últimos años, el perfil de la ciudad se había transformado por varias promociones inmobiliarias nuevas, con rascacielos ahora visibles desde cualquier punto de Surrey.

Según el contacto de Devon en la cárcel, Perry había compartido celda con Colin Broadbent durante cinco años antes de ser trasladado a otra prisión por mala conducta. Encarcelado inicialmente por múltiples delitos relacionados con las drogas, no tardó en acabar en la prisión de Su Majestad de Belmarsh, donde pronto se dio cuenta de que no era el pez más gordo del estanque y mantuvo un perfil bajo. Al acercarse al final de su condena, a la madura edad de sesenta años, suplicó la libertad anticipada por buena conducta y, con la prisión cada vez más superpoblada, no hubo más remedio que dejarlo marchar. De eso hacía cuatro años, y desde entonces vivía en Woking, intentando llevar una vida normal, por lo que sus agentes de la condicional y de servicios sociales pudieron averiguar.

De los siete presos que Colin Broadbent había considerado sus compañeros durante su cadena perpetua por matar a su madre, Perry era el único que estaba en libertad. Los demás estaban muertos, seguían encarcelados o vivían en el extranjero; en cambio, Perry residía en la zona, era un antiguo delincuente que sabía cómo sortear cosas como las cámaras de seguridad y el ADN, y había pasado una cantidad desmesurada de tiempo con uno de los seres humanos más despreciables del mundo. En opinión de Stephanie, eso lo colocaba en una posición privilegiada para ser quien se ocultaba tras la máscara del Coco.

Su cuerpo temblaba por la adrenalina mientras estaba de pie frente a la puerta de su casa; el corazón le martilleaba en los oídos y le temblaban los dedos. Respiró profundamente, tratando de serenarse. Inhalar por la nariz, exhalar por la boca. Los coches pasaban a toda velocidad y unos niños que deberían haber estado en el colegio jugaban en la calle, pero no les prestó atención. Haciendo caso omiso del ruido, se concentró en la cámara del timbre inteligente, mirando fijamente al objetivo.

Entonces, llamó a la puerta.

La espera se le hizo eterna. Permaneció completamente inmóvil, con la espalda recta, los hombros echados hacia atrás y los brazos a los costados.

Finalmente, la puerta se abrió y fue recibida por Perry Watson.

Su reacción inicial fue de inmediata decepción. Al igual que la segunda y la tercera: el hombre era frágil, estaba encogido sobre sí mismo. Su cuerpo estaba encorvado por la edad o la enfermedad, posiblemente por ambas cosas, y detrás de él, un escúter de movilidad bloqueaba el pasillo. Tenía el rostro afilado y curtido, de mejillas hundidas y piel flácida en el cuello, con un tono amarillento grisáceo que sugería un consumo prolongado de nicotina o quizá algo peor. Sus ojos eran penetrantes y vivos, y denotaban toda una vida de experiencia. Tuvo la sensación de que era el tipo de persona que, en sus tiempos, tenía un lado muy desagradable y podía cambiar en cualquier momento. Ahora, sin embargo, esos ojos parecían perdidos, con un sufrimiento latente tras ellos.

—¿Perry Watson?

—Sí —respondió él, mirándola con recelo—. ¿Quién es usted?

—Me llamo Stephanie Broadbent. Creo que conoció a mi padre.

Perry levantó la cabeza. —Vaya, ese es un nombre que hacía tiempo que no oía.

—¿Puedo pasar? Hay algunas cosas de las que me gustaría hablar con usted. ¿Tiene tiempo?

—Para la familia de un viejo amigo, tengo todo el tiempo del mundo.

El comentario le cayó a Stephanie como una losa en el estómago mientras lo seguía hasta el salón, que se caía a pedazos silenciosamente. La moqueta estaba manchada y se despegaba de los rodapiés. Cerca de la chimenea eléctrica, un paquete de pañales para adultos sin abrir estaba apoyado contra una pared salpicada de humedades por capilaridad. El papel pintado, que en su día fue de rayas, se abombaba en una esquina donde el moho lo había reclamado como víctima. Encima, el techo estaba agrietado como un mapa de carreteras. Pero lo peor era el olor: una mezcla de tabaco rancio, lejía barata y sudor.

Stephanie se sentó en el borde de la mesa de centro, y la superficie de madera se le clavó en los huesos mientras lo observaba todo.

—No es gran cosa —dijo Perry con un resuello, sin aliento por el trayecto hasta la puerta y de vuelta—. Pero para mí es suficiente. Y con eso me basta.

—Supongo que, cuando has visto el interior de una celda, cualquier cosa es mejor, ¿verdad?

Perry esbozó una sonrisa, un atisbo de juventud que se abría paso en su expresión.

—Y que lo diga. Aunque echo de menos que me cuidaran. No tenía que cocinar. No tenía que pagar alquiler. Era como un hotel; no uno de los buenos, desde luego, probablemente uno de los peores a los que se podría ir, pero había una extraña sensación de hospitalidad allí. Además, algunas de las personas eran buena gente, supongo. —Perry tosió y cogió un pañuelo de papel del brazo de su butaca para sonarse la nariz—. Bueno, ¿qué la trae por aquí, guapa?

—Tenía algunas preguntas sobre mi padre —respondió ella.

Perry asintió, bajando la mirada. —Un buen hombre. Bueno, no *bueno*, obviamente. Pero me llevaba bien con él. Nos respetábamos mutuamente.

—Sabe lo que hizo, ¿verdad?

—Todo el mundo lo sabía. Y le dieron un montón de palos por

ello. A los maltratadores de esposas y a los pederastas no les va demasiado bien en sitios como ese. Sin duda, recibió lo que algunos consideraban justicia por lo que hizo.

—Murió la semana pasada —dijo Stephanie sin rodeos.

La expresión de Perry no cambió, como si la muerte, en cualquiera de sus formas, no fuera algo extraño para él.

—Siento oír eso —replicó.

—No lo sienta. Es bueno que se haya ido. El mundo es un lugar mejor sin él. Mi mundo es un lugar mejor sin él, pero sigue encontrando la manera de meterse en él.

—Tiene un don para eso. Siempre se metía en los asuntos de los demás. Normalmente, la gente mantiene un perfil bajo, pero su padre quería saberlo todo de todo el mundo. Una vez me dijo que era como una esponja, que le gustaba coger trozos de los crímenes de otras personas y aprender de ellos en cierto modo. Y créame, había algunos cabrones realmente horribles en ese lugar.

Eso no sorprendió a Stephanie. Su padre había demostrado de lo que era capaz durante los asesinatos del Asesino del Vudú, en los que varios estudiantes universitarios habían perdido la vida.

—Había un chaval, un mindundi, debía de tener unos veintidós años. Se fue de la lengua en el patio un día. Colin ni siquiera se inmutó. Simplemente esperó. Esa noche, le pasó al tipo un paquete de galletas a través de los barrotes. Unas Hobnobs de chocolate. Mezcladas con laxantes triturados y lejía. El pobre desgraciado cagó sangre durante una semana.

Stephanie se erizó, incómoda ante la historia. No estaba allí para oír lo horrible que era su padre. Aunque lo que más la inquietaba era la forma en que Perry hablaba de él: como si reverenciara a su padre, lo respetara.

—Como he dicho, es bueno que se haya ido. Ahora no puede hacer daño a nadie más.

—Solía hablar de usted, ¿sabe? —continuó Perry—. Se sentaba en su litera por la noche y murmuraba sobre sus niñas. A veces cosas buenas, a veces no. Decía que veía mucho de sí mismo en usted.

A Stephanie se le retorció el estómago.

—Decía que veía un lado más oscuro. Que usted solía cuidar de su hermana y se interponía entre él y ella, y que lo hacía porque le gustaba. Que era un poco masoquista.

—Yo era una niña. Estaba protegiendo a mi hermana. No me parezco en nada a él.

—¿Dijo que se unió a la policía?

Stephanie asintió.

Perry sonrió con aire de suficiencia. —Colin dijo que lo haría. Que era poético, en realidad. Que pasaría de ser una víctima a protegerlas. Que se enfrentaría a toda persona mala con la que se topara.

—No me uní por eso.

—No lo dijo como algo malo. Lo dijo como si estuviera orgulloso. De que por fin había aceptado lo que era.

—Yo era una niña, Perry.

—Decía que cuando la miraba, veía a alguien que entendía el dolor. No solo que lo soportaba, sino que lo entendía. Dijo que él la hizo así, para que pudiera convertirse en quien es hoy.

Stephanie tragó saliva. —Él hacía daño a la gente porque le gustaba. Yo protejo a la gente de personas como él.

—Pero sigue eligiendo estar cerca de ello. La mayoría de los maderos que conocimos dentro no duraban cinco años antes de abandonar el barco o quemarse. Pero usted sigue rodeada de ello, justo en medio del fuego. —Perry cogió un vaso de refresco de una mesa a su lado y bebió un largo trago—. Su padre siempre solía decir que usted nació en el dolor, igual que él. Pero que creció en él. Y ahora vive en él. Igual que él. Solo que al final del día lo llaman de formas diferentes.

Stephanie no dijo nada. Su mente estaba en blanco, llena de estática y ruido blanco que parecía amplificarse y reverberar.

—¿A qué ha venido, Stephanie? Supongo que no era para saber cosas de su padre.

—El Coco —fue todo lo que pudo decir.

—He oído hablar de él. ¿Cree que fue su padre?

Ella asintió, incapaz de articular sus pensamientos.

—Bueno, si está muerto, entonces no creo que pudiera ser él.

—Antes. Hubo... Ocurrió en los noventa, antes de que mi padre fuera a la cárcel. ¿Acaso... acaso él...?

—¿Si alguna vez mencionó algo al respecto? No. Nunca me contó nada de eso. Quiero decir, confesó un montón de cosas mientras estuvo allí —cosas que le hizo a su madre, cosas que le hizo a usted—, pero nunca nada sobre entrar en las habitaciones de los niños y verlos dormir.

Los hombros de Stephanie se hundieron. —¿Nada de nada?

Perry negó con la cabeza. —Eso no quiere decir que no estuviera involucrado. Solo significa que nunca me lo contó.

Stephanie sintió que los músculos de su cuerpo comenzaban a relajarse. Solo tenía su palabra, pero era imposible que, en el estado actual de Perry, él fuera el Coco reencarnado. Quizá se había equivocado todo este tiempo sobre la implicación de su padre.

—No estoy seguro de si esto ayuda —continuó él—. Pero su padre era muy abierto sobre muchas cosas, excepto una. —Levantó el dedo para ilustrar su argumento—. Solía escribir muchas cartas.

—¿Cartas?

—A su hermano y a otras personas. Nunca supe de qué trataban, pero se mantenía en contacto con gente de fuera.

—¿Qué hacía con ellas? ¿Sabe si guardaba copias de ellas o de alguna de las que recibía?

—Puede apostar a que sí. Pero nadie, y digo nadie, tenía permiso para verlas o leerlas, o si no se tomaría un batido de laxante y lejía para desayunar.

CAPÍTULO
SESENTA Y OCHO

Stephanie entró en la casa a trompicones y subió las escaleras corriendo, de dos en dos.

Arriba, se detuvo en seco, paralizada mientras recuperaba el aliento, con la mirada fija en el dormitorio de sus padres. El que había estado evitando. Al que no se había sentido capaz de enfrentarse desde que había vuelto a la casa de su infancia.

Los recuerdos. Las visiones. Los abusos.

Podía oír los débiles gritos de su madre desde detrás de la puerta. Un escalofrío le recorrió el cuerpo y se le formó un nudo en la garganta. Había registrado el resto de la casa y no había encontrado ni rastro de las cartas de la época en que él estuvo en la cárcel. Si estaban en alguna parte, sería detrás de esa puerta.

El único problema era: ¿tendría el valor de abrirla?

Stephanie alargó la mano y envolvió el pomo con los dedos, el mismo pomo que él había tocado. Temblando, lo giró, dudó un instante y después empujó.

La puerta se abrió con el chirrido de sus goznes quejumbrosos, y ella entró. La habitación estaba casi perfectamente conservada. La cama de matrimonio parecía recién hecha, con las almohadas mullidas. En el lado más cercano, debajo de una lámpara cubierta de polvo, estaba el viejo despertador de su madre, con las manecillas paradas en las 3:12.

Se giró despacio, asimilándolo todo.

A su izquierda estaba el armario, con las puertas cerradas. Sabía que dentro no quedaría ropa de su madre —la habían tirado toda cuando murió—, pero aun así se la imaginó allí, esperando que eligiera algo cuando jugaban a disfrazarse. Stephanie había envidiado la ropa de su madre y a menudo se probaba sus zapatos y sus blusas, para luego acabar cayéndose y haciéndose daño. Ahora, ese espacio estaba lleno con los atuendos de su padre.

Al lado había un pequeño escritorio, con la superficie de madera deformada por el tiempo. A menudo encontraba a su madre maquillándose allí, y lo hacían juntas, con Stephanie sentada en su regazo. Decidió probar ahí primero.

Sus pasos sonaban pesados, casi ensordecedores, mientras se acercaba. Pasó los dedos por la superficie; el polvo se le adhirió a la piel. Cogió el cajón superior y tiró de él lentamente.

Dentro había un puñado de documentos. Levantó la capa superior y encontró un pequeño montón de cartas debajo. Docenas. Garabatos de tinta seca sobre papel de cuaderno de rayas. En la esquina superior izquierda figuraba el nombre de su padre y la dirección de la prisión. En el lado opuesto, el remitente: E. Broadbent.

Se le heló la sangre.

Echó un vistazo a la primera carta y vio la fecha: dos semanas después de que Colin hubiera ingresado en prisión preventiva.

La habitación pareció estrecharse a su alrededor. Las paredes se inclinaban hacia ella. El aire se volvió más frío.

Lentamente, con las cartas en las manos, se sentó en el borde de la cama y empezó a leer.

Mi queridísimo hermano:

He estado pensando en ti todos los días.

Todavía se me hace raro que ya no estés aquí. No me puedo creer que te hayas ido. No creía que fuera posible, aunque estoy seguro de que tu equipo de abogados hará todo lo que pueda para sacarte de esta situación.

¿Qué tal la cárcel? ¿Cómo es? ¿La gente es tan mala como la pintan en la televisión?

Al menos no te has perdido gran cosa con el tiempo. Desde que te fuiste, ha hecho un tiempo horrible. Lluvia, lluvia, lluvia y más lluvia.

sé que probablemente estés preocupado por mí, pero no tienes por qué. Hemos estado muy bien. Y yo me he encontrado mucho mejor. También te alegrará saber que no ha habido más visitas desde que te fuiste. Ya no siento la necesidad. Creo que me he curado, y todo gracias a ti, hermano. Has cambiado mi vida de formas que no puedo expresar. Te estaré eternamente agradecido.

Cuídate ahí dentro.

Batman.

Stephanie no se dio cuenta de que había dejado de respirar hasta que la vista se le empezó a nublar por los bordes. La carta temblaba entre sus dedos; de repente, el papel era demasiado ligero y demasiado pesado a la vez.

La leyó otra vez, más despacio.

Las visitas han cesado.

Ya no siente la necesidad.

Se ha curado.

Gracias a su padre.

Fijó la vista en el apodo del final.

Batman. El Coco.

Era Elliot.

Su tío.

Otro monstruo en la familia.

CAPÍTULO
SESENTA Y NUEVE

Apenas se abrió la puerta, pasó de un empujón a su tío y entró en la casa.

—Steph..., ¿qué...?

Ignorándolo, entró furiosa en el salón y empezó a dar vueltas. La adrenalina le recorría todo el cuerpo y su mente iba a mil por hora. Finalmente, tras lo que pareció una eternidad, Elliot Broadbent entró arrastrando los pies, tirando de su botella de oxígeno y jadeando en la boquilla como si fuera a dar su último aliento.

—Stephanie —dijo—. Deberías haber llamado. Yo te habría...

—No —espetó ella, apuntándolo con un dedo—. No digas ni una palabra más hasta que yo termine.

Él parpadeó, mirándola con expresión ausente.

—Lo *sé*.

—¿Saber qué?

—Lo sé todo, ¿vale? Sé lo de las cartas. Sé lo de tu *secreto*. Y sé que mi padre te ayudó a encubrirlo.

Elliot abrió la boca para hablar, pero en vez de eso se puso la mascarilla en la cara mientras luchaba por respirar.

—¿Cómo? —Su voz era un susurro.

—He encontrado las cartas que le escribiste a la cárcel, diciendo que las visitas se habían acabado desde que lo metieron en prisión preventiva. Coinciden con las visitas originales del Hombre del

Saco. —Apretó la mandíbula, conteniendo las lágrimas—. Eras tú. *Tú* eras el Hombre del Saco.

Elliot bajó lentamente la boquilla y señaló el sofá. —¿Puedo sentarme?

Se dio cuenta de que no tenía elección e hizo un gesto para que se moviera. Él se dejó caer con cuidado sobre el cojín, aferrándose a su aparato.

—¿Es verdad? —preguntó—. ¿Eras tú el Hombre del Saco de hace tantos años?

—Steph...

—Elliot, ¿es verdad?

—Steph...

—¡Respóndeme! —Su voz retumbó en la habitación.

Elliot se encogió, con los ojos brillantes. No habló de inmediato. En lugar de eso, cerró los ojos como si buscara la respuesta tras los párpados.

Entonces, lenta y dolorosamente, asintió.

Stephanie retrocedió tambaleándose como si le hubieran dado un puñetazo en el estómago. Se quedó sin aire en los pulmones. Sus dedos se cerraron en puños y, por un momento, no supo qué iba a hacer: gritar, llorar, lanzarle algo a él o contra la pared, o salir corriendo.

—Puedo explicarlo... —empezó él.

Ella inspiró hondo, hinchó el pecho y abrió el puño. —Más te vale.

—Yo... yo... yo tuve un hijo —dijo—. Él..., él era mi mundo. Era mi todo. Y entonces, un día me lo arrebataron. Murió el día de su décimo cumpleaños. Se metió debajo de un castillo hinchable y quedó atrapado. Un accidente absurdo. Nunca debería haber pasado. Me quedé destrozado. Estuve perdido mucho tiempo después de aquello. Quería suicidarme, quería que todo acabara. Y entonces encontré una vía de escape, una liberación, una forma de pasar el duelo...

—Colarte en las habitaciones de niños pequeños y verlos dormir —dijo ella, con un nudo en la garganta.

Elliot asintió. —Durante ese breve instante, mientras estaba en las habitaciones de esos niños, sentía que estaba con él; me sentía cerca de él. No puedes entenderlo, pero... —Tomó otra larga bocanada de aire de su máquina—. No quería hacerlo. No quería aterrorizar a esos niños y a sus familias, pero era la única manera.

—¿Y mi padre lo sabía?

—Sí. Porque... porque lo intenté con Kimberley y contigo. Me dejó entrar en un par de ocasiones, pero no era lo mismo.

A Stephanie se le cortó la respiración. Las pesadillas. Los sueños. No eran imaginaciones suyas; no eran ficción. Habían sido reales.

—¿Entrabas en nuestra habitación?

Elliot asintió.

—Pero nunca os toqué, igual que nunca toqué a esos niños. Nunca se trató de *eso*. Nunca fue por nada raro. Solo necesitaba estar cerca de ellos, cerca de mi niño.

—¿Trabajabais juntos mi padre y tú?

—No, nunca. Era solo yo. Tu padre, él... él solo me ayudó. Lo sabía, me orientaba, se aseguraba de que me mantuviera alejado de la policía.

Stephanie estaba paralizada. El latido de su corazón retumbaba en sus oídos.

—En tus cartas, decías que te ayudó a parar. ¿*Cómo*?

Elliot se contuvo antes de hablar. —Es difícil que lo entiendas. —Se perdió en sus pensamientos por un momento, con la mirada perdida—. La detención de tu padre me obligó a parar. Eso fue todo. Fue así de simple. Vi lo que pasaría si me pillaban, así que decidí dejarlo.

Stephanie no le creyó. Había algo más, pero por alguna razón, se lo estaba callando. Seguiría esa línea de investigación más tarde, cuando estuviera en una sala de interrogatorios en condiciones adecuadas. Pero en ese momento, había preguntas más urgentes para las que necesitaba respuestas.

—¿Sabes quién está haciendo esto ahora?

El color desapareció de su rostro y negó con la cabeza. Otra mentira.

—¿Quién es, Elliot?

Su tío tomó otra bocanada de aire, corta y brusca. Era evidente que la necesitaba para poder respirar.

—No lo sé —dijo en el breve instante en que se apartó la mascarilla de la cara—. Podría ser cualquiera. Ojalá lo supiera.

—Quizá una sala de interrogatorios y una noche en un calabozo te refresquen la memoria. —Sacó el móvil del bolsillo y se fue al pasillo, llevándose el aparato a la oreja—. Devon, necesito que me haga un favor. Sí, otro más. Pero no de ese tipo. Necesito que envíe un par de vehículos de los GEO a la dirección de mi tío. Lo tengo. Tengo al Hombre del Saco original.

CAPÍTULO
SETENTA

La oficina estaba a oscuras; solo el resplandor azul de la pantalla del móvil de Stephanie le iluminaba la cara. Llevaba los últimos diez minutos jugueteando con el aparato, haciéndolo girar entre los dedos y golpeteando la parte trasera con la uña. Sentada en silencio, lo estaba procesando todo, intentando asimilar la revelación de que había otro monstruo en su familia: un dúo de hermanos criminales.

No se lo podía creer. Su padre sabía de los crímenes de su tío y no había hecho nada. Del mismo modo, su tío había protegido a su padre. Se habían cuidado el uno al otro, defendiéndose mutuamente ante la policía hasta el final.

Stephanie dejó de jugar con el móvil y se quedó mirando la pantalla de bloqueo: una foto de ella y Kimberley.

Kimberley.

Su hermana.

El recuerdo de la promesa que se habían hecho.

Nada de secretos.

Se acabaron las mentiras.

Desbloqueó el móvil y buscó los datos de contacto de su hermana en la agenda. Su dedo se detuvo sobre el botón de llamada. Debía decírselo. Tenía derecho a saberlo. Pero ¿de qué serviría? ¿Informarle de que otro miembro de la familia, alguien a quien apenas conocía, era casi tan malvado como su padre? ¿Y si

Kimberley creía que era cosa de familia, que ambas eran capaces de pecar? ¿Que ambas eran intrínsecamente malvadas?

La conversación que había mantenido con Perry Watson resonó en su mente. ¿Era ella realmente tan diferente de su padre? Apuñalarlo repetidamente hasta matarlo sugería que se parecían más de lo que a ella le habría gustado.

No. Eso eran gilipolleces. Ella era diferente. *Única*. La única parte de él que corría por sus venas era su sangre y el ADN de su cuerpo. Pero eso no la definía. Eso no determinaba quién era.

No se parecían en nada.

La pantalla se apagó y Stephanie lo dejó sobre la mesa. Kimberley no necesitaba saberlo. Al menos, no todavía. Dejó que el móvil cayera de su mano sobre el escritorio con un golpe sordo.

Cerró los ojos y se reclinó en la silla, dejando que la oscuridad la envolviera. Su mente era un estadio lleno de ruido, con pensamientos que chocaban y recuerdos que se embestían unos a otros como coches de choque.

Entonces la puerta se abrió de golpe.

Se incorporó de un salto.

Era Olivia, sin aliento y con los ojos como platos. —Señora, tiene que venir. *Ahora mismo.*

Stephanie se levantó al instante. —¿Qué pasa?

—Es su tío. Acaba de desplomarse en el calabozo.

A Stephanie se le encogió el estómago. —¿Qué ha pasado?

—Ha dejado de respirar. Creo que podría estar muerto.

CAPÍTULO
SETENTA Y UNO

Elliot Broadbent, su tío, el hombre al que había vuelto a ver hacía solo unos días y con el que se había reunido incluso menos veces, estaba desplomado en el suelo de su celda, tumbado bocarriba, con los dedos aferrados a la mascarilla de oxígeno que descansaba a su lado. Lo rodeaba un puñado de agentes, todos corriendo a socorrerlo mientras esperaban la llegada de la ambulancia. Stephanie no era médico forense, pero veía que estaba muerto. En cuanto llegaran los sanitarios, certificarían la muerte.

El color ya había desaparecido de su rostro y la mirada vidriosa y acuosa de sus ojos se había desvanecido; había derramado su última lágrima.

Stephanie se quedó en la entrada de la celda, ajena a los ruidos y al caos que la rodeaban. Su mente era un torbellino de pensamientos. En primer lugar, esto era una pesadilla en materia de salud y seguridad. Elliot era un hombre enfermo, con un problema de salud muy grave y evidente, y aun así había muerto bajo su custodia. ¿Se había hecho una evaluación de riesgos? ¿Lo había vigilado alguien o había reconocido las señales? ¿O era simplemente un accidente fortuito que nadie podría haber previsto? Recordó cómo Elliot había boqueado en busca de aire como si fuera un salvavidas en su casa; ¿se le habían pasado por alto a *ella* las señales de advertencia?

En segundo lugar, él era el Hombre del Saco original; era la clave que podría desatascar la investigación actual y ahora estaba muerto. Y lo que era peor, ella era la única que sabía la verdad. Se lo había confesado todo en privado y, en su estado de pánico y adrenalina, no había hecho ningún esfuerzo por grabar su conversación. Era la palabra de un muerto contra la suya.

En tercer lugar, y quizás el punto más significativo, dada su posición al final de la lista, era que era su tío. Un miembro de su familia. De su misma sangre. Sin embargo, no sentía nada por él. Ni compasión, ni dolor, ni angustia. Era simplemente otro criminal que había eludido la verdadera fuerza de la justicia.

—¿Steph?

La pregunta sonó lejana, casi como si proviniera de su propio tío, llamándola, pidiéndole ayuda.

—¿Steph?

No fue hasta que Devon se interpuso en su campo de visión que se dio cuenta de que la pregunta la había formulado él.

—Inspectora, ¿qué quiere que hagamos?

—Yo... —Necesitaba un momento para ordenar sus pensamientos. Pero no tenían tiempo que perder—. Lo ha confesado todo. —Miró a Devon a los ojos, pero su rostro pronto se volvió borroso—. Ha confesado que era el Hombre del Saco original. Perdió a su hijo el día de su cumpleaños y se metía en los dormitorios de los niños para sobrellevar el duelo.

—¿Que perdió a su hijo? —repitió Devon.

—Pero no tenemos ninguna prueba. No tenemos nada. Todo lo que tengo son cartas que le escribió a mi padre en la cárcel, diciendo que las visitas habían cesado.

—¿Qué quiere que hagamos?

Y entonces algo cambió en su interior. Volvió a la realidad. Volvía a ser una inspectora de policía, responsable de dirigir un equipo bajo una presión intensa.

—Pruebas —dijo—. Necesitamos pruebas. Podría haber cartas en la casa de Elliot Broadbent que confirmen que era el Hombre del Saco, así que necesitamos un equipo que registre cada rincón de su casa. Que vaya la científica para allá cuanto antes. El ADN... también tenemos que cogerle una muestra de ADN y enviarla a analizar.

—¿De qué servirá eso?

—La investigación original. Puede que haya alguna prueba de ADN de entonces con la que podamos relacionarlo. No sé por qué no he pensado en eso antes.

Devon asintió. —Haré que el equipo se ponga a ello. Y haré que alguien revise las notas de la antigua investigación con más detalle.

—Yo los ayudaré —dijo ella, asintiendo lentamente—. Yo también les echaré otro vistazo.

Dicho esto, Devon se marchó a toda prisa para llevar a cabo sus tareas.

Por un momento, Stephanie se quedó donde estaba mientras la gente seguía moviéndose a su alrededor. Entonces llegaron los sanitarios, obligándola a apartarse. Observó en silencio cómo se agachaban junto al cuerpo de Elliot y confirmaban rápidamente lo que ella ya sabía.

—Se ha ido —dijo el primer sanitario con naturalidad.

Un escalofrío la recorrió. Bajó la vista hacia su tío y, al estudiar su rostro, le vino a la mente la imagen de su padre desangrándose en el suelo del pasillo de su casa. Le recordó lo mucho que se parecían: los pómulos, los ojos.

Otro recordatorio de su padre y de los horrores de su familia.

Las luces del techo empezaron a parpadear en su mente y las paredes parecieron encogerse. Las náuseas se apoderaron de ella y el mundo se inclinó sobre su eje. Salió de la celda a trompicones, chocando contra las paredes y los miembros del equipo mientras se dirigía a la salida. Fuera, aspiró una bocanada de aire fresco de la noche, pero no sirvió para aliviar la sensación que tenía en la mente y el estómago.

Solo había una respuesta para eso.

Una respuesta que lo adormecía todo.

Cruzó el aparcamiento tambaleándose, se subió al coche y arrancó lentamente. Apenas era consciente de las farolas y el tráfico mientras salía de la comisaría.

Cinco minutos después, llegó.

El letrero de la tienda estaba brillantemente iluminado y mostraba imágenes de sus delicias. Inmediatamente, el olor a grasa, sal, fritanga y arrepentimiento la golpeó como una bofetada.

Kebab Grill.

Un viejo amigo.

Cerró el coche a sus espaldas, subió los escalones de un saltito y entró en la tienda.

Dentro, el olor se intensificó y el dueño levantó la vista desde detrás del mostrador, sonriéndole como a una vieja amiga.

—¡Buenas noches, señorita! Déjame adivinar, ¿lo de siempre?

CAPÍTULO
SETENTA Y DOS

Por más chicles y caramelos de menta que se metía en la boca, el sabor agrio de la bilis persistía. Se odiaba a sí misma. Lo había tenido todo tan controlado. Por fin había conseguido dominarla y, sin embargo, desde que su tío había entrado en su vida y la implicación de su padre en el caso del Hombre del Saco se había intensificado, su bulimia había vuelto a asomar su fea cabeza.

Para contrarrestar el pavor, el arrepentimiento y la culpa que le corroían lo que quedaba del revestimiento de su estómago, había pasado toda la noche inmersa en los detalles del caso original del Hombre del Saco. Había perdido la noción del tiempo y acababa de darse cuenta de que empezaba a clarear y de que la mayor parte del equipo se había ido a casa hacía mucho. Apartó la vista del ordenador y miró por el hueco de la puerta de su despacho. La sala de operaciones estaba vacía y en un silencio sepulcral, a excepción del zumbido de la sala de servidores en algún lugar del edificio.

Stephanie agradeció el silencio; la ayudaba a calmar las voces y el ruido de su cabeza.

Volvió a centrar su atención en el ordenador, donde estaba revisando la declaración de un testigo. La entrada la había realizado el agente detective Oliver Reed y se había registrado una semana antes de que concluyera la investigación. Para entonces, ya habían entrado a robar en diez casas y las vidas de diez chicos habían cambiado de forma irrevocable.

Decía así:

Fecha: 18/07/1994
De: DC Oliver Reed
Presentado a: DI Gavin Lockwood

Inicio:

[CENSURADO] fue traído en la mañana del 18/07/1994 en relación con la Operación Rainmaker. Se informó de que el sospechoso fue visto merodeando por el colegio al que asistían todos los chicos. Por supuesto, podría argumentarse que a cualquier padre del colegio se le podría ver haciendo lo mismo, pero el denunciante señaló que [CENSURADO] no parecía estar recogiendo a ningún niño. Se le observó sentado en un Vauxhall Astra gris durante casi cuarenta y cinco minutos, vigilando las puertas del colegio. Tras un interrogatorio informal a algunos miembros del personal del centro, quedó claro que [CENSURADO], a quien, según sus amigos y familiares, le gusta que le llamen Batman, tenía un hijo que iba al mismo colegio. Lamentablemente, ese mismo niño perdió la vida en un extraño accidente en un castillo hinchable en la fiesta de su décimo cumpleaños.

He hablado con [CENSURADO], y está claro que está sufriendo enormemente por la pérdida de su hijo y, como resultado, ha estado pasando tiempo fuera del colegio como parte de este proceso.

Interrogatorio realizado, pero a petición del DI Lockwood, no se ha procedido a una amonestación formal.

No se tomaron más medidas.

-DC Reed

Stephanie leyó la nota dos veces más. Cuando terminó, se reclinó en la silla, tratando de procesar la información. Para ella era evidente que se referían a Elliot Broadbent. No solo por la mención del hijo fallecido, sino también por el patrón de merodear por el colegio para elegir a sus víctimas.

La prueba definitiva era el apodo: Batman.

Stephanie no tenía ni idea de por qué se había incluido en el informe, pero agradecía que lo hubieran hecho.

Más preocupante, sin embargo, era la omisión del nombre de su tío. ¿Por qué lo habían censurado? ¿Y quién?

Antes de que pudiera continuar con sus pensamientos, un ruido la interrumpió. Giles apareció por el otro extremo de la oficina, ataviado con un impermeable empapado de lluvia. En cuanto la vio, se acercó a toda prisa, goteando por la moqueta. Stephanie miró detrás de él y vio goterones en la ventana.

—Está aquí —dijo Giles, sin aliento—. No pensaba que estaría aquí.

Stephanie siguió mirando por la ventana.

—¿Ha estado aquí toda la noche? —preguntó él.

—¿Cuánto tiempo lleva lloviendo?

—Eso responde a mi pregunta. —Giles cruzó el umbral de su despacho y se acercó a su escritorio—. Creo que tengo algo.

Poco a poco, los engranajes de su agotada mente comenzaron a girar. Acababa de caer en la cuenta de que había pasado toda la noche en la oficina.

—Has venido pronto. ¿Has dormido algo? —le preguntó.

—¿Y usted?

—No estamos hablando de mí. Estamos hablando de ti. ¿Qué haces aquí a estas horas?

Radiante como un niño emocionado, Giles se quitó la mochila del hombro y la dejó en la silla. Empezó a rebuscar en ella y sacó una hoja de papel.

—No podía dormir. No dejaba de pensar en este caso. Me ha estado rondando por la cabeza desde el principio, pero entonces encontré algo interesante y no podía dejarlo pasar.

Stephanie se inclinó hacia delante en su silla. —Has captado mi atención...

—ADN. Devon dijo que nos había pedido que buscáramos en los archivos del caso anterior cualquier cosa relacionada con el ADN.

Ella asintió con atención.

—Y bueno, he encontrado un informe diario con fecha del dieciocho de julio de un tipo llamado DC Oliver Reed, y en él, dice que se tomaron muestras de ADN de un sospechoso, pero que el ADN se perdió más tarde.

—Vale... —dijo Stephanie, mientras los engranajes de su cerebro parecían despertar al mismo tiempo que el resto del equipo, cuyos miembros empezaban a entrar por la puerta.

—Eso me pareció un poco raro —continuó Giles.

—¿A quién... a quién iba dirigido el informe?

—A alguien llamada DC Stephanie Penrose, su encargada de pruebas.

—¿Menciona el nombre del sospechoso, o está censurado?

Los ojos de Giles se abrieron de par en par con regocijo. —Lo nombra, señora.

—¿Quién?

—La muestra de ADN fue tomada de un tal señor Elliot Broadbent.

CAPÍTULO
SETENTA Y TRES

Varias horas después, Oliver Reed había accedido a reunirse con ella en Pastry Bakes, una acogedora e independiente cafetería escondida en la calle principal de Dorking, a media hora en coche de la comisaría. Enclavado en el corazón de las colinas de Surrey, Dorking parecía una escena sacada de una postal campestre, enmarcada por exuberantes y onduladas colinas y espesos bosques que en otoño se teñían de oro y carmesí. El camino hasta el pueblo la llevó por sinuosas carreteras bordeadas de pintorescas casitas de campo y muros de piedra erosionados por el tiempo. El centro del pueblo era un mosaico de encanto antiguo y discreta opulencia.

Cuando Stephanie abrió la puerta de la cafetería, la recibió el olor a café quemado y el siseo de la máquina de café espresso de fondo. El local estaba vacío, a excepción de una pareja de ancianos sentada junto a la ventana. Buscó a Oliver y se preguntó brevemente si la habría dejado plantada. No fue hasta que dio unos pocos pasos vacilantes cuando distinguió una figura masculina encorvada en el jardín trasero. Estaba desparramado en una silla, con una chaqueta encerada raída que había visto décadas mejores y una taza de té intacta delante de él.

Se acercó a él.

Él se giró lentamente para mirarla cuando ella salió al exterior.

—¿Inspectora?

—¿Agente?

Oliver se levantó de la silla y le estrechó la mano; el azul intenso de sus ojos le iluminó el rostro con una sonrisa. Stephanie calculó que rondaría los setenta.

—Hace mucho que nadie me llama así —dijo él con energía.

—Gracias por haber accedido a reunirte conmigo.

Se sentaron uno frente al otro, reclinándose en sus sillas con la actitud relajada que ambos habían aprendido a lo largo de años interrogando a criminales curtidos.

—Para serte sincero, pensaba que todo esto estaba muerto y enterrado, así que me sorprendió un poco recibir tu llamada. Luego me decepcionó un poco cuando me dijiste quién eras.

—¿Qué quieres decir?

—Pensé que serías de Netflix o algo así, que venías a preguntarle a uno de los viejos polis del caso si le apetecía hablar de sus experiencias para un nuevo documental.

A Stephanie se le escapó una risita. —Todavía estás a tiempo.

Oliver bajó la vista hacia su bebida y luego al espacio de la mesa que ella tenía delante. —¿Te pido algo?

Ella rechazó la oferta con un gesto de la cabeza. —Estoy bien, gracias.

—¿Sin tiempo? Recuerdo esos días. Ahora tengo todo el tiempo del mundo.

Qué suerte tienes.

—¿Lo echas de menos?

Oliver acunó la taza entre las manos. —¿Bromeas? Todos los días. Pero nunca podría volver. He cerrado ese capítulo, ¿sabes a qué me refiero? Tengo nuevas aficiones, cosas nuevas que me mantienen interesado... y cuerdo. Hoy en día todo gira en torno a la salud mental. Salud mental por aquí, salud mental por allá. En mis tiempos, lo llamábamos simplemente estar mal. Pero... tengo que admitir que es algo gordo. Estar todo el día sin hacer nada te destroza de verdad. Es importante mantener el contacto con la gente, tener conversaciones.

—O, en nuestro caso, hablar de investigaciones antiguas —añadió Stephanie.

—Touché. —Por fin se llevó la taza a los labios y dio un

pequeño sorbo—. Dime, Stephanie, ¿qué tiene de tan importante el Coco para que hayas venido hasta Dorking?

Stephanie se enderezó en la silla, dejando que la pregunta flotara entre ellos. Se inclinó hacia delante, con los codos sobre la mesa. —Ha vuelto a ocurrir. No sé qué habrás visto o no en las noticias o en internet, pero ha habido más allanamientos recientemente, y la persona implicada ha estado dejando globos.

—El mismo modus operandi de antes —dijo Reed en voz baja, con la expresión ausente mientras revivía los sucesos de su investigación.

—Excepto que esta vez ha matado a alguien —explicó Stephanie—. Algo salió mal. Creo que fue un error, porque desde entonces todo ha quedado en silencio.

Oliver asintió, pensativo. —¿Crees que es el mismo tipo? ¿El que nunca atrapamos?

Ella negó con la cabeza. —No. Hay similitudes, sí. Pero también hay una diferencia importante: en lugar de ir a por chicos, ha ido a por chicas.

Otro asentimiento, esta vez más lento. El rostro de Oliver se contrajo y desvió la mirada hacia el jardín trasero, a las plantas que apenas sobrevivían en las cestas colgantes.

—Entonces, ¿qué piensas, un imitador?

—Tiene que serlo. Es la única explicación. O alguien que conocía al antiguo Coco o alguien que lo investigó de alguna manera.

Oliver se frotó debajo del ojo. —¿Dónde encajo yo en todo esto? Nunca encontramos al responsable. Lo sabes, ¿verdad?

Ella asintió.

—Uno de los casos más preocupantes de mi carrera, y nunca encontramos a ese cabrón. Todavía me corroe por dentro.

Sintió que las comisuras de sus labios esbozaban una sonrisa. —Puedes estar tranquilo. Creo que lo hemos encontrado.

—¿Habéis pillado al que lo hizo? —preguntó Oliver, con los ojos desorbitados por la emoción.

—Posiblemente. Ojalá. Ahí es donde entras tú. Espero que puedas confirmarme un par de cosas.

Oliver se inclinó hacia delante en su silla, apartando la taza de té para que no hubiera nada entre ellos. —Soy todo tuyo.

Stephanie sacó los registros diarios que había leído en la oficina y se los entregó. —Este nombre ha sido tachado —explicó—. ¿Recuerdas quién era?

—Elliot Broadbent —dijo él sin dudar.

Stephanie ocultó su sorpresa. —¿Estás seguro?

—Nunca he olvidado ese nombre.

—¿Por qué?

—Porque pensaba que era nuestro principal sospechoso.

—He revisado los archivos del caso. Su nombre solo se mencionaba dos veces, y no teníais nada sólido contra él. ¿Qué te hace estar tan seguro?

—Intuición. Sabes de lo que hablo. Esa sensación persistente que nunca te abandona. Cuando puedes leer su reacción e inmediatamente sientes que algo no va bien. Era nuestro hombre. ¿Coincide con tu sospechoso?

Stephanie se limitó a asentir como respuesta.

Oliver chasqueó los dedos, triunfante. —Maldito cabrón. Lo sabía. —Y entonces cayó en la cuenta—. Espera... *Broadbent*.

Stephanie le explicó rápidamente su relación con Elliot y cómo había terminado en mitad de la noche.

—No me lo creo —dijo Oliver finalmente, con una sonrisa que se ensanchaba de oreja a oreja—. No puedo creer que lo hayáis pillado. *Por fin*.

—Casi. Todo lo que tenemos es su palabra contra la mía. No tenemos nada sólido que podamos vincular con él... todavía. Que es otra razón por la que estoy aquí. —Stephanie se aclaró la garganta y pasó la página que Oliver tenía delante—. En otro de sus informes diarios, dice que el ADN que teníais contra mi tío desapareció...

—Ah, sí. El caso de la muestra de ADN extraviada accidentalmente a propósito. Lo recuerdo bien. —Oliver juntó las manos.

—¿Qué pasó?

Reflexionó un momento. Una suave brisa recorrió el jardín trasero, meciendo las plantas de un lado a otro. —Conseguí que Elliot diera su ADN, cosa que no estaba muy dispuesto a hacer, fíjate. Lo envié y luego, cuando fui a reclamarlo, descubrí que se había perdido.

—¿Quién lo perdió?

—Gavin Lockwood.

Se le cortó la respiración. —¿El inspector jefe?

—Él fue quien se encargó de enviarlo en lugar de nuestro oficial de pruebas, algo que nunca había visto antes y que no he vuelto a ver desde entonces.

—Eso *es* inusual. ¿No quiso obtener otra muestra?

—Lo encaré al respecto, pero simplemente se encogió de hombros. Dijo que no valía la pena el tiempo ni el gasto de traer a Elliot de nuevo. Luego, al día siguiente, me apartó del caso y me asignó a una investigación diferente. —Oliver frunció los labios y su expresión se endureció, claramente todavía afectado por la decisión—. No hace falta decir que no lo he invitado a cenar a casa desde entonces.

—¿Así que nunca supiste qué pasó con él?

Oliver negó con la cabeza y empezó a golpear la mesa con el nudillo.

—¿Puedes decirme qué pasó con el nombre tachado? ¿Por qué se tachó y quién lo hizo?

Inclinó la cabeza hacia un lado. —Ya sabes la respuesta a eso. La misma persona que ayudó a que el ADN desapareciera milagrosamente ayudó a que la identidad de tu tío se desvaneciera.

Stephanie se tomó un momento para asimilar esa información.

—Debía de haber algo raro ahí —dijo él—. Pero no sé *qué*.

Ella levantó la mirada para encontrarse con la suya. —Creo que voy a ir a averiguarlo.

CAPÍTULO
SETENTA Y CUATRO

El sol, o lo que quedaba de él, se ponía sobre las colinas de Surrey y proyectaba largas sombras sobre el bosque que bordeaba Peaslake. El aire estaba cargado del olor a tierra húmeda y pólvora. En la lejanía, un disparo de escopeta rompió el silencio, seguido por el revuelo de los pájaros al alzar el vuelo y el sonido de ladridos excitados.

El coche de Stephanie crujió sobre el camino de grava y los neumáticos despidieron piedras mientras ascendía por la suave pendiente hacia la entrada con verja. No había ninguna señal. Ni número de casa. Solo una robusta verja de madera cerrada con una alambrada oxidada y un cartel pintado a mano que rezaba: PROPIEDAD PRIVADA - CACERÍA EN CURSO.

Apagó el motor y bajó del coche. Sus zapatos se hundieron ligeramente en el arcén embarrado. Los sonidos del campo quedaban aquí apagados, engullidos por la espesura de los árboles. Una hilera de Land Rovers salpicados de barro estaban aparcados a un lado. La escena se parecía más a un campamento militar que a una zona de ocio para caballeros.

Stephanie echó un vistazo al camino que se perdía entre los árboles. De nuevo resonaron disparos, dos esta vez, rápidos y secos. Más adelante, entre los árboles, se movían unas figuras: una fila de hombres ataviados con chaquetas enceradas y gorras planas, que avanzaban pisoteando la maleza con perros que serpenteaban entre sus piernas. Sobre ellos, una bandada de faisanes salió de su escondite, batiendo las alas frenéticamente.

Metió la mano en el abrigo y sacó su placa. Un hombre se separó del grupo. Incluso a distancia, lo reconoció. El exinspector de policía Gavin Lockwood.

Se colocó la escopeta en el hueco del brazo y se quitó los protectores auditivos. El pastor alemán que tenía al lado se detuvo y observó a Stephanie con recelo.

—¿Inspectora...?

—Inspectora Stephanie Broadbent —replicó ella con severidad.

—¿Ha llamado antes de venir? ¿Debería haberla esperado?

—A veces prefiero las sorpresas.

—Las sorpresas son las que hacen que a la gente le peguen un tiro en terrenos privados como este.

—Disculpe, señor Lockwood, pero eso suena a amenaza.

—No —dijo él, sonriendo con desdén—. Solo expongo un hecho, cariño.

Stephanie hizo una mueca. —Por favor, no me llame cariño. Los tiempos han cambiado desde su época.

Él resopló. —Que me lo digan a mí.

Gavin Lockwood y su perro se apartaron a un lado del camino con decisión, mientras su grupo de amigos, todos vestidos con atuendos casi idénticos, pasaban de largo junto a ella.

—Y bien, ¿qué la trae por estos lares? —preguntó.

Breve y concisa, se recordó a sí misma. Al grano.

—¿Le suena de algo el nombre de Elliot Broadbent?

El destello de reconocimiento en su rostro fue evidente, pero hizo todo lo posible por disimularlo.

—No me suena de nada. ¿Debería?

—Era el nombre de uno de los sospechosos en la investigación original del Bogeyman.

—Fascinante —replicó él con sarcasmo.

—También es el nombre de mi tío.

—Más fascinante aún. ¿Y qué pasa con él?

—Ha muerto esta madrugada.

Gavin la estudió, recorriéndole cada centímetro del cuerpo con la mirada. —Para alguien que acaba de perder a un familiar, no parece usted muy afectada.

—No teníamos una relación estrecha. Pero sí la tenía con su hermano. Quizá recuerde *su* nombre: Colin Broadbent.

Gavin fingió indiferencia; no tenía intención de ayudar.

—Puede que lo recuerde mejor como el hombre que mató a mi madre.

—Vaya, vaya, menuda familia tiene usted.

Por encima de sus cabezas, una ardilla corrió entre los árboles, haciendo crujir las hojas inmóviles. Unos instantes después, una ramita cayó al suelo. El perro la ignoró, manteniendo su atención en Stephanie, a la espera de las órdenes de su dueño. Mientras tanto, Gavin daba la impresión de estar aburrido de la conversación mientras se ponía a inspeccionar la mira de su arma.

—Creo que los conoce —dijo ella, con voz más grave.

Él se detuvo. —¿Disculpe?

—Creo que conoce tanto a mi padre como a mi tío. Y creo que los protegió. Creo que intentó evitar que fueran a la cárcel.

Gavin no levantó la vista de inmediato. Sus gruesos dedos ajustaron el cañón de la escopeta con un cuidado metódico. Luego la depositó con suavidad sobre un banco de tiro cercano y se giró para mirarla de frente. Por una fracción de segundo, Stephanie había temido que le disparase.

—Son acusaciones muy serias, inspectora —dijo él—. Parece que el dolor por la pérdida de su padre y su tío finalmente le ha pasado factura.

Ella apretó la mandíbula. —Elliot Broadbent era un sospechoso clave en la investigación del Bogeyman. Uno de sus inspectores lo interrogó y recogió su ADN, pero usted se interpuso.

—¿Qué le hace pensar que era el Bogeyman? —La voz de Gavin era fría y cortante.

—Porque me lo confesó justo antes de morir.

—No habrá muerto de la misma forma que su padre, ¿verdad?

Stephanie abrió la boca y se contuvo rápidamente. —¿De qué... de qué está hablando?

Una sonrisa burlona se dibujó en el rostro de Gavin mientras se acercaba a ella lentamente. —Inspectora, olvida quién soy. Todavía tengo muchos amigos en la policía. Después de su pequeña visita del otro día, hice algunas preguntas, pedí un par de favores y averigüé cómo murió su padre. Algo salvaje, brutal. Pero claro, fue en defensa propia, ¿no? Esas cosas suelen serlo. Y déjeme adivinar, ¿su inspector jefe ayudó a que todo quedara así?

Stephanie no dijo nada, pensando en lo que había oído sobre Clive y cómo aceptaba sobornos en los años noventa, cómo había ayudado a que ciertas cosas desaparecieran en el pasado.

Gavin se detuvo justo delante de ella. —Todos hacemos cosas para proteger a la gente de vez en cuando. Supongo que podríamos decir lo mismo de usted. Tengo entendido que su compañero ha estado teniendo algunos problemas con la bebida últimamente.

Ella lo fulminó con la mirada.

—Así que su expediente tampoco está precisamente impecable —continuó él—. Mire, no sé qué ha venido a insinuar aquí, o qué se le ha metido en la cabeza que he hecho, pero está completamente equivocada. No había nada sospechoso ni preocupante en Elliot en absoluto. Su tío fue sospechoso en la investigación del Bogeyman en un momento dado, pero la atención se desvió rápidamente de él.

—¿Por qué?

—Ya sabe cómo es esto. Las investigaciones son entes vivos. Crecen, cambian, se adaptan. Y nosotros tenemos que adaptarnos con ellas. En aquel momento, por la razón que fuera, consideré oportuno cambiar el rumbo. No me pregunte por qué, porque fue hace mucho tiempo y no me acuerdo.

—¿Recuerda que su muestra de ADN desapareciera poco después de ser enviada para su análisis?

—No, no me suena —replicó Gavin—. Pero eso era algo endémico en aquella época. Los procesos no eran tan estrictos como ahora. Ese tipo de cosas pasaban a menudo. —Se encogió de hombros—. Probablemente un error administrativo.

Ella bufó. Un error administrativo. Esa era su excusa, su justificación. Si la investigación se hubiera llevado mejor treinta años atrás, habría tenido a dos miembros de su familia entre rejas y Yasmin East podría seguir viva.

—¿Fue el mismo error administrativo el que permitió que mi

padre se librara después de que ni usted ni su equipo investigaran el maltrato hacia mi madre?

Gavin no respondió.

—¿Por qué los estaba protegiendo, Gavin? ¿Qué era? Primero, permitió que mi padre siguiera maltratando a mi madre, a pesar de que alguien en su posición debía saber lo que le pasaría si se le permitía continuar. Y segundo, mantuvo a mi tío fuera de la cárcel para que pudiera seguir entrando en los dormitorios de los niños. ¿Por qué? ¿Qué tenían contra usted? ¿A qué tipo de acuerdo llegaron ustedes tres? No sería solo por un precio de amigo en la ampliación de su casa, ¿verdad?

La mandíbula de Gavin se movía lentamente. Finalmente, dijo:
—No tiene ninguna prueba. No tiene nada para demostrar ninguna de sus absurdas hipótesis. No sabe de lo que habla. ¿Por qué no se lo pregunta a su padre y a su tío? Ah, no, no puede, porque están muertos. Porque usted los mató, junto con todos los secretos que se llevaron con ellos.

CAPÍTULO
SETENTA Y CINCO

Estaba prácticamente confirmado que Elliot Broadbent, el tío de Stephanie, era el Coco original, el causante de las pesadillas que los niños de la zona habían sufrido treinta años atrás. De pequeño, Giles recordaba que su madre le advertía con cuentos del Coco, que entraría en su habitación por la noche y se lo llevaría si se portaba mal en la guardería o en el colegio. Aquello bastó para disuadir a Giles de portarse mal, pero no impidió que estuviera atento a la misteriosa figura los días que había sido malo. Nunca llegó a pillar al monstruo que acechaba al otro lado de la puerta.

Hasta ahora.

En cuanto supo que Elliot Broadbent se había convertido en el Coco tras la muerte de su hijo, la mente de Giles había saltado a la única conclusión inevitable, una conclusión que había culminado en el hombre que tenía delante.

—Esto ya es ridículo —dijo Marcus Vickery con los brazos cruzados sobre el pecho—. ¿Cuántas veces tengo que explicar que no he tenido nada que ver con lo que les pasó a esas chicas?

—Señor Vickery...

—Seguiré insistiendo si es necesario, pero a estas alturas esto ya parece acoso. No he hecho nada malo.

Giles no podía quitarse de la cabeza la imagen de Marcus Vickery de pie en los dormitorios de las niñas. Coincidía con el perfil físico: menudo, delgado y ágil. Y era la única antigua víctima que había llegado a hablar con el Coco original. ¿Quién podía asegurar que no habían seguido en contacto?

Se recompuso antes de responder.

—¿Le suena de algo el nombre de Elliot Broadbent?

Marcus lo miró sin expresión. —¿No. Ni la más remota idea de quién me habla. ¿Es esa la persona que está haciendo esto ahora?

—Es la persona que lo hizo antes.

—¿A... a... antes...? —tartamudeó, con la voz quebrada, como si tuviera un nudo en la garganta—. ¿Lo... lo han atrapado?

Giles asintió. —Creemos que es él, sí.

—¿Cómo...? ¿Puedo...? Yo... —Negó con la cabeza y bajó la vista hacia la mesa—. Lo siento, es mucho que asimilar ahora mismo.

—Lo entiendo. Tómese el tiempo que necesite.

—¿Tiene una foto suya?

—No la llevo encima. ¿Qué más daría? Creía que nunca le vio la cara.

Marcus se encogió de hombros, ausente. —No se la vi, pero quiero verlo, ya sabe. Después de todos estos años. Para cerrar el círculo, supongo.

Giles podía entenderlo. Una parte de él creía al hombre. Había algo sincero en la voz de Marcus, algo genuino que lo convenció de que no había tenido nada que ver con los allanamientos. Pero no iba a bajar la guardia tan fácilmente.

—¿No le suena el nombre de nada? —preguntó—. ¿Alguien con quien se haya podido cruzar en los últimos treinta años? ¿Alguien del trabajo? ¿Alguien que le vendiera un coche? ¿Alguien que le arreglara las tuberías?

Marcus pensó por un momento. —Nada. Lo único que me suena es el apellido. Broadbent... Broadbent... ¿Es familia de la inspectora que no para de venir a mi casa? ¿Es por eso por lo que están obsesionados conmigo? ¿Intenta desviar la atención de Elliot y por eso vuelve una y otra vez a por mí?

—En absoluto. Eso es...

Llamaron a la puerta. Giles se levantó rápidamente y abrió. Fuera estaba Fiona. Salió por el hueco y cerró la puerta con cuidado tras de sí, conduciéndola pasillo adelante. Ella parecía tener una mezcla de miedo y emoción.

—¿Qué pasa? —preguntó él.

—Los informes de ADN —dijo Fiona—. Acaba de llegar el análisis del ADN de Marcus.

—¿Y?

Giles contuvo la respiración.

—No es él. No hay correspondencia entre su ADN y ninguno de los encontrados en los globos en los escenarios de los crímenes.

Tal y como él había dicho que no la habría. Decía la verdad. Marcus Vickery no era el Coco.

Giles le dio las gracias a Fiona por la información y regresó a la sala de interrogatorios, quedándose en el umbral de la puerta.

—Pue... puede marcharse —dijo con cautela.

—¿Cómo dice?

—Ya no se le necesita en esta fase de la investigación.

Marcus se levantó de la silla con indecisión, sospechando que podría ser una trampa. —¿A qué se debe este cambio de opinión tan repentino?

Aclarándose la garganta, Giles replicó: —Han llegado los análisis de sus muestras de ADN y no hay correspondencia.

Una fina sonrisa se dibujó en el rostro de Marcus mientras se acercaba. —Ridículo. Absolutamente ridículo. ¿Sabe la cantidad de estrés y sufrimiento que le ha causado a mi familia?

Giles permaneció en silencio.

—Absolutamente ridículo... —fueron las últimas palabras de Marcus mientras pasaba junto a Giles y salía del edificio.

CAPÍTULO
SETENTA Y SEIS

El tráfico de vuelta del bosque había sido un continuo parar y arrancar, y para cuando Stephanie se desvió de la carretera principal para tomar las secundarias más tranquilas que llevaban a la comisaría de Guildford, estaba de un humor de perros. Normalmente, no le importaba quedarse atascada en un atasco; le daba la oportunidad de desestresarse, relajarse y asimilar las cosas. Pero su conversación con Gavin Lockwood la había frustrado e irritado. Le daba vueltas y vueltas en la cabeza, como una piedra que no deja de rodar. Gavin no la había ayudado en absoluto y todo lo que él había dicho sonaba dolorosamente veraz: no tenía ninguna prueba física que confirmara una colaboración entre él y los miembros de su familia.

Todavía.

Aún quedaba tiempo. Tiempo para buscar en los libros de historia y entre las pertenencias de Elliot y de su padre.

Sin embargo, antes de que pudiera pensar en ello, algo en el exterior de la entrada de la comisaría le llamó la atención. Pisó el freno a fondo y metió el coche de una brusca maniobra detrás de otro vehículo.

—No me lo puedo creer —masculló.

Era un Skoda Fabia gris, aparcado de mala manera en el borde de la vía de acceso, escondido tras una deteriorada señal de mantenimiento de carreteras que llevaba semanas sin moverse. A través del parabrisas, vio la silueta de una figura apoyada en la ventanilla lateral. Un hombre. De eso estaba segura. Pero sus rasgos quedaban distorsionados por el reflejo de las nubes.

Stephanie apretó las manos en el volante mientras entornaba los ojos. No le cabía duda de que era el mismo coche. Aunque nunca había visto la matrícula con claridad, sabía que era ese. Tenía la misma abolladura en el lado delantero izquierdo del parachoques y los faros empañados.

El coche que la había estado provocando y siguiendo.

Allí. Ahora.

Apagó el motor, sin apartar la vista del vehículo. Durante un largo instante, no se movió. La figura del interior no se había inmutado ni la había visto; su atención estaba demasiado centrada en el retrovisor exterior, esperando algo, esperando a alguien.

Stephanie bajó la vista hacia el asiento del copiloto, donde estaban su teléfono y su placa. Cogió ambos y luego abrió la puerta lenta y silenciosamente. Los goznes metálicos chirriaron a pesar de sus esfuerzos, pero por suerte el sonido quedó ahogado por el canto de los pájaros y el susurro de los árboles.

Una fuerte ráfaga de viento le echó el pelo a la cara y se lo apartó detrás de las orejas mientras avanzaba hacia el Fabia, rápida y decidida.

No quería que el hombre se escapara a toda prisa, como había hecho tantas otras veces.

Se situó en medio de la calzada y se dirigió hacia él con paso firme. Sin escapatoria.

Finalmente, cuando se acercaba al vehículo, la figura la vio y se sobresaltó. Entonces, su rostro se enfocó. Por fin. Cuarenta y pocos años, pecoso, calvo, con una barba incipiente cubriéndole la mandíbula.

Stephanie se quedó clavada en mitad de la carretera.

—Enséñeme las llaves del coche y abra la ventanilla —dijo en voz alta y clara.

Él no se movió.

Ella dio un paso adelante.

—Las llaves. La ventanilla —repitió.

Finalmente, con cierta parsimonia, el hombre alargó la mano

hacia la columna de dirección, sacó las llaves del coche, las dejó en el salpicadero y bajó la ventanilla manualmente, levantando las manos como en señal de rendición.

—Oiga, ¿a qué viene todo esto? No estoy haciendo nada malo —dijo con voz aguda y entrecortada—. Solo estoy esperando a alguien.

—¿Es a mí, por casualidad?

Se quedó con la boca abierta, pero no pronunció palabra.

—Le he visto siguiéndome a la salida de los estudios de danza Pump and Jump. Sé que usted es el responsable de las fotos mías que circulan por internet. ¿Cómo se llama?

—Mire, yo solo estoy haciendo un trabajo, lo que me han pagado por hacer.

—Pues no muy bien, porque le acaban de pillar. —Se acercó un paso, con cautela—. Su nombre. Ahora.

—Philip. Philip Easons. Por cierto, no estoy haciendo nada ilegal.

Ella le permitía dudarlo.

—¿La contrató Trent Whitaker?

—Yo... no me acuerdo.

—Gilipolleces. ¿Cuánto le paga? Seguro que de eso no tiene problemas en acordarse.

Philip carraspeó.

—Doscientas... doscientas libras al día.

Joder... De esa afirmación se desprendían dos cosas. La primera: Trent Whitaker tenía sin duda más dinero que cabeza. Y la segunda: ella se había equivocado de profesión.

—¿Qué más le han pedido que haga?

—Nada.

—¿Estaría dispuesto a decir eso delante de un juez?

El ceño de Philip se frunció, confuso.

—¿Me está amenazando? Llevo mucho tiempo en esto, señora. No puede amenazarme así.

—Puedo si está invadiendo mi intimidad.

—No he hecho tal cosa. Solo he hecho lo que se me ha pedido, y ya he terminado.

—Entonces, ¿por qué sigue aquí?

Philip abrió la boca para responder, pero se tropezó con sus propias palabras.

—Tengo que irme.

—No, espere...

Metió las llaves en el contacto, arrancó el coche y dio un volantazo. El movimiento fue tan drástico y repentino que pilló a Stephanie por sorpresa, y ella saltó a un lado, indefensa para detenerlo. En pocos segundos, él ya estaba al final de la calle, girando a la izquierda.

Stephanie se quedó allí un momento, recuperando el aliento y dejando que la adrenalina se disipara lentamente de su cuerpo.

La negativa de Philip a responder a su pregunta la preocupó. ¿Por qué seguía allí? Las fotos de ella ya se habían filtrado. ¿Qué más necesitaba?

Algo en su interior le decía que Trent Whitaker, su esposa y el resto de los padres de las víctimas estaban planeando algo en la sombra.

La única pregunta que quedaba era: ¿el qué?

CAPÍTULO
SETENTA Y SIETE

Los colores de la sala de operaciones se habían fundido en una mezcla estéril de grises y azules. En un rincón se alzaba la pizarra blanca, cubierta de fotografías, documentos y un gran mapa de Surrey. Stephanie se detuvo en el umbral, con la mirada perdida en el vacío. La sala zumbaba con un ruido de fondo: el zumbido de la impresora, el tecleo de alguien al fondo y el hervor de un hervidor de agua al final del pasillo.

—¿Se encuentra bien, señora?

Apenas registró la voz.

—¿Señora? ¿Va todo bien?

Olivia. Wellard. La mamá de la oficina, que acudía en su rescate.

La agente se acercó con cautela y fue apareciendo en su campo de visión como si Stephanie estuviera mirando por el objetivo de una cámara, hasta que los contornos de su cuerpo y su pelo se enfocaron.

—¿Señora?

No fue hasta que Olivia le puso una mano en el brazo que Stephanie regresó bruscamente al presente.

—Lo siento. Estaba en otro mundo.

—¿Todo en orden?

—Perfectamente —mintió Stephanie—. ¿Qué... qué me he perdido?

En ese momento, Giles apareció por detrás de su escritorio, levantando la mano a medias.

—He traído a Marcus Vickery para interrogarlo sobre Elliot Broadbent.

—Eso es genial.

—Y luego he tenido que dejarlo marchar.

—Eso no es tan genial. ¿Qué ha pasado?

Devon se giró en la silla, agitando varios documentos en la mano.

—ADN —fue todo lo que dijo.

—¿ADN? —repitió Stephanie.

—Los resultados del laboratorio por fin han llegado y no han podido encontrar ninguna coincidencia entre su ADN y las muestras halladas en las casas de las víctimas... —explicó Devon.

La realidad de la situación se hizo patente.

—¿Así que no es nuestro hombre?

Todos negaron con la cabeza, con tan mal aspecto como se sentía ella en ese momento.

—Para ser sinceros, no le hizo ninguna gracia que lo trajéramos como sospechoso —dijo Giles.

—No se le puede culpar, la verdad.

—No me extrañaría que ahora se juntara con Trent Whitaker —añadió Giles—. Lo último que necesitamos es que vaya por ahí pregonando a los cuatro vientos que lo hemos interrogado tanto.

Stephanie se puso las manos en jarras, sumida en sus pensamientos. Esa era una idea en la que no quería detenerse.

—¿Qué... qué más necesito saber?

Esta vez, Fiona apareció por detrás de su escritorio, agitando una hoja de papel.

—He hecho lo que me dijo, señora, y le he pedido al laboratorio que colara el ADN de Elliot Broadbent por el de otro de la cola. Después de insistir un poco —bueno, después de insistir *mucho*—, al final han accedido.

Stephanie examinó los documentos que Fiona tenía en las manos. La mujer tenía las uñas comidas casi hasta la carne. —¿Es ese el resultado?

Fiona asintió.

—¿Me permites?

No quería oír el resultado. No se lo creería. Quería leerlo, verlo por sí misma.

Fiona le pasó la hoja de papel y Stephanie empezó a leer. Sus ojos recorrieron las letras tan rápido que casi no las asimiló. Hasta que llegó al texto en negrita, cerca del final de la página, que afirmaba que la muestra de prueba tomada del globo encontrado en la habitación de Marcus Vickery treinta años antes tenía una coincidencia del noventa y nueve por ciento con las muestras recientes de pelo y saliva de Elliot Broadbent.

Stephanie apretó la mandíbula con fuerza, asimilando la información.

Estaba confirmado, de forma inequívoca e innegable.

Elliot Broadbent había sido el Coco. Y ahora podía demostrarlo.

CAPÍTULO
SETENTA Y OCHO

La puerta de su despacho se cerró con un chasquido definitivo que resonó más de lo que debería.

Stephanie permaneció un momento en silencio, con la espalda apoyada en la fría superficie y el corazón golpeándole las costillas. Cruzó hasta su escritorio y se sentó despacio, como si su cuerpo se hubiera vuelto más pesado ahora que la verdad se le había asentado sobre los hombros.

La habitación estaba en penumbra; una única lámpara proyectaba largas sombras sobre pilas de declaraciones e informes manchados de café. Fuera, el murmullo de la comisaría continuaba, pero dentro encontró quietud, un silencio casi absoluto.

El informe era estupendo. Excelente, de hecho. Tenía pruebas sólidas. Pero ¿qué hacer ahora con ellas? Antes habría sugerido mantener la información a nivel interno, lejos de las miradas indiscretas del público, pero esto era demasiado valioso como para guardárselo. Sobre todo con las publicaciones de Trent Whitaker en las redes sociales pisándole los talones, por no mencionar que Marcus Vickery suponía ahora una amenaza potencial.

No, sabía lo que tenía que hacer.

Sacó el móvil del escritorio y repasó sus contactos hasta que lo encontró.

Louis Brown.

Contestó al segundo tono.

—Bueno, menuda sorpresa —dijo él—. ¿A qué debo el placer?

—Vengo a saldar mis deudas. ¿Está usted sentado?

—¿Es ese tipo de información?

—Vamos a verlo, ¿le parece? Pero no me hago responsable si se hace daño.

Se oyó una risita al otro lado de la línea. Ella escuchó el clic del capuchón de un bolígrafo, seguido por el suave susurro de él pasando a una página en blanco. Una pausa. Y luego:

—Ya me he sentado. ¿Qué ha pasado?

—El viejo Hombre del Saco... Lo hemos encontrado.

Una pausa. Comprobó la línea para asegurarse de que no se había cortado.

—¿Louis? ¿Sigue ahí?

—Por fin, el viejo caso queda zanjado. ¿Quién es?

—Un hombre llamado Elliot Broadbent.

Contuvo el aliento mientras esperaba su respuesta.

—Por favor, dígame que no es familia suya de ninguna manera.

—Ojalá pudiera decir que no es el caso.

—¿Qué le pasa a su familia?

—Ojalá lo supiera.

—¿Qué era suyo?

—Mi tío. Pero no quiero que eso se mencione en ninguna parte de la nota de prensa.

Otra pausa.

—¿Quiere que lo publiquemos?

Ella se reclinó en la silla.

—Por eso he dicho que vengo a saldar mis deudas. Le doy la exclusiva. Podrá publicar un artículo en condiciones. Sin especulaciones. Solo hechos. Deje que sus lectores sepan la verdad. El verdadero Hombre del Saco ha sido desenmascarado, después de treinta años.

Él canturreó al otro lado del teléfono.

—Considere la deuda saldada. Se lo agradezco, de verdad. ¿Podemos conseguir una fotografía para acompañar el artículo? ¿Una buena foto de ficha policial?

—Hay un pequeño contratiempo en ese sentido. No tenemos ninguna. Murió bajo custodia.

Él soltó una risita.

—La trama se complica.

—Y que lo diga. Me confesó antes de morir, pero la buena noticia es que tenemos pruebas forenses que lo demuestran.

—Para mí es más que suficiente —dijo él con frialdad.

—Hay algo más —continuó ella—. La antigua investigación. Parece que no se gestionó muy bien. El público merece saberlo, así que no me opondría a que salieran a relucir un par de nombres.

—¿Ah, sí?

—Está este, el antiguo inspector, que no tenía las manos muy limpias, si me entiende.

—¿Extraoficialmente?

—Extraoficialmente —repitió ella.

—No es la primera vez que lo oigo. Creo que el antiguo inspector con el que yo trataba, suponiendo que estemos hablando del mismo tipo, tenía bastante fama de ser un completo inútil que a menudo miraba más por sus propios intereses que por cualquier otra cosa.

«Sí», pensó ella, «y voy a descubrir cuáles eran».

Durante casi todo el día, un equipo de la policía científica había estado examinando meticulosamente el dúplex de Elliot Broadbent en Guildford, incautando cualquier prueba que creyeran que pudiera estar relacionada con el caso, además de buscar huellas dactilares y ADN con la esperanza de que Elliot hubiera recibido visitas en las últimas semanas.

Pasaban las siete de la tarde y, en lugar de irse a casa, se encontró aparcada en el arcén, frente a la casa de su tío. Contemplaba las ventanas y las puertas, que le resultaban extrañamente familiares, como si recordara haber estado allí de pequeña, con su madre y su padre, antes de que Kimberley naciera, pero los recuerdos exactos se le escapaban.

El equipo de la científica había terminado por hoy y el único indicio que quedaba de su presencia era una cinta de precinto policial extendida entre dos puntos de la verja que conducía a la puerta principal.

Stephanie se había sentido obligada a estar allí. Su conversación anterior con Gavin Lockwood resonaba en su mente. Estaba convencida de que entre las posesiones de su tío había algo oculto que el equipo podría haber pasado por alto. Necesitaba entrar para acallar los pensamientos que se agolpaban en su cabeza y para encontrar algo con lo que ocupar la mente mientras el equipo de pruebas procesaba la ingente cantidad de información, documentos y fotografías que se habían recuperado. Pasaría al menos otro día antes de que todo estuviera documentado y subido al sistema.

Sacó la llave del contacto, cogió el móvil del asiento del copiloto y abrió la puerta del coche para pisar un fino charco. Una lluvia ligera había caído sobre la zona en las últimas horas, empapándolo todo rápidamente. Gotas de agua se adherían a las hojas y a las malas hierbas que bordeaban el camino hacia la puerta principal. Stephanie había recibido una copia de la llave del encargado de la escena del crimen y la introdujo en la cerradura.

El aire del interior estaba viciado y todo lo que no se había incautado como prueba seguía exactamente donde estaba. Stephanie recorrió la cocina lentamente, abriendo cajones y armarios con el cuidado y la atención de una experta en desactivación de explosivos. Tenía cuidado de no actuar con precipitación ni de romper nada.

Al no encontrar nada de importancia en la cocina, pasó al dormitorio.

La habitación era pequeña y estrecha, con techos abuhardillados que le daban una sensación claustrofóbica, como si las paredes se estuvieran cerrando lentamente sobre sí mismas. La moqueta estaba apelmazada en algunas zonas, con el color oculto por años de uso y polvo. Una cama individual estaba pegada a la pared del fondo, cubierta con un edredón azul desvaído, y las sábanas, revueltas tras una noche de sueño inquieto. El cabecero estaba rozado y un montón de periódicos viejos reposaba pulcramente a los pies de la cama, como si Elliot se hubiera estado construyendo su propio tronito.

Stephanie se detuvo en el umbral.

Al lado de la cama, observó más pruebas de las diversas dolencias que lo habían mantenido al borde de la muerte. Pero lo que le llamó la atención fue una pequeña caja transparente que sobresalía de debajo de la cama. Parecía que la habían sacado, registrado y luego desechado, al considerar su contenido indigno la persona que la había revisado antes.

Stephanie se arrodilló y sacó la caja de debajo de la cama. Dentro había una gran pila de álbumes de fotos de plástico. Cogió el primero y empezó a hojearlo. La mayoría de las fotografías eran bastante inocuas: fotos del jardín, de una tele nueva, de su tío relajado en el sofá, disfrutando de su nuevo hogar.

Pero, a mitad del álbum, se detuvo.

Una fotografía se le escurrió hasta el regazo.

Mostraba a un Elliot Broadbent de unos cuarenta y pocos años, con el torso desnudo, y a un niño, quizás de siete u ocho años, sentado en el capó de un Vauxhall Astra rojo. El niño tenía los ojos grandes y serios, y llevaba un uniforme escolar de la zona con una corbata deshilachada. Era pálido, con rizos oscuros y una pequeña cicatriz sobre la ceja izquierda.

Stephanie la miró fijamente durante un buen rato, con el corazón acelerado.

¿Era este el hijo de Elliot? ¿La razón por la que su padre se había convertido en el Bogeyman?

Le dio la vuelta a la fotografía. En el reverso estaba escrito: *R+E, c. 91.*

Stephanie miró la foto un momento más antes de sacar el móvil del bolsillo y marcar el número de la oficina. Tuvo que esperar un buen rato hasta que alguien contestó.

Finalmente, tras intentarlo por segunda vez, Devon respondió a la llamada.

—¿Qué haces todavía en la oficina?

—Vendiéndole mi alma al diablo —contestó él—. Y poniéndome al día con los correos y el trabajo de esta semana. ¿Dónde estás tú?

Stephanie se lo dijo.

—Desenterrando muertos del armario. Siempre he dicho que es la mejor manera de pasar la tarde.

Ella aceleró la conversación, sin hacerle mucha gracia. —¿Necesito que hagas algo por mí. ¿Alguien ha mirado los certificados de nacimiento y defunción del hijo fallecido de Elliot? Me gustaría saber si lo que me contó sobre por qué empezó todo esto es verdad.

—Un momento, por favor —dijo él, adoptando su mejor voz de atención al cliente—. Su llamada es importante para nosotros y puede ser grabada para fines de seguimiento y formación.

Un atisbo de sonrisa cruzó el rostro de Stephanie mientras

esperaba. Era bueno volver a oír algo de vida y humor en la voz de su compañero.

Tras unos minutos, Devon carraspeó.

—La buena noticia es que veo que Wellard ha localizado un certificado de nacimiento y defunción de la misma persona.

—¿De quién?

—Ryan Broadbent.

—¿Cuándo? Dame las fechas. ¿Cuándo murió?

—Unas dos semanas antes de la primera visita registrada del Bogeyman.

Stephanie bajó la mirada al suelo. Así que Elliot había estado diciendo la verdad. Había tenido un primo que había fallecido y que había sido el catalizador de todo este desastre.

—¿Has dicho que se llamaba Ryan?

—Sí.

—¿Seguro?

—Sí. ¿No me crees?

—Sí que te creo. Es solo que... quiero asegurarme.

—Sé que el alcohol te hace ver cosas que no siempre están ahí, pero yo veo lo que tengo delante con bastante claridad.

—Vale. Tienes razón. Me disculpo.

Stephanie le dio las gracias por su tiempo y esfuerzo, le dijo que no se quedara hasta muy tarde y colgó.

Por un momento, se quedó sentada, mirando la foto del niño, el primo que nunca había conocido. ¿Se habrían visto alguna vez? No lo recordaba, lo que le parecía extraño, teniendo en cuenta todo lo demás que recordaba de su infancia. Quizás él había sido una buena parte de ella, y alguien, en algún lugar, había decidido que solo recordaría las peores partes.

Antes de que pudiera seguir dándole vueltas, su móvil sonó. Contestó apresuradamente sin mirar el identificador de llamada.

—Creía que te había dicho que te fueras a casa —dijo.

—¿Y yo no te dije que se acabaron los secretos, Stephanie?

Vaya por Dios. Era Kim. Y estaba usando su nombre completo. Dejó caer el álbum de fotos al suelo y se abrazó las rodillas.

—¿De qué hablas? —preguntó Steph.

—No te hagas la tonta conmigo. ¿Qué está pasando? ¿Por qué

he tenido que enterarme por las noticias de que otro miembro de nuestra familia era un criminal?

Stephanie se llevó una mano a la cara.

—Dijimos que no habría secretos. Deberías haberme hablado de nuestro tío.

Frotándose la frente, Stephanie replicó: —Iba a hacerlo. Es que he estado muy ocupada.

—¿Todo el día? Podrías haberme mandado un mensaje, algo que dijera: «Hola, Kim, solo para que sepas, nuestro tío —el hombre que ninguna de las dos conocíamos muy bien— resultó ser un criminal y el hombre al que todo el mundo llamaba el Bogeyman».

La voz de su hermana destilaba veneno. Nunca había oído a Kim tan mosqueada.

—Ese no es precisamente el tipo de cosa que se dice por mensaje, ¿no crees?

—Deja de esquivar la pregunta, Steph. —Kim empezó a derrumbarse al otro lado de la línea. Un instante después, comenzó a sorber por la nariz—. ¿Qué coño pasa con nuestra familia? ¿Por qué todo el mundo es mala persona?

—Tú no lo eres —dijo Steph—. Y yo tampoco.

—Pero... pero lo que le hicimos a papá...

—Fue necesario. Te dije cuando pasó que dejaras de pensar en ello así. Actuamos en defensa propia. Si no lo hubiéramos hecho, sabes que nos habría matado a las dos. Era él o nosotras.

Una pausa. Luego, Kimberley dijo: —Lo sé, lo sé. Es solo que... ¿y si el bebé sale como ellos?

—No digas tonterías. Eso no va a pasar. Tu bebé será querido de una forma que tú y yo no lo fuimos. Tu bebé tendrá todo lo que nosotras no tuvimos, y yo estaré a tu lado para asegurarme de que no exista la menor posibilidad de que crezca para ser como nuestro padre o nuestro tío. Tienes mi palabra.

CAPÍTULO
OCHENTA

Stephanie apenas había dormido. Los retortijones en el estómago, combinados con las imágenes de su tío, su primo y su padre, la habían mantenido despierta, apareciendo tras sus párpados cada vez que intentaba cerrarlos. Finalmente había desistido sobre la una de la madrugada y había salido a correr, lo cual apenas le sirvió para despejarse. Cuando regresó, poco antes de las dos, su cuerpo estaba en las últimas, así que se llenó con las sobras de la comida china de la noche anterior, que no tardó en devolver.

Tiró de la cadena, con cuidado de evitar las salpicaduras, y se levantó del suelo. Mientras empezaba a lavarse la cara y a enjuagarse la boca con agua del grifo, un sonido la interrumpió. Parecía un golpe en la puerta, pero no estaba segura. Era débil, casi inexistente.

El golpe se repitió. Más claro, más perceptible esta vez.

Cerró el grifo y bajó las escaleras con cuidado, inspeccionando el resto de la casa antes de abrir la puerta principal con cautela. Allí estaba Gemma Whitaker, la mujer de Trent, en vaqueros y con un abrigo. Su pelo rubio oscuro estaba recogido en un moño deshecho y tenía los ojos rojos, ya fuera por llorar o por falta de sueño. Parecía destrozada.

Pero eso no era lo que le preocupaba a Stephanie.

—Gemma —dijo, presa del pánico—. ¿Qué haces aquí? Es plena noche. ¿Cómo sabes dónde vivo?

—Mi marido. El detective privado que contrató nos dio vuestra dirección. Pero no te preocupes, Trent no sabe que estoy aquí. ¿Puedo... puedo pasar?

Stephanie miró rápidamente por encima del hombro de Gemma, en busca del Skoda Fabia gris, y luego se hizo a un lado para dejarla entrar. —Por supuesto.

Gemma entró en el vestíbulo como alguien que esperara ser placado en cualquier momento. Tenía las manos cerradas en puños nerviosos. Stephanie cerró la puerta con suavidad y la condujo a la cocina, señalándole una silla. Gemma no se sentó. En lugar de eso, se quedó de pie en medio de la estancia, cambiando el peso de un pie a otro.

—¿Va todo bien? —preguntó Steph—. No estás herida, ¿verdad?

—¿Qué?

—Herida. No corres ningún peligro, ¿o sí?

—¿Por Trent? —Gemma negó enérgicamente con la cabeza, llevándose las manos a los labios—. Oh, Dios, no. En absoluto. No, no me ha hecho daño, si es eso lo que te preocupa. Es... es otra cosa. Hay algo que tienes que saber.

Stephanie se preparó para oír lo peor: que su hija se había convertido en la última víctima del Coco.

—Hemos hecho algo malo —fue todo lo que dijo Gemma.

A Stephanie se le encogió el estómago. —¿Quiénes?

Gemma vaciló. —Yo. Y Trent. Y los otros padres. —Su boca se movió en silencio por un momento, como si la confesión le resultara físicamente difícil de articular. Luego dijo—: Les dije que no lo hicieran. Les dije que era una idea malísima. Pero no quisieron escucharme. Dijeron que si no quería saber lo que pasaba, que los dejara en paz y les permitiera...

Stephanie levantó una mano, calmando de inmediato a Gemma para evitar que le diera un ataque de histeria.

—Respira. Cálmate. Dime qué ha pasado. ¿Qué están planeando?

—Marcus Vickery —dijo.

Stephanie no reaccionó de inmediato.

Gemma tragó saliva, con los labios temblorosos. —Todo

empezó el otro día, cuando Trent creó el grupo de chat con los demás padres. Decidieron que querían tomarse la justicia por su mano y... y... y entonces contrató al detective privado para que te siguiera. Pero eso... eso no fue todo. —Sus ojos se abrieron de miedo—. Te siguió a ti y a tus compañeros para ver a quién se investigaba e interrogaba en relación con los allanamientos, y entonces fue cuando empezó a informar sobre Marcus, diciendo que habíais hablado con él varias veces y que era una persona de gran interés. No sé por qué, no teníamos ninguna prueba, pero Trent empezó a obsesionarse con ese pobre hombre, y yo sabía que estaba mal, pero al final, estaban todos convencidos. Todos y cada uno de ellos. Dijeron que si la policía no actuaba, lo harían ellos.

Stephanie tenía la garganta seca. —¿Qué quieres decir con que *lo harían ellos*?

Gemma respiró con dificultad. —Esta noche, Trent se fue después de cenar. Dijo que tenía una reunión. Pensé que era cosa del trabajo, pero entonces miré sus mensajes —se dejó el móvil desbloqueado en la encimera— y vi un mensaje de uno de los padres. Solo decía: «Lo tenemos».

La atmósfera de la habitación se volvió de cristal. Frágil. A punto de hacerse añicos.

Las manos de Stephanie se cerraron lentamente en torno al borde de la encimera. —Gemma —dijo con cuidado—, ¿me estás diciendo que tu marido ha secuestrado a Marcus Vickery?

A Gemma se le llenaron los ojos de lágrimas. Asintió de forma casi imperceptible. —Se lo llevaron. No sé dónde. No vi ninguno de esos mensajes. Y ahora han apagado los móviles. No responden a nada. Me he quedado despierta toda la noche, esperando que Trent volviera a casa, pero no lo ha hecho. Y ahora... no sé qué hacer. No podía guardármelo más; tenía que decírselo a alguien.

Stephanie se giró y se alejó de la mesa, apretándose la palma de la mano con fuerza contra la frente, paseando de un lado a otro. Sus pensamientos iban demasiado deprisa para seguirlos. Secuestro. Vigilantismo. ¿Tortura? ¿Asesinato? Los límites se desdibujaban en su mente, las implicaciones se sucedían más rápido de lo que podía asimilarlas.

—¿Hace cuánto se envió el mensaje? —preguntó.

—Poco antes de las ocho. Y eso era todo lo que decía el mensaje. Nada más. —La voz de Gemma se quebró—. Ni siquiera sé si está vivo. No sé qué le han hecho. Tengo miedo.

Stephanie dejó de moverse y vio su reflejo en la puerta del microondas. Ignorando a la mujer aterrorizada en su cocina, cogió el móvil. Marcó el número de Devon. El sargento respondió a los pocos segundos.

—¿Inspectora?

—¿Dónde está? Lo necesito en la comisaría. Ahora. Avise a todos los demás. Tenemos un problema.

La voz de Devon se tornó alerta. —¿Qué clase de problema?

—Marcus Vickery ha desaparecido. Creo que lo han secuestrado.

—¿Quién?

—Unos padres asustados, estúpidos y desesperados.

La línea volvió a quedar en silencio, salvo por un ruido de estática.

—Nos vemos en veinte minutos —dijo Devon.

Stephanie colgó, cogió la chaqueta y señaló a Gemma.

—¿A qué esperas ahí parada? Vienes conmigo.

CAPÍTULO
OCHENTA Y UNO

Stephanie detuvo el coche lentamente en el arcén y apagó el motor mientras un convoy de coches de policía —unos con distintivos, otros de paisano— pasaba sigilosamente en la oscuridad, sin las luces delanteras encendidas y con los neumáticos crujiendo sobre la grava y los cristales rotos. El polígono industrial de Slyfield estaba desierto a esa hora, salvo por un edificio del que se filtraba una tenue luz amarillenta a través de las persianas. Las sombras parpadeaban contra la luz, aunque era difícil saber cuántas eran. Sin embargo, los datos de telemetría del equipo indicaban que al menos siete teléfonos móviles habían estado activos por última vez en esa ubicación concreta. Gracias a la función Buscar a mis amigos del teléfono de Gemma, sabían que la última señal del móvil de Trent Whitaker lo situaba entre ellos.

En cuanto el convoy se posicionó justo delante del edificio, Stephanie salió de su coche, agarrando la radio con fuerza. Un gran vehículo de respuesta armada llegó por su derecha y, momentos después, un equipo de agentes de policía armados, con sus MP5 sujetos al pecho, salió de la parte de atrás y se dirigió rápidamente hacia la entrada del edificio con movimientos precisos y coordinados. Todos entendían su papel; todos sabían qué hacer.

Pasados unos segundos, los agentes armados estaban en posición, mientras los agentes de uniforme aseguraban el perímetro y algunos se dirigían a la parte trasera del edificio para cubrir todas las salidas en caso de que intentaran escapar.

Entonces, una figura surgió de detrás de la furgoneta policial y se acercó a la parte delantera del vehículo: el jefe de operaciones. En la oscuridad, su rostro solo estaba parcialmente iluminado. Se llevó una radio a los labios y empezó a hablar.

—Equipo Alpha, informen.

—En posición —fue la respuesta inmediata por la radio.

—Tienen autorización para proceder.

Los agentes armados probaron primero el pomo de la puerta, pero como no se movió, un agente de uniforme se acercó corriendo con un ariete. Embistió con el ariete la endeble puerta de madera e, inmediatamente, los agentes irrumpieron en el edificio y subieron corriendo las escaleras con el estruendo de sus botas.

Desde el exterior, Stephanie oyó los gritos.

—¡Policía! ¡Quédense donde están!

—¡Manos donde podamos verlas! ¡Al suelo! ¡Ahora!

Se oyó el estrépito de una silla, un grito, la caída de algo pesado y, después, un alarido.

Stephanie reprimió el impulso de entrar corriendo para ver por sí misma lo que estaba sucediendo.

En lugar de eso, esperó la señal, la confirmación.

Una voz crepitó en la radio que sostenía en la mano.

—Planta asegurada. Zona despejada. Sin amenazas. Sospechosos detenidos. Un varón, inmovilizado; se solicita asistencia médica.

Sin esperar permiso, Stephanie subió rápidamente por la estrecha escalera adosada al exterior del edificio. El acero resonaba bajo sus botas mientras ascendía, rozando con la mano la fría barandilla para mantener el equilibrio.

La puerta del piso superior había sido derribada; apenas se sostenía sobre las bisagras. Había astillas esparcidas por el suelo, donde se había roto contra la cerradura. Las potentes linternas de los cascos de los agentes barrieron las paredes de espejo y los pulidos suelos de madera, revelando a siete figuras tumbadas boca abajo, inmovilizadas en el suelo: Trent Whitaker; Laura y Dean Wednesday; Mark y Tina Harris; Karen y Steve Lynas; y Jade y

James East; y, por último, a dos personas que no esperaba ver: Craig y Montana Robertson, los dueños del estudio.

En el centro de todo, Marcus Vickery estaba desplomado en una silla plegable, con los brazos colgando laxos y el rostro flácido por el agotamiento. Un agente estaba agachado a su lado, retirándole con cuidado los restos de cinta adhesiva de las muñecas. Stephanie había esperado verle sangre en las manos y la cara, pero estaba impecable, ileso.

—¡No digan nada! ¡No les cuenten nada!

La voz era inconfundible. Trent Whitaker.

Se revolvió contra el peso de los dos agentes que lo inmovilizaban en el suelo, con el rostro contraído por la ira.

Stephanie no habló. Todavía no. En su lugar, cruzó la puerta destrozada y se adentró en el calor de la habitación, con las botas deslizándose por el suelo pulido. El aire estaba cargado de adrenalina, pánico y miedo.

Trent siguió gritando, incluso mientras los agentes le apretaban las esposas y lo obligaban a tumbarse de nuevo.

—¡No vamos a decir nada! ¡No nos sacarán ni una palabra! Hicimos lo que ustedes no pudieron hacer.

—No, Trent. No lo hicieron. —Su voz era afilada como el hielo—. Marcus fue descartado el otro día. *No es* el Coco.

Se hizo un silencio repentino y absoluto.

Trent abrió la boca y la volvió a cerrar. La resistencia abandonó sus miembros. Su mirada recorrió a los demás. Todos estaban pálidos, empezando a comprender la enormidad de lo que habían hecho.

—Miente —susurró Trent, aunque la duda ya se estaba abriendo paso en sus ojos—. Lo está encubriendo. Solo intenta...

—No, no lo hago. —Stephanie negó con la cabeza—. Era un nombre en una lista. Una *posibilidad*. Pero su ADN no coincidía. Han secuestrado a un hombre inocente. Enhorabuena.

Detrás de ella, uno de los agentes le susurró al oído: —Señora, las lesiones de la víctima parecen mínimas. Estaba inmovilizado, pero no golpeado. Ni sangre. Ni trauma visible.

Marcus Vickery permanecía inmóvil en el centro de la

habitación, masajeándose las muñecas donde había estado la cinta adhesiva.

Stephanie no lo miró. No podía. En su lugar, se centró en Trent, cuyo rostro había adquirido un alarmante tono blanquecino.

—Usted y sus amigos van a ser acusados de detención ilegal, agresión, posiblemente conspiración para cometer lesiones graves y todo lo que se nos ocurra imputarles.

Trent miró al suelo. —Solo quería que parara —dijo en voz baja—. Quería que nuestras hijas estuvieran a salvo de nuevo.

—Yo también —replicó Stephanie, con la voz tensa—. Pero no podemos infringir la ley solo porque tengamos miedo. Han cruzado la línea. Todos ustedes. Y ahora le han dado al verdadero Coco más cobertura que nunca.

Se giró hacia el jefe de operaciones. —Sáquelos de aquí y metan a la víctima en una ambulancia. Quiero este lugar acordonado y a la científica peinándolo todo en los próximos diez minutos.

Mientras el equipo se ponía en marcha a sus espaldas, Stephanie salió por la puerta destrozada y se adentró en la noche.

El aire era fresco y cortante contra su piel. En algún lugar lejano, una sirena resonó en la oscuridad y, mientras caminaba sobre la grava, un pensamiento resonó más fuerte que el resto: el Coco seguía ahí fuera. Esperando. Observando. Riendo.

CAPÍTULO
OCHENTA Y DOS

Stephanie estaba sentada en su despacho, revisando el montón de transcripciones que se habían ido acumulando en el sistema. Se estaban procesando las grabaciones y ya se había informado a la fiscalía, pero los resúmenes preliminares de los interrogatorios a los padres de las víctimas ya estaban disponibles.

Trent Whitaker no había dicho nada. Ni una palabra. Desde el momento en que le leyeron sus derechos y se sentó frente a Devon, Trent se recostó en la silla, se cruzó de brazos y repitió la misma frase una y otra vez: —Sin comentarios.

A cada pregunta.

Los otros, sin embargo, no habían permanecido tan callados. Como solía decir alguien con quien había trabajado ella, habían cantado la Traviata.

Craig Robertson había sido el primero en derrumbarse, y admitió que Trent y los demás padres se les habían acercado a él y a Montana. Habían aceptado por el deseo de proteger a las niñas de sus grupos de baile, para asegurarse de que nadie más saliera herido. Confirmó que el investigador privado, un hombre llamado Morgan Fletcher, había grabado y seguido la última visita de Marcus Vickery a la comisaría, lo que había sido más que suficiente para que Trent y los padres de las otras víctimas se convencieran —sin pruebas— de que era el hombre responsable de aterrorizar a sus hijas.

Montana había llorado durante la mayor parte de su interrogatorio, confesándolo todo.

La madre más callada del grupo, una mujer enjuta llamada Tina Harris, había soltado su versión con todo lujo de detalles, revelando cómo habían llamado a la puerta de Marcus Vickery, lo habían secuestrado y lo habían metido en la parte de atrás del coche de su marido y de ella. Desde allí, se lo habían llevado a su escondite y lo habían atado a una silla en el estudio de baile. Nadie sabía cuál era el objetivo final, ni cómo acabaría; lo único que sabían era que tenían a su hombre y que no podría hacer daño a ninguna más de sus preciosas pequeñas.

Stephanie repasó el resumen digital en su ordenador, con un ligero temblor en los dedos. La coordinación de todo aquello, la premeditación, la vigilancia, el lugar de retención. Era alarmante el grado de colaboración que habían alcanzado. Orquestado por el hombre que siempre conseguía lo que quería. Solo que algo le decía a ella que *él* no *quería* pasar unos meses en una celda.

Se detuvo en una línea de la declaración de James East, el padre de Yasmin:

Pensamos que, si la policía no iba a hacer nada, teníamos que hacerlo nosotros.

—Buen trabajo, chicos —dijo con sarcasmo—. Un trabajo fantástico.

Justo cuando se disponía a abrir otro documento en el ordenador, llamaron a la puerta. Un instante después, Olivia Willard asomó la cabeza. Llevaba el pelo recogido en una práctica coleta, y en la otra mano asomaba un KitKat a medio comer. Tenía los ojos cansados, pero alerta, el mismo tipo de agotamiento frenético que había mantenido en funcionamiento a todo el departamento durante días.

—¿Qué haces todavía aquí? —le preguntó Stephanie—. Creía que ya os habíais ido todos a casa.

—Se han ido. Solo quedo yo. —Olivia abrió la puerta y dejó ver una oficina vacía. Al fin y al cabo, pasaba la una de la madrugada.

—¿Y tus hijos? —preguntó Stephanie.

Olivia restó importancia al comentario con un gesto. —Estarán bien. Tienen mi móvil si me necesitan para algo, y de todos modos puedo rastrear dónde están con sus teléfonos. Pero no he venido a molestarte por eso. —Entró en la habitación y cerró la puerta tras de sí—. He pensado que deberías saber que el equipo de pruebas ha terminado de catalogar en el HOLMES todo lo que recuperamos del piso de Elliot Broadbent.

Stephanie se irguió en la silla. —Ya era hora.

—Han subido los escaneos de una caja llena de cartas manuscritas. Cientos de ellas. Parece correspondencia de hace treinta años. Quizá más.

—¿*Cartas*?

Olivia asintió con lentitud. —¿Quieres que me quede? Podemos revisarlas juntas.

Stephanie negó con la cabeza. —No. Has hecho más que suficiente. Vete a casa, Olivia. Duerme un poco. Ve a ver a tus hijos.

Olivia vaciló. —¿Seguro?

—Seguro. Yo las revisaré.

Olivia le dedicó una sonrisa cansada. —De acuerdo. No te quedes hasta muy tarde.

—No te preocupes por mí.

—Me temo que no puedo evitarlo, es mi instinto maternal.

En cuanto la puerta se cerró tras ella, Stephanie se levantó y cruzó la habitación para asegurarse de que el pasillo estaba vacío. Cuando estuvo segura de que Olivia había salido del edificio, volvió a su escritorio, se conectó al HOLMES y abrió la primera de las cartas que encontró.

Era una nota de unos tíos lejanos que le deseaban un feliz treinta cumpleaños.

Pasó a la siguiente. Y a la siguiente. Y a otra más. Las leyó durante horas, buscando la correcta —o algo que destacara por su importancia— hasta que, poco después de las cuatro de la madrugada, encontró una.

Prueba número: HK/1248/B.

El papel escaneado aparecía en blanco y negro; la letra, aunque con trazos finos e irregulares, era extrañamente pulcra. Estaba dirigida a Elliot y fechada a principios de la década de 2000, varios años después de las visitas originales del Coco. Decía:

· · ·

Mi Coco,

Espero que estés bien. Empecé el colegio esta semana y fue muy difícil. Había muchos niños malos y muchos de ellos ya habían hecho amigos. Yo no conocía a nadie, así que me costaba hablar con la gente y me sentí un poco sola. Pero entonces me acordé de lo que me dijiste. Recuerdo que dijiste que a veces estaba bien estar sola, y que a veces estar sola es un superpoder. Y que hasta los héroes más fuertes necesitan superpoderes.

Te escribo esta carta para darte las gracias por venir a mi habitación, por hablar conmigo. De verdad que me ha cambiado la vida. ¡Gracias!

¿Te veré pronto? A veces creo que te oigo venir, o te veo en la oscuridad. A veces desearía que vinieras para que pudiéramos charlar otra vez.

¡Te echo de menos, Coquito!

Sunshine

A Stephanie se le heló la sangre.

Mi Coco.

Gracias por venir a mi habitación.

Se le había secado la boca. Un sudor frío le perlaba las axilas. Se recostó en la silla, con una mano apoyada sobre el escritorio para aplacar la náusea que se le revolvía en las entrañas.

No era solo el contenido. Era el tono, la calidez informal, la gratitud inocente e ingenua. No era una carta escrita por una persona adulta. Era de un niño. O una niña. Dando las gracias a alguien que había entrado en su dormitorio por la noche. Alguien a quien llamaba Coquito, como si fuera un apodo cariñoso.

Y luego, la despedida.

Sunshine.

Stephanie lo miró fijamente como si fuera a entrar en combustión.

Quienquiera que fuese Sunshine, no solo había conocido a Elliot Broadbent, sino que también había mantenido el contacto. Voluntariamente. Con afecto.

Solo le vino un nombre a la mente.

Abrió otra carta, fechada unos años más tarde. La misma letra, un poco más madura, pero seguía siendo reconociblemente la misma.

¿Adivina qué? Hoy he conocido a alguien. No estoy segura de que dure, pero me ha hecho pensar en ti. Nadie me ha entendido nunca como tú.

A Stephanie se le hizo un nudo en el estómago.

Abrió otra carta.

Esta estaba fechada a finales de la década de 2010. Era más desordenada, apresurada, la letra deshilachada en los bordes, como si la hubieran escrito con prisa o agitación.

Siento no haber podido ir la última vez. Las cosas están un poco revueltas ahora mismo. Pero no me he olvidado de ti.

Stephanie se quedó helada. Volvió al índice de pruebas y buscó todas las cartas firmadas por Sunshine.

Dieciséis resultados.

Dieciséis cartas que abarcaban quince años. Algunas con un año de diferencia. Otras, agrupadas. Todas con matasellos de Surrey. Todas y cada una de ellas impregnadas de la misma lealtad retorcida.

Se recostó, con los ojos fijos en la última línea de la carta más reciente.

Sigo pensando en lo que tuviste que pasar, y siento que te ocurriera. No puedo imaginar el dolor que sufriste. Ahora entiendo por qué hiciste lo que hiciste entonces. Lo entiendo.

Un escalofrío le recorrió la espina dorsal. La carta estaba fechada seis semanas antes.

Stephanie se levantó y fue hacia la ventana. La abrió, dejando que entrara el aire frío y cortante de la noche. Le llenó los pulmones y disipó la nube que se le estaba formando tras los ojos.

En alguna parte, Sunshine seguía escribiendo cartas.

CAPÍTULO
OCHENTA Y TRES

El aire de la mañana estaba cargado de humedad. Stephanie estaba ante la puerta de la casa de Marcus Vickery, golpeando con los nudillos el cristal esmerilado. Dentro, oyó unos leves movimientos: el crujido de las tablas del suelo y, a continuación, una tos ahogada. La puerta se abrió una rendija, con la cadena de seguridad todavía puesta. Marcus se asomó por ella, con los ojos inyectados en sangre y el pelo enmarañado tras una noche de insomnio.

—Inspectora Broadbent —dijo con voz somnolienta—. ¿A qué ha venido?

—Quería pasar a ver cómo estaba, si todo iba bien. Y también hay otra cosa que necesito tratar con usted.

—¿*De verdad*? ¿No puede esperar? —No había emoción en su voz, ni rastro de lucha, como si se hubiera dado por vencido.

—No, no lo creo. Se trata de su...

—¿Marcus? ¿Los quieres revueltos o fritos? —la interrumpió una voz desde el fondo de la casa. Femenina. Conocida.

Marcus cerró los ojos un instante, tensando la mandíbula. —Pase.

Stephanie entró y lo siguió por el pasillo. La casa olía ligeramente a tostadas y a detergente. En la cocina, de pie junto a los fogones, había una mujer con una camiseta ancha y un pantalón de chándal. Connie Vickery, la hermana de Marcus.

Su expresión vaciló al ver a Stephanie.

—¿Ya está de vuelta? —preguntó Connie, cogiendo una espátula—. ¿Cuándo va a dejarlo en paz?

—En realidad, es una visita para ver cómo se encuentra. He venido a ver si su hermano está bien.

Marcus se rascó la nuca. —He estado mejor. Todavía estoy algo dolorido. No he dormido muy bien.

—Claro. Bueno, ya sabe que estamos aquí para ofrecerle apoyo si lo necesita.

Marcus asintió, haciendo una mueca de dolor al hacerlo.

—Hay otra cosa que quería tratar con usted —continuó Stephanie, lanzando una rápida mirada en dirección a Connie antes de volver a centrar su atención en Marcus—. Se trata de su conexión con Elliot Broadbent.

—¿Otra vez? Ya le ha dicho que no tiene ninguna —espetó Connie.

—Al contrario. —Stephanie sacó el móvil del bolsillo y mostró las imágenes escaneadas en la pantalla—. Encontramos unas cartas en la propiedad de Elliot Broadbent. Registramos el lugar después de que quedara claro quién era y encontramos muchas cartas escritas durante los últimos treinta años, más o menos. Algunas, en particular, eran de la misma persona, con la misma caligrafía.

Marcus se inclinó ligeramente hacia delante. —¿Cartas?

Stephanie miró la pantalla y empezó a recitar las frases.

—«Gracias por entrar en mi habitación aquella noche. Después me sentí diferente. Especial». —Levantó la vista—. «Siempre decías que estar sola era una especie de superpoder». ¿Le suena de algo?

Marcus negó con la cabeza. —No. Yo nunca escribí eso.

Stephanie se acercó un paso más. —«A veces te oigo entrar en la oscuridad y desearía que pudiéramos hablar de nuevo». —Hizo una pausa—. ¿Seguro que no tiene nada que ver con usted?

Marcus negó con la cabeza. Por el rabillo del ojo, Stephanie se dio cuenta de que Connie dejaba la espátula con cuidado, en silencio.

—Y había un nombre. Un apodo utilizado al final de una de las cartas.

Lo miró fijamente a los ojos.

—Sunshine.

Marcus parpadeó. Una vez. Dos. Luego se giró lentamente para mirar a su hermana, mientras la verdad se abría paso en su mente.

—Sunshine era el apodo de Connie de pequeña —dijo, con una voz que era apenas un susurro—. Así es como la llamaban mamá y papá.

Connie se quedó paralizada, con la mano aún suspendida sobre los fogones. Apretó la mandíbula y el color desapareció de su rostro.

Stephanie mantuvo un tono de voz tranquilo. —Entró en su dormitorio esa misma noche, ¿verdad, Connie?

Marcus se enderezó, el latido de su corazón resonando audiblemente en el silencio que se había hecho entre ellos. —Fuiste tú. Tú eras la que le escribía cartas.

Los labios de Connie se separaron ligeramente, como si fuera a negarlo, pero no emitió ningún sonido.

—Por eso siempre te ponías tan rara con el correo cuando éramos pequeños —dijo Marcus, entrecerrando los ojos—. Nunca hubo una amiga por correspondencia en África, ¿verdad? Recuerdo que solías esperar junto a la puerta todos los días. Y después... después de que Emma muriera...

Se interrumpió.

Stephanie intervino. —Decidió usted seguir el ejemplo de Elliot.

Connie se estremeció, como si las palabras hubieran tocado algo profundo en su pecho. —Usted no sabe cómo fue —dijo en voz baja, resquebrajándose esa fachada de calma—. Entró en mi habitación por error y yo lo escuché. Y él me escuchó a mí. Nos entendíamos.

—Era un depredador —escupió Marcus—. Nos arruinó la infancia.

—No —replicó ella bruscamente, volviéndose hacia él—. Era un incomprendido. Lo hacía porque su hijo acababa de morir y era la única forma que tenía de sobrellevar el duelo.

Marcus se levantó y su silla chirrió con fuerza contra el suelo de baldosas. —*Tú* has matado a alguien, Connie. Entraste en esa casa y asesinaste a esa pobre niña.

—¡No era mi intención...! —se le quebró la voz—. ¡Fue un

accidente! Nunca quise hacerlo. ¿De verdad crees que después de lo que le pasó a Emma yo querría quitarle la vida a una niña? ¡No! En absoluto.

La voz de Connie se rompió en la cocina, un sonido crudo y ahogado que reverberó en el silencio.

Stephanie dio un lento paso adelante, con la voz baja pero firme.

—Connie Vickery, queda detenida como sospechosa de asesinato. No tiene obligación de declarar...

Pero nunca terminó.

Los ojos de Connie centellearon. En un instante, le lanzó la espátula a Stephanie desde el otro lado de la isla central. Stephanie levantó las manos para defenderse y retrocedió un paso.

—¡Connie! —gritó Marcus, yendo tras ella a trompicones—. ¡No hagas esto!

Pero ya se había ido. La puerta trasera se abrió de golpe con un chasquido seco y la luz de la mañana inundó la cocina, cegadora.

Stephanie se recuperó al instante. Pasó corriendo al lado de Marcus y salió disparada por la puerta hacia el jardín, con los zapatos resbalando sobre las húmedas baldosas.

—¡Connie! ¡Alto!

El jardín era estrecho pero largo, flanqueado por una valla de madera a un lado y una hilera de arbustos descuidados al otro. Connie era rápida —más de lo que Stephanie había esperado—, con el pelo al viento y los pies descalzos golpeando la tierra. El mundo se redujo a aquella carrera. Stephanie se agachó para pasar por debajo de las ramas bajas de un manzano y aceleró, sus botas abriendo surcos en el césped embarrado.

Connie miró hacia atrás, con los ojos desorbitados y desesperados. —¡No fue mi intención!

Connie llegó a la valla del fondo, una barrera baja de madera deformada por años de lluvia. Apoyó las manos y saltó, golpeándose las rodillas con el tablón superior. Durante un segundo, se quedó allí colgada, forcejeando, tratando de pasar al otro lado.

Stephanie la alcanzó justo cuando se dejaba caer hacia delante.

Agarrándola de la chaqueta en plena caída, Stephanie tiró con fuerza. Connie se desplomó al otro lado hecha un ovillo, golpeando la grava del jardín vecino con un grito. Stephanie saltó la valla tras ella, cayendo con fuerza sobre un costado. Un dolor agudo le floreció en las costillas, pero rodó, se puso de rodillas y se abalanzó sobre ella. Forcejearon en el suelo, Connie pateando y gritando, agitándose como una fiera, sus uñas rasgando la chaqueta de Stephanie.

Stephanie esquivó los golpes y rápidamente puso a Connie boca abajo, inmovilizándola al sentarse a horcajadas sobre ella antes de sujetarle las manos a la espalda. Se llevó la mano a la cadera y cogió el par de esposas que había traído consigo, por si acaso Connie estaba de visita. Las sacó y se las aseguró alrededor de las muñecas. Connie dejó de forcejear; su pecho subía y bajaba con profundas y entrecortadas respiraciones. Las lágrimas le corrían por la cara, abriendo surcos en la suciedad.

Stephanie se reincorporó sentándose sobre los talones, recuperando el aliento. El jardín del vecino estaba en calma; el canto de los pájaros regresaba tímidamente sobre sus cabezas.

Había terminado. Lo había conseguido. Había atrapado al Hombre del Saco y a la Mujer del Saco.

CAPÍTULO
OCHENTA Y CUATRO

De todas las casas que Elliot Broadbent había visitado, ninguna se comparaba con esta. Su grandeza era asombrosa, con una habitación tras otra que revelaban nuevos espacios a cada paso. El mobiliario era de ensueño, mucho más allá de lo que él podría permitirse jamás. El lugar rezumaba opulencia, mientras una sensación de tranquila seguridad envolvía a la familia mientras dormía, a pesar de que su seguridad había sido de todo menos una certeza.

Elliot se movió por la planta baja como una voluta de humo, silencioso y escurridizo. Pasó de largo por el salón de planta abierta, con sus sofás de cuero y sus pesadas cortinas de terciopelo corridas para protegerse de la oscuridad. Admiró la intrincada cornisa del techo, el antiguo reloj de pie que montaba guardia junto a la escalera y la gruesa alfombra persa que se extendía como un río desde la puerta hasta la pared del fondo. Una vitrina de cristal exhibía delicadas figuras de porcelana, y se detuvo un momento a admirar su fragilidad e inocencia.

Luego, continuó.

La cocina era de mármol, elegante e inmaculada. Hasta el frutero parecía de exposición, con un solo racimo de uvas, dos peras y una manzana Pink Lady. En la nevera, unas fotos sujetas con imanes de purpurina capturaban momentos de dos niños, un chico y una chica: obras de teatro del colegio, fiestas de cumpleaños, vacaciones.

Elliot les echó un breve vistazo antes de dirigirse a la escalera.

Puso una mano enguantada en la barandilla, de madera oscura pulida hasta brillar como un espejo, y subió lentamente. Los escalones, posiblemente de mármol, no hacían ruido bajo sus pies.

Arriba, el rellano era largo y silencioso. Hizo una pausa para inspeccionar las puertas que tenía delante. Estaban todas cerradas. Al azar. Un juego de adivinanzas.

Escuchó y esperó. El sonido de unos ronquidos se filtraba a través de la puerta que tenía justo enfrente, así que la descartó. Luego se deslizó hacia la siguiente; no había nada que distinguiera la habitación del niño de la de la niña, lo que lo convertía en una lotería, una cuestión de suerte.

Con cuidado, posó la mano en el pomo. La puerta se abrió con un leve chasquido y se abrió de par en par, deslizándose sobre el suelo embaldosado.

Se dio cuenta de su error demasiado tarde.

Había entrado en la habitación equivocada. La luz del exterior se colaba por las rendijas de las cortinas, iluminando suavemente los peluches, los pósteres de las paredes y el puf que había en el centro de la habitación, colocado frente a un televisor.

Bajo el edredón yacía la hija, durmiendo plácidamente, ajena al mundo.

Pero cuando se giró para marcharse, oyó ruidos a su espalda: movimiento, el roce del edredón y un suave bostezo interrumpido por un súbito jadeo.

Elliot se quedó helado, clavado en el sitio. No se atrevió a moverse ni a volverse para mirarla por miedo a que gritara. Aunque iba disfrazado de pies a cabeza, era un riesgo que no podía permitirse correr. Con cuidado, se llevó un dedo a los labios, dispuesto a susurrar.

—No te preocupes —dijo ella, con voz suave y delicada—. No voy a gritar.

Parecía madura, mayor para su edad.

Por razones que no podía comprender, se sintió obligado a

mirarla. Se giró y la encontró sentada contra el cabecero de la cama, con el edredón apoyado ligeramente en su regazo. No había miedo en sus ojos, ni preocupación en su expresión. Parecía extrañamente tranquila, como si lo hubiera estado esperando.

—¿Eres el hombre del que me dijeron papá y mamá que tuviera cuidado?

Elliot se dio cuenta de que su voz sonaba más alta que antes —por seguridad en sí misma, no por pánico— y cerró la puerta antes de acercarse a ella de puntillas.

—Posiblemente —respondió mientras se detenía—. Probablemente.

A su lado había un pequeño peluche de *E.T.* Lo cogió, se lo metió bajo el brazo y empezó a juguetear con sus orejas.

—¿Tienes miedo? —preguntó Elliot.

La niña negó con la cabeza.

—¿Por qué no? Otra gente sí tiene.

—A mí las cosas no me dan miedo. He visto todas las películas de miedo.

Elliot soltó una risita, intrigado por aquella niña. —¿Cuántos años tienes?

—Ocho. ¿Y tú?

—Soy viejo —replicó—. Muy viejo.

—Mi papá también dice que es demasiado viejo. Se queja mucho de que le duelen la espalda y las rodillas.

Se le escapó otra risita, esta vez más fuerte. —Eso es lo que pasa cuando te haces mayor.

—¿Cómo te llamas? —preguntó ella, con una curiosidad similar a la de un niño que navega por internet.

Él tartamudeó. —No... no puedo decírtelo. Es un secreto. Pero... ¿qué te parece si me llamas Batman?

—¿Batman? ¿Como *el* Batman?

Asintió. —¿Cómo puedo llamarte yo a ti?

—Me llamo Connie. Pero si quieres mi apodo, mi mamá y mi papá siempre me llaman Sol.

Se fijó en la amplia sonrisa de su cara; el apodo era apropiado.

—¿Qué haces aquí, Batman? —preguntó ella—. ¿Has venido a ver a mi hermano?

Él asintió.

—¿Por qué?

—¿Que por qué he venido a verlo?

—¿Por qué lo haces?

A Elliot se le formó un nudo en la garganta. No sabía por qué, pero se sintió unido a esa niña. Se sentía a salvo con ella, como si pudiera confiarle sus secretos más oscuros y profundos; si hubiera querido traicionarlo y gritar, ya lo habría hecho.

—Estoy de luto —respondió, acomodándose en el suelo junto a ella—. ¿Sabes lo que significa esa palabra?

Con una mano en la oreja de E.T., dijo: —Creo que sí.

—Significa que ahora mismo estoy muy triste. Mi hijo, que tenía la misma edad que tu hermano, murió hace unas semanas, y he descubierto que observar a niños como tu hermano mientras duermen me hace sentir mejor porque me recuerda a mi hijo cuando dormía.

Connie se tomó un momento para asimilar esta información.

—Lo entiendo —dijo en voz baja—. No me gusta que la gente esté triste. Yo tenía un pez que se murió, y eso me puso muy triste. Así que conozco la sensación.

Él se rio entre dientes ante su ingenuidad. Era demasiado joven para comprender la diferencia entre las dos cosas y que la pérdida de un pez no era comparable a la de un hijo.

—No es muy agradable, ¿verdad?

Connie negó con la cabeza. —¿Vas a ir a ver a mi hermano de todas formas?

—Creo que no. Ya no. Quizá en otro momento.

—Puedes ir si quieres. No te lo voy a impedir. Yo me volveré a dormir.

No podía creerlo. —¿Estás segura?

—Sí. Ha sido un placer conocerte, Batman. Buenas noches.

—Luego, simplemente salió de mi habitación —dijo Connie, jugueteando con un trozo de pañuelo de papel que tenía en las manos—. Todo lo que recuerdo del resto de esa noche es estar tumbada en la cama, escuchándolo moverse por la casa e inflar el globo antes de escabullirse por la puerta trasera.

El silencio que siguió fue denso. Connie no levantó la vista. Tenía la mirada fija en el trozo de pañuelo de papel arrugado que tenía en el regazo, enrollándolo y desenrollándolo con dedos lentos e inquietos.

Giles estaba atónito. Tardó un momento en recomponerse.

—¿Qué pasó cuando se despertó?

—Nadie estaba preocupado por *mí*. Solo les preocupaba mi hermano. —Se encogió de hombros, como si ya no importara, aunque la forma en que se le contrajeron indicaba que todavía le afectaba.

—¿Y qué hizo usted?

—Nada. Me lo guardé para mí. Hasta que un día, unos meses después, volvía a casa del colegio y un hombre me paró delante de mi casa. Era él. Lo supe enseguida. Me llamó Sol y yo a él, Batman. Me dio una carta.

—¿No tuvo miedo?

—No tenía por qué. Yo era una chica.

Giles no encontró ninguna fisura en su argumento.

—¿Qué decía la carta?

—Me daba las gracias por no haberle dicho a la policía que lo había visto. Y a partir de ahí, seguimos en contacto. Nos escribimos durante años. Con el tiempo me dio una dirección de apartado de correos, dijo que sería más seguro. Creo que tenía miedo de que la policía siguiera vigilándolo. Así que yo echaba mis cartas en el buzón de la esquina y, de vez en cuando, recibía una suya.

Giles abrió la boca, pero no le salieron las palabras.

Connie continuó, ahora en voz más baja, más reflexiva. —Le contaba cosas que no podía contarle a nadie más. Sobre el colegio. Sobre lo sola que me sentía. Sobre Emma, cuando murió. Él siempre me contestaba. Siempre. Aunque solo fueran unas pocas líneas.

—¿Lo mantuvo en secreto?

Dejó escapar una risa seca y amarga. —¿A quién podía decírselo? ¿Qué les iba a contar? ¿Que había mantenido el contacto con el hombre que entró en nuestra casa y le provocó pesadillas a mi hermano durante años? Me habrían encerrado en un psiquiátrico. —Tragó saliva—. Era como un amigo para mí. Uno de los más íntimos que he tenido nunca. Incluso le envié fotografías de Emma cuando nació. Dijo que era preciosa y que se parecía a mí. Cuando me la arrebataron, experimenté el mismo duelo que él. Así que decidí imitarlo, procesar el duelo de la única forma que conocía.

CAPÍTULO
OCHENTA Y CINCO

Stephanie se estaba frotando los ojos para quitarse el sueño cuando Olivia entró en su despacho.

—Señora, estaba revisando lo que dijo, y yo...

La agente se interrumpió a media frase.

—Oh, lo siento. Debería haber esperado. Me he precipitado. No interrumpía nada, ¿verdad?

Stephanie se pellizcó el puente de la nariz y luego apoyó las manos en el escritorio. —Solo el comienzo de una jaqueca muy larga —respondió—. ¿Qué es?

En las manos, Olivia sostenía una lata de Coca-Cola Light —combustible para aguantar hasta el final del día— y un fino fajo de documentos. Se apresuró hacia el escritorio de Stephanie y le entregó los documentos, dándole un largo sorbo a su bebida mientras Stephanie se los cogía.

—¿Qué es esto? —preguntó sin mirarlos.

—Estaba revisando lo que mencionó y pensé que esto podría interesarle —explicó Olivia—. Es otro certificado de nacimiento.

—¿*Otro* certificado de nacimiento?

Stephanie bajó la vista hacia el primer papel que tenía en las manos. Era un escaneo digital de un certificado de nacimiento sucio y manchado de un tal Jordan Broadbent.

—Jordan... —masculló Stephanie en voz baja. No conocía a ningún Jordan Broadbent y nunca se había topado con nadie con ese nombre en su infancia. ¿Otro primo del que no sabía nada? O quizá otro tío que, sin duda, era un delincuente como sus dos hermanos.

—No tiene fecha —dijo—. En el espacio donde debería estar la fecha de nacimiento había un gran rasgón, como si alguien lo hubiera arrancado deliberadamente.

—Lo sé. No parece que lo hayan cuidado muy bien.

No era de extrañar, dado el estado del resto de la casa de Elliot.

—¿Ha encontrado alguna otra mención a Jordan entre las posesiones de Elliot?

Olivia terminó su sorbo de Coca-Cola Light. —Había un par de cosas en las cartas de unos diez años antes de las visitas del Bogeyman, por la época del nacimiento de su primo Ryan.

—¿Qué decían?

—Que se habían peleado por algo. Algo gordo, creo. —Olivia vaciló, guardándose cualquier información adicional.

Stephanie la presionó: —¿Qué decía?

Olivia se puso a jugar con la anilla de la lata. —¿Tuvo usted... tuvo usted alguna vez la impresión, mientras hablaba con su tío, de que él... de que podría haber sido gay?

Stephanie sintió como si le hubieran dado una bofetada. Casi soltó una risita de desdén, pero consiguió contenerse.

—¿Gay? No. No tenía ni idea. ¿Qué le hace pensar eso?

Olivia se aclaró la garganta. —Bueno... había cartas entre él y Jordan, y, bueno..., eran un poco íntimas, por así decirlo. Un poco picantes en algunas partes. Intenté no leerlas todas porque entraban en detalles bastante explícitos, pero no pude evitarlo. Las he impreso y las he puesto detrás del certificado de nacimiento, por si le interesa. Pero sí, creo que su tío podría haber sido gay. Y podría haberlo sido por Jordan.

Stephanie se tomó un momento para asimilar esta nueva información. Era lo último que se esperaba. Aun así, no cambiaba lo que sentía por aquel hombre; seguía siendo un delincuente, alguien que merecía estar entre rejas.

También explicaba por qué nunca se había encontrado ninguna mención de una tía en ningún momento de su historia familiar ni había visto a ninguna en las fotos. Ninguna señora Elliot Broadbent en los libros de historia. Quizá habían estado juntos en algún momento, su hijo había nacido y entonces el secreto de Elliot (uno de tantos) había salido a la luz, lo que la impulsó a huir y dejar al niño con su padre.

—Entonces, ¿qué, cree que Elliot podría haber llamado a su hijo Ryan pero luego cambió de opinión y lo llamó Jordan?

Olivia negó con la cabeza. —Al revés. Creo que Elliot llamó a su hijo como ese tal Jordan y luego le cambió el nombre a Ryan.

—¿Por qué?

Olivia señaló los papeles en la mano de Stephanie. —Porque hay una carta igual de jugosa en la que Elliot llama a Jordan sucio mentiroso y tramposo. Así que supuse que ese fue el final de su relación. La fecha que figura en ella es justo después de que naciera Ryan.

Stephanie asintió lentamente. Necesitaría tiempo para procesar todo esto, pero por ahora, creía entender la mayor parte.

—Gracias —dijo distraídamente—. Le agradezco que escarbe en mi árbol genealógico.

—De nada, señora. ¿Hay algo más que necesite que haga?

Con la mirada fija en el nombre del certificado de nacimiento, Stephanie negó con la cabeza. Como era de esperar, su jaqueca había empeorado. —No, creo que eso es todo.

Olivia se dio la vuelta y se dirigió a la puerta. Justo cuando la abría, Stephanie la llamó de nuevo.

—En realidad, Wellard, sí que había otra cosa.

—¿Sí, señora?

—Ese... ese otro asunto que le pedí que investigara. ¿Cómo va?

Olivia le sonrió con entusiasmo, como si estuviera reviviendo el cotilleo de las cartas de su tío. —Justo me pongo con ello ahora mismo, señora. Déjemelo a mí.

CAPÍTULO
OCHENTA Y SEIS

El aire del gimnasio era cálido y húmedo, cargado del penetrante olor a sudor. Leves golpes secos resonaban en el tatami mientras los cuerpos chocaban, se barrían las piernas y se aplicaban llaves de brazo. La música sonaba a todo volumen por los altavoces. Stephanie yacía boca arriba, con la respiración entrecortada y el brazo de una mujer llamada Lianne firmemente aprisionado entre sus muslos en una llave de brazo de manual.

—¡Palmea, palmea! —ladró Lianne, y Stephanie la soltó, dejándose caer hacia atrás con un quejido de cansancio.

Se secó la frente con el antebrazo y se incorporó, con el pecho subiéndole y bajándole agitadamente. Hubo un instante de silencio antes de que el agudo zumbido de su móvil irrumpiera en la sala.

Stephanie lo cogió del borde de la colchoneta. Kimberley.

Su primer pensamiento fue que Kimberley llamaba por lo del bebé, que algo iba mal y que la necesitaba de inmediato. Aún recuperando el aliento, le hizo una seña a Lianne con un dedo para que esperara y contestó la llamada. —¿Oye, está todo bien?

—Hola —dijo Kimberley, en voz baja y con vacilación.

Stephanie se apartó de la colchoneta, serpenteando entre una fila de sacos de boxeo. Se detuvo junto a las taquillas y se apretó el móvil contra la oreja. —¿Está todo bien?

—Llamaba para preguntarte... —Una pausa. Tragó saliva—. El funeral. ¿Vas a venir?

Stephanie apoyó el hombro contra el frío acero de las taquillas. Se le hizo un nudo en la garganta. Habían pasado un par de días desde la detención de Connie, pero solo podía pensar en su tío y en cómo la maldad corría por las venas de su familia.

—No lo sé —respondió tras un instante—. Puede.

—¿Puede? —La voz de Kimberley se suavizó—. Steph, vamos. Sé lo complicado que es todo. De verdad. Pero... es familia. Sería bueno para ti. Para nosotras.

Stephanie no dijo nada. Una gota de sudor le resbaló por la sien y se detuvo en el borde de su mandíbula.

—¿Y cómo has llegado a esa conclusión?

—No lo digo por él —añadió Kimberley—. Dios sabe que no voy a llorar por ese hombre. Sino por nosotras. Para tener una especie de cierre. Como si por fin pudiéramos dejar atrás todo lo relacionado con esa parte de nuestra familia.

—A no ser que encontremos a otro tío o primo que aparezca de repente en nuestras vidas.

Kim soltó una risita incómoda. —¿Entonces qué me dices?

Stephanie se frotó la cara con una mano. El dojo zumbaba débilmente a su espalda. Gritos, los fuertes impactos contra las colchonetas, risas.

—Me lo... me lo pensaré —dijo en voz baja.

—Vale —contestó Kimberley—. Espero que vengas. Creo que será bueno.

La comunicación se cortó.

Stephanie se quedó quieta un momento, con el móvil en la mano y el sudor enfriándosele en la piel.

Luego se dio la vuelta y caminó de regreso a la colchoneta.

CAPÍTULO
OCHENTA Y SIETE

Las persianas estaban a medio bajar y proyectaban franjas oblicuas de luz solar sobre la mesa. Stephanie estaba sentada en un extremo, con una expresión indescifrable, mientras Devon se recostaba en la silla a su lado. Un vaso de papel con café le temblaba en la mano y el líquido del interior chapoteaba con cada movimiento.

La puerta se abrió y entró el inspector jefe Clive McGowan, recién llegado de dos semanas de permiso. Parecía descansado y, a pesar de haber pasado todo el tiempo en el campo a mediados de octubre, estaba de algún modo más bronceado de lo habitual. Sujetaba una gruesa carpeta bajo el brazo.

—Buenos días —dijo.

Stephanie y Devon balbucearon un saludo.

McGowan dejó caer la carpeta sobre la mesa con un golpe seco. Se quedó de pie, mirándolos alternativamente como un director de colegio que examina a dos alumnos desobedientes.

—Parece que nosotros tres tenemos algunas cosas que discutir —dijo.

—Supongo que por eso estamos aquí —replicó Devon.

—Muy bien, sargento. Empecemos por usted, ¿le parece?

Stephanie pudo ver y oír cómo Devon tragaba saliva a su lado.

—Esto también le concierne a usted, Steph, así que no crea que ya se ha librado. —Clive abrió la carpeta y sacó las fotos de ella que habían publicado en internet. Había perdido la cuenta de las veces que las había visto—. ¿Le importaría a alguno de los dos explicar qué está pasando —o qué *pasó*— en estas fotos?

—¿Qué pasó? —repitió Steph, con la voz cargada de estupefacción. Miró rápidamente a Devon, que parecía tan avergonzado como ella—. No es lo que parece. En absoluto. No pasó nada de eso. Yo solo estaba...

—Solo me estaba ayudando a ordenar —intervino Devon tras carraspear—. Esa mañana llegaba tarde al trabajo, Steph vino a meterme prisa y se ofreció a echarme una mano porque tenía que limpiar el piso antes de irme.

McGowan no parecía convencido. —¿Y esto? —Señaló las botellas de alcohol en la mano de Stephanie.

Devon se inclinó hacia delante, como si las inspeccionara por primera vez. —Eso, señor, es la prueba de que lo pasé bien. Una noche que apenas recuerdo.

—¿Es todo suyo?

—Sí. Pero es alcohol acumulado. De un par de semanas.

—Ya. —McGowan miró a Devon con recelo, esta vez sin que su expresión delatara nada. Después de un rato, se volvió hacia Stephanie—. ¿Es eso cierto?

Ella tragó saliva con dificultad. —Sí, señor. Ordené la basura de su piso.

No era una mentira total. De hecho, era completamente cierto. Solo había omitido mencionar el *contexto* de la limpieza.

McGowan no respondió de inmediato. Su mirada iba del uno al otro y la piel alrededor de sus ojos se tensó al fruncir el ceño. Finalmente, exhaló por la nariz. —Aunque eso sea verdad —y, por ahora, elegiré creer que lo es—, no cambia las apariencias. Ambos sois oficiales de alto rango. La gente espera de vosotros liderazgo, no... lo que sea que es esto. Que os pillen los paparazzi como si fuerais unos salidos de *Love Island*.

—Me sorprende que sepa lo que es *Love Island*, señor —replicó Devon.

McGowan ignoró el comentario y centró su atención en otra cosa de la carpeta. Sacó otra hoja de papel y la deslizó sobre la mesa.

—¿Le suena de algo el nombre de Perry Watson, Stephanie?

Un escalofrío le recorrió el cuerpo. No dijo nada.

—Porque este es un correo electrónico de su asistente social, que contactó con su antiguo funcionario de prisiones para notificarle que alguien con el nombre de inspectora Stephanie Broadbent había hablado con él sobre el tiempo que pasó con Colin Broadbent.

—Parece que ya sabe todo lo que hay que saber —replicó ella.

—¿Por qué fue a verle? De hecho, ¿*cómo* consiguió sus datos personales? Es una infracción muy grave.

Stephanie estaba a punto de responder, pero Devon se adelantó. —Tengo un amigo que conoce a un tipo que me debía un favor, así que se lo cobré. Era importante. Steph pensó que los casos podrían estar relacionados, así que hicimos lo que teníamos que hacer.

Clive abrió la boca para responder, pero se contuvo. El vínculo entre Colin, Elliot y el Bogeyman era tangible, así que no podía negar que ella tenía un motivo justificado.

—Os habéis saltado el procedimiento —dijo.

Devon levantó las manos en señal de derrota. —Y lo acepto, pero si no lo hubiéramos hecho, puede que no hubiéramos descubierto la identidad del Bogeyman.

Clive gruñó. Bajó la vista a las notas como si buscara una respuesta. —Me he ido dos semanas y parece que ambos habéis aprovechado para ir a vuestro aire.

—No exactamente, señor —dijo Stephanie con firmeza—. No estoy de acuerdo con eso. Hicimos nuestro trabajo. El equipo estuvo excelente. Y hemos cerrado dos casos, uno de ellos que llevaba treinta años pendiente. Y, ya que hablamos de ir a nuestro aire, ¿le dice algo a *usted* el nombre de Myles Delaware?

El inspector jefe rebuscó en su memoria. Después de un rato, negó con la cabeza.

—Él parecía recordarle —dijo ella—. Dijo que usted era agente en la época de la antigua investigación del Bogeyman y que se las arregló para hacer desaparecer algo con la ayuda de un pequeño incentivo.

McGowan se removió incómodo en su silla. Bajó la mirada a la mesa.

—Eran otros tiempos —dijo.

—Ya, ya.

—Quizá deberíamos olvidar que he dicho nada sobre esto —dijo McGowan.

Stephanie sonrió con aire de suficiencia. —Me gusta cómo suena eso. ¿Devon?

El sargento sonrió, levantándose ya de la silla. —A mí también, Steph. A mí también.

CAPÍTULO
OCHENTA Y OCHO

Quedaba una última cosa en su lista de tareas pendientes, algo que había estado esperando con ganas desde que se cruzó con el exinspector.

Stephanie detuvo el coche frente a la mansión de columnas blancas; la gravilla crujió bajo los neumáticos al parar. La verja seguía abierta por una llegada reciente, y el sol relucía sobre el capó del Aston Martin Vantage plateado, aparcado con orgullo en la entrada. Salió del coche, se alisó las arrugas del abrigo y caminó con decisión hacia la puerta principal. Antes de que pudiera llamar, esta se abrió de golpe.

Gavin Lockwood estaba en el umbral, completamente vestido, con un vaso de whisky medio lleno en una mano. Su expresión se agrió en cuanto la vio. Para su sorpresa, no había ningún perro guardián leal a su lado.

—Usted otra vez —dijo él, con voz ronca por el sueño, el alcohol o ambas cosas—. ¿Qué demonios quiere ahora?

Stephanie no se inmutó. Señaló con un gesto el coche aparcado delante del garaje. —Bonito Aston.

Gavin miró por encima del hombro de ella. —¿Y qué?

—Solo lo admiro. Siempre he querido uno. ¿Cuánto cuestan ahora? ¿Doscientos mil? Quizá más. Debe de haber costado una fortuna. —Ladeó la cabeza—. Lo curioso es que he comprobado la matrícula en el sistema. Consta como robado. Mil novecientos noventa y cuatro. Desapareció de un concesionario de Surrey. Se esfumó sin dejar rastro.

A Gavin se le tensó la mandíbula. —Lo compré legalmente.

—¿De verdad? —Stephanie enarcó una ceja—. Porque tengo pruebas que sugieren lo contrario.

Gavin palideció.

Stephanie se acercó un paso más, con voz tranquila pero firme. —He estado investigando. Y, aparte de ser un maltratador de mujeres y el Hombre del Saco, resulta que mi padre y mi tío también eran conocidos en la zona por ser ladrones de coches. La otra noche, estaba repasando algunos de los expedientes del caso relacionados con sus nombres y encontré algo sobre un Aston Martin Vantage desaparecido. ¿Y quién era el inspector jefe de la investigación en ese caso? Exacto, era usted. Y cuando el cerco se estrechó demasiado, usó su rango para enterrar el caso. A cambio, prometió hacer desaparecer las acusaciones de agresión contra Colin. Y se aseguró de que la investigación del Hombre del Saco perdiera fuelle justo en el momento oportuno. Todo por un coche robado, Gavin.

Gavin soltó una risita despectiva y retrocedió hacia el umbral en un intento de mantener la compostura. —Eso es absurdo. No tiene pruebas.

Stephanie metió la mano en el abrigo y sacó una carpeta. La abrió y dio unos golpecitos en la primera hoja. —Tengo declaraciones de testigos; en particular, del hombre que construyó ese garaje. ¿Se acuerda de él? Hablé con él el otro día. Ah, y para respaldarlo, tengo cartas, Gavin. De Colin. De Elliot. Confirmándolo todo. Prometiendo silencio, lealtad y obediencia. Y a cambio, usted guardó sus secretos y enterró sus crímenes. Usted amparó a monstruos. Los protegió porque usted era uno de ellos.

Gavin abrió la boca, pero no le salieron las palabras. Se le hundieron los hombros y, por un segundo, el hombre que una vez había dirigido un equipo de policía parecía más bien un jubilado al que habían pillado haciendo trampas a las cartas.

Stephanie dio un paso atrás y sacó su placa. —Gavin Lockwood, queda usted detenido como sospechoso de conspiración para obstruir a la justicia, prevaricación en el ejercicio de un cargo público y complicidad en múltiples actos delictivos. No está obligado a decir nada...

—Esto es una locura —espetó él—. No puede hacer esto...

—... pero podría perjudicar su defensa si no menciona, al ser interrogado, algo en lo que posteriormente se base en el juicio. Todo lo que diga podrá ser usado como prueba.

Le agarró el brazo. Él intentó resistirse, pero el whisky había mermado sus reflejos. Gruñó mientras ella lo giraba y le ponía las esposas.

—Esto no va a prosperar —masculló.

—Puede que no —dijo Stephanie, guiándolo hacia el coche—. Pero manchará la poca reputación que le quede.

Mientras el sol se ocultaba tras los árboles y el Aston Martin permanecía reluciente y silencioso en la entrada, Stephanie no pudo evitar sonreír.

Un hombre más esposado. Un secreto más sacado a la luz.

CAPÍTULO
OCHENTA Y NUEVE

El funeral fue tan lúgubre y vacío como el hombre al que enterraban.

Stephanie se quedó al fondo de la iglesia, con las manos metidas en los bolsillos de su abrigo negro, mientras la lluvia salpicaba el suelo de piedra justo al otro lado de las puertas abiertas. Un ataúd de madera clara descansaba en la parte delantera, rodeado por dos coronas de flores y filas de bancos vacíos. No había sabido qué esperar. Algunos parientes lejanos, un puñado de vecinos. Pero no había nadie. Solo ella, Kimberley y el sonido de un equipo de música que apenas funcionaba resoplando *My Way*.

Stephanie no lloró. Ni una sola vez.

Permaneció completamente quieta, con la mirada fija en el ataúd, como si este pudiera moverse, como si él pudiera incorporarse y revelar que todo el tiempo se había tratado de su padre.

El vicario concluyó el servicio en menos de quince minutos.

Al salir a la llovizna, Stephanie siguió a Kimberley hasta la tumba sin decir una palabra. Se resguardaron bajo un paraguas, observando cómo bajaban el ataúd. La tierra golpeó la tapa con un ruido sordo.

—¿Estás bien? —preguntó Kimberley en voz baja.

Stephanie asintió sin comprometerse. —Bien. Solo tengo frío.

Pero Kimberley ya no la miraba a ella; tenía la vista clavada en alguien al otro lado del cementerio. Un hombre de unos treinta y pocos años, alto y vestido con un abrigo oscuro.

Stephanie entrecerró los ojos. Algo en él le resultaba familiar. Su porte. Su forma de mirarlas.

—¿Amigo suyo? —murmuró ella.

El silencio de Kimberley se alargó demasiado.

—¿Kim?

—Iba a contártelo —dijo por fin—. Es que no sabía cuándo.

Stephanie se volvió hacia ella. —¿Contarme qué?

—Ese es... ese es Jordan —tragó saliva—. Es nuestro hermano.

Stephanie parpadeó. —¿Perdona, cómo?

—Hermanastro —la corrigió Kimberley rápidamente—. Papá tuvo otro hijo mientras estaba con mamá.

—¿Tuvo una aventura?

Kimberley asintió. —Y cuando Jordan nació, la mujer se lo plantó a papá y a mamá en la puerta de casa. Obviamente, mamá no quiso saber nada de él, así que papá se lo dio a Elliot para que reemplazara al hijo que se le murió, y él ha cuidado de Jordan desde entonces.

Stephanie tardó un momento en asimilar la información. Una aventura. Un hermanastro. Un nuevo hijo para Elliot. Uno que reemplazara el enorme vacío de su corazón. La razón por la que las visitas del Coco habían terminado tan bruscamente. Estaba en shock.

—¿Cómo te enteraste de esto?

—Cuando fui a la casa la otra noche, encontré el certificado de nacimiento de Jordan. Tenía el nombre de papá, y me pareció un poco raro. Luego les pedí a los abogados que lo investigaran y me ayudaron a localizarlo. Quedé con él el otro día y le conté lo que estaba pasando. Resulta que él y Elliot se distanciaron hace unos años y perdieron el contacto.

Los certificados de nacimiento. Ahora todo tenía sentido. Por eso había dos nombres.

Stephanie continuó con la mirada perdida en el vacío. —¿Por eso insististe tanto con el funeral?

Ella sonrió con inocencia.

—Kim, creía que habíamos dicho que no habría secretos.

—Este es el último, te lo prometo.

—Yo... No sé qué quieres que te diga —respondió Steph. Su mente iba a toda velocidad y, en ese momento, solo podía pensar en su padre. En que Jordan era su vástago, que era su padre reencarnado.

—No es mi hermano —dijo finalmente.

—Lo es. Quieras o no.

En ese instante, Kimberley lo llamó con un gesto de la mano. Él cruzó el espacio a toda prisa y llegó un momento después, deteniéndose a pocos metros de ellas, con los zapatos hundiéndose ligeramente en la tierra blanda. Saludó con un educado movimiento de cabeza, las manos hundidas en los bolsillos del abrigo, y sus ojos revolotearon entre ellas. Pero cuando miró a Stephanie, algo dentro de ella se bloqueó.

Tenía los ojos de su padre. La misma inclinación de la frente, la forma de la boca, incluso la manera de ladear la cabeza al mirarla. Era asombroso. Como un fantasma vestido de carne y hueso.

—Soy Jordan —dijo con voz grave y baja—. Solo... solo quería saludar. Por lo visto, somos hermanastros.

Stephanie no dijo nada.

Kimberley le dedicó una sonrisa amable y le frotó el brazo. —Gracias por venir.

Stephanie apretó la mandíbula.

No podía seguir mirándolo.

Sintió una opresión en el pecho, el aire húmedo de repente demasiado denso, demasiado mojado. Cada bocanada de aire se le atascaba en la garganta.

—Tengo que irme —dijo bruscamente, en voz baja.

—Steph... —empezó Kim, pero Stephanie ya se estaba alejando.

No esperó a oír lo que Jordan tenía que decir. No quería oírlo.

Abrió la pequeña verja de hierro, sin apenas ver por dónde iba.

Llegó a su coche y entró, agarrando el volante con tanta fuerza que los nudillos se le pusieron blancos. Miró a través del parabrisas un momento, mientras la lluvia repiqueteaba suavemente contra el cristal.

Arrancó el motor. La radio se encendió y la apagó con un brusco toque del dedo. Se quedó allí sentada, respirando.

Luego, sin volver la vista atrás, se marchó.

FIN

Pero no del todo. La historia continúa en EL HOMBRE EN LLAMAS:

Cuando se encuentran los restos calcinados de un cuerpo en las pintorescas colinas de Surrey, se reaviva el trauma del pasado de la inspectora Stephanie Broadbent.
La víctima ha sido quemada viva. Sin pistas. Sin testigos. Pronto toda pista se reduce a cenizas.
Cuando aparece otro cadáver, Stephanie descubre una conexión que amenaza con prender fuego al mundo—y a más cuerpos—.
Si quiere atrapar al asesino, tendrá que meterse en las llamas y enfrentarse a su miedo.

¡Descubre qué sucede en EL HOMBRE EN LLAMAS en Amazon ahora! ¡Haz clic AQUÍ para conseguir tu copia!
O da la vuelta a la página para leer un extracto exclusivo.

EL HOMBRE EN LLAMAS - VISTA PREVIA EXCLUSIVA

CAPÍTULO
UNO

Cuando Nigel Hadlow abrió los ojos por primera vez, una aguda punzada de dolor le estalló en la nuca, relampagueando como una tormenta eléctrica, y lo dejó aturdido y desorientado. Al abrirlos de nuevo, mientras la vista se le despejaba, abarcó su entorno con la mirada y se dio cuenta de que estaba encerrado entre cuatro paredes de madera que parecían estrecharse a su alrededor.

El aire de mediados de noviembre era frío y cortante, húmedo por el olor a heno y a estiércol en descomposición que llegaba de fuera, pronto dominado por un hedor químico que se le adhería al fondo de la garganta como si fueran astillas y le revolvía el estómago.

Intentó moverse.

No ocurrió nada.

Lo intentó de nuevo, tensando los brazos y las piernas, y fue entonces cuando se dio cuenta de que tenía las manos extendidas a ambos lados, fuertemente atadas por las muñecas con lo que parecía una cuerda, ancladas a algo en el suelo de hormigón. Estiró el cuello para mirarse el cuerpo y, a la débil luz, vio que también tenía los tobillos atados juntos, sujetos con una cuerda a algo frío y duro.

Estaba en una película de terror.

El pánico afloró en su pecho.

Intentó gritar, pero la voz le salió débil y rota, como si hubiera estado chillando durante un tiempo sin darse cuenta.

¿Qué demonios estaba pasando? ¿Cómo había acabado allí?

Cerró los ojos e intentó recordar.

Había parado en el arcén tras oír un ruido extraño en los neumáticos. Había dejado el motor en marcha y se había bajado del coche para inspeccionarlos por la parte delantera. Entonces, otro coche se había detenido, de forma brusca y en ángulo, con los neumáticos chirriando como si el conductor tuviera prisa. Una figura había salido y se había dirigido hacia él. Estaba oscuro —eran más de las siete—, por lo que la visibilidad era escasa, salvo por los faros que iluminaron brevemente los rasgos de la figura. Y, sin embargo, había habido algo familiar en aquel rostro, ¿no?

Sí.

Pero no conseguía ubicarlo. Un rostro perdido hacía mucho tiempo. Perdido en el tiempo, perdido hasta convertirse en menos que un recuerdo.

Y luego, la oscuridad.

No se había dado cuenta de que la pistola táser salía del bolsillo de la figura. Su cerebro se había desconectado por completo. Y ahora estaba allí, en medio de un lugar frío y oscuro, atado al suelo como si estuviera en una cruz.

El sonido de la pistola táser resonó de nuevo en sus oídos, furioso y eléctrico.

Pronto fue reemplazado por otro ruido. Algo cercano. Más repetitivo. Más áspero.

Acercándose. Cada vez más fuerte.

Vislumbró algo por el rabillo del ojo. Un destello naranja, rojo, amarillo. Pequeño al principio, pero inconfundible. Una llama, asomando por debajo de la pared de madera.

Tan pronto como lo registró en su delirio, el cuerpo de Nigel tembló contra las cuerdas. Tiró con todas sus fuerzas, pero las ataduras no cedieron. Cuanto más forcejeaba, más se le clavaban las fibras en la piel, abriéndole surcos en las muñecas y los tobillos. La sangre goteaba, cálida e inútil.

En cuestión de segundos, una línea de fuego reptó por la base de una de las paredes, consumiendo con avidez la paja y los restos de madera como si fueran papel seco, escupiendo ascuas al aire. Las vigas de madera de arriba gimieron y crujieron, sus estructuras ampollándose bajo el calor.

Nigel gritó.

Puro terror animal.

El fuego avanzó, arrastrándose por el suelo hacia él. El denso humo se espesó, envolviéndole el rostro y llenándole los pulmones. Tosió y tuvo arcadas, con la garganta atenazada mientras el oxígeno abandonaba su cuerpo.

Su pecho se convulsionaba, cada inhalación era una agonía, como si fragmentos de cristal le desgarraran la tráquea.

—¡Socorro! —graznó, con la voz quebrada. Fue poco más que un susurro.

Las llamas continuaron su avance, como un depredador acechando lentamente a su presa. Podía sentir el calor, abrasador, achicharrante, chamuscándole el vello del cuerpo. La espalda se le arqueó instintivamente, tratando de liberarse de sus ataduras, pero las cuerdas se mantuvieron firmes.

Se retorció. La piel le escocía. Luego, le hervía.

El fuego besó primero sus botas, derritiendo las suelas. Las llamas estallaron alrededor de sus tobillos, luego se enroscaron en las corvas, devorando las cuerdas hasta carbonizarlas y partirlas. El dolor llegó rápidamente. Grandes oleadas de agonía brotaron en su interior. Poco después, la carne se le ampolló y luego reventó. La agonía era candente, trepándole por las piernas como plomo fundido. Volvió a gritar, pero el humo le robó el sonido de la garganta, igual que estaba a punto de robarle la vida.

Su cuerpo se convulsionó.

Y entonces llegó la peor parte. Darse cuenta de que no iba a morir al instante.

De que sería lento y deliberado, diseñado para hacerle sufrir, para hacerle sentir cada segundo atroz.

El fuego le subió por el estómago, extendiéndose sobre su pecho y enroscándose bajo sus brazos. Su camisa prendió: una llamarada como una cerilla en ramas secas. La piel se le despellejó. Los ojos se le desorbitaron. Sus labios se separaron, pero ya no pudo gritar. Solo el sonido del ahogo. Asfixiándose en el humo.

Sobre él, la estructura del edificio volvió a gemir.

Giró la cabeza en un último acto instintivo, esforzándose por mirar hacia la puerta que nunca se abriría. Hacia el aire que nunca respiraría. Hacia la luz que nunca llegaría.

Y entonces, la oscuridad, y el dolor cesó.

CAPÍTULO
DOS

El huevo se agitaba violentamente en el agua hirviendo, rebotando contra las paredes del cazo Tefal nuevo que había comprado el fin de semana como si intentara escapar. Stephanie se apoyó en la encimera de la cocina, con los brazos cruzados, observando cómo las burbujas estallaban y saltaban como si estuvieran en un concierto. Quedó hipnotizada, absorta en las burbujas, mientras sus ojos se esforzaban por seguir el huevo, que rebotaba y danzaba sin parar. Inclinándose hacia delante, acercó la cara al agua. El calor era intenso y se retiró rápidamente cuando unas gotas de agua le salpicaron el brazo. Sintió un fogonazo de dolor en la piel desnuda y se la enjuagó bajo el grifo. Unos instantes después, el dolor remitió, sustituido por una sensación sorda y de adormecimiento. Cerró el grifo y se quedó mirando el pequeño verdugón rojo que florecía en su antebrazo. Un pinchazo de dolor.

Se quedó allí un momento, apoyada en el fregadero, mirando hacia fuera. Aquella mañana había empezado a caer una ligera llovizna que repiqueteaba contra la ventana.

Entonces el agua del cazo empezó a desbordarse y a chisporrotear en la vitrocerámica, distrayéndola. Reaccionó al instante, retirando con cuidado el pesado cazo por el asa con ambas manos. El vapor se enroscaba desde el recipiente, alzándose como dedos fantasmales. Manteniendo una mano en el asa, apagó la vitrocerámica con la otra. Justo cuando empezaba a verter el agua en el colador que había encontrado olvidado al fondo de uno de los armarios, su teléfono empezó a sonar, vibrando con furia sobre la encimera. Sus ojos se desviaron hacia la pantalla y, en esa breve décima de segundo, inclinó el cazo demasiado deprisa y un poco de agua le salpicó el antebrazo.

—¡Joder!

Dejó caer el cazo con estrépito en el fregadero. Una oleada de dolor le subió por la piel y maldijo varias veces en voz baja sin apartar la vista de la pantalla.

Reconoció el número de inmediato.

Estaba llamando otra vez. La vigésima vez en las últimas cinco semanas. ¿O eran más? Había perdido la cuenta.

Por no hablar de que había perdido el interés.

No tenía ningún deseo de hablar con él. Había entrado en su vida hacía poco y ya sentía que intentaba imponérsele, moviéndose a su propio ritmo cuando, en su opinión, debería haber sido al revés. Claro, era él a quien se le acababa de morir el padre y el que acababa de descubrir que tenía dos hermanastras de las que no sabía nada. Claro, era él quien acababa de averiguar que su padre era en realidad su tío y que su verdadero padre lo había dado al nacer. Y sí, se había criado como hijo único mientras que Stephanie tenía a su hermana, Kimberley. ¿Y qué? ¿Dónde quedaba la consideración por lo que *ella* había pasado? Se había pasado los últimos treinta años intentando liberarse del dominio asfixiante que su padre ejercía sobre ella. Era ella la que había sufrido sus abusos y malos tratos. No Kimberley. Y, desde luego, no Jordan. Por lo que parecía, él había tenido una infancia feliz que solo se había agriado en los últimos años. Pero aun así, no había ninguna consideración hacia ella.

Finalmente, la llamada terminó. Apretó la mandíbula cuando apareció en la pantalla la notificación de llamada perdida. Continuó mirándola, esperando a que apareciera la notificación del buzón de voz.

Un momento después, apareció.

Otro más. Sin duda, similar a los demás.

Hola, Steph, soy yo. Quería saber si estabas libre este fin de semana para tomar un café, ¿quizá? Sé que Kim mencionó que hay un sitio que le gusta, y creo que también quería venir. Estaría bien verte y que charlemos por fin. Bueno, ya sabes dónde encontrarme...

Cuando la pantalla se puso en negro, su rostro apareció en el reflejo. Hizo una mueca y un escalofrío le recorrió el cuerpo. Daba miedo lo mucho que Jordan se parecía a él..., a su padre. La mirada oscura y maliciosa. El rostro afilado y anguloso. Incluso la forma en que el pelo empezaba a clarearle en las sienes.

No podía quitarse de encima la sensación espeluznante que le recorría el cuerpo.

Afortunadamente, su cerebro le recordó que había algo más de lo que debía ocuparse: el dolor en la muñeca que parecía empezar a extenderse hacia la parte superior del brazo. Volvió a abrir el grifo del agua fría, dejando que el agua helada corriera sobre su antebrazo, ofreciéndole cierto alivio al caer en cascada sobre su piel. Por un momento, cerró los ojos y se concentró únicamente en el agua corriente que chapoteaba contra el fregadero de acero inoxidable y en el lejano repiqueteo de la lluvia contra el cristal.

Una vez que el dolor se atenuó, cogió un paño de cocina y secó la quemadura con suaves toques. Peló el huevo distraídamente, la cáscara crujía como corteza seca bajo las yemas de sus dedos, y lo echó en un plato con un puñado de hojas de ensalada mustias, un chorrito de aceite de oliva y una pizca de sal marina Maldon.

No era precisamente un desayuno de campeones, pero le bastaría para superar la retahíla de reuniones que tenía esa mañana.

Se sentó a la mesa, acercó el plato y ensartó el huevo con un tenedor. Justo cuando iba a darle un bocado, su teléfono empezó a sonar de nuevo.

Esta vez no era Jordan.

Central.

Gimió y se limpió la boca con el dorso de la mano, con el pulgar suspendido sobre el icono verde antes de deslizarlo para responder.

—Broadbent.

La voz al otro lado era profesional, tranquila.

—Inspectora, disculpe que la moleste. Hemos recibido una llamada de los bomberos de Guildford. Han recibido informes esta mañana de un granero que podría haber sido incendiado durante la noche.

—De acuerdo. ¿Están ya los equipos de bomberos allí?

—Sí, señora.

—Entonces, ¿por qué llama a la Brigada de Investigación Criminal?

—Porque creen que han encontrado restos humanos entre los escombros, señora.

OTRAS OBRAS DE JACK PROBYN

Serie de thrillers *policíacos de la inspectora Stephanie Broadbent:*

LIBRO 1: EL ASESINO DEL VUDÚ

Regresó a casa para empezar de cero. En su lugar, despertó la oscuridad que creía haber enterrado. Antes siquiera de haberse instalado, una estudiante universitaria aparece muerta en su residencia de estudiantes tras una noche de fiesta. Lo que en un principio parece un caso sencillo da un giro más siniestro cuando encuentran un muñeco de vudú cerca del cadáver. Stephanie se ve obligada a enfrentarse a los fantasmas de su pasado mientras lucha contrarreloj para detener a un asesino cuyo próximo movimiento ya está tomando forma con hilo y tela.

Lee El Asesino del Vudú en Kindle y Kindle Unlimited

LIBRO 2: EL COCO

Hace treinta años, los habitantes de Guildford vivieron aterrorizados por una figura que se colaba en los dormitorios de los niños y los observaba mientras dormían. Al marcharse, dejaba un globo de fiesta. Y luego, se esfumó. Las visitas cesaron. Ahora, está ocurriendo de nuevo.

Lee El Coco en Kindle y Kindle Unlimited

LIBRO 3: EL HOMBRE EN LLAMAS

Cuando aparecen los restos carbonizados de un cuerpo en las pintorescas colinas de Surrey, el trauma del pasado de la inspectora Stephanie Broadbent se reaviva. Cuando aparece otro cadáver, Stephanie descubre una conexión que amenaza con prenderle fuego al mundo y a más cuerpos.

Lee El Hombre en Llamas en Kindle y Kindle Unlimited

OTRAS OBRAS DE JACK PROBYN

marítimo de Southend, encajado entre las casetas de playa de Thorpe Bay, la gente de Essex ni siquiera arquea una ceja.

Pero cuando la autopsia revela que la identidad es la del diputado local, Herbert Tucker, el pueblo comienza a prestar atención.

Descargar El Beso de la Muerte

LIBRO 5: EL SABOR DE LA MUERTE

Algunos secretos nunca se desvanecen...

En una mañana ventosa y gélida, Morgana Usyk, propietaria del Café Morgana, visita el puerto Mulberry a poco más de un kilómetro y medio mar adentro. Poco después, su cuerpo es encontrado en las aguas poco profundas, flotando junto al puerto.

Descargar El Sabor de la Muerte

LIBRO 6: EL ÁNGEL DE LA MUERTE

Cada ángel merece sus alas... Cuando la azafata Angelica Whitaker es reportada como desaparecida tras una noche en uno de los clubes nocturnos más populares de Southend, el caso es asignado al DS Tomek Bowen por primera vez en su carrera. Tan pronto como comienza la investigación, las sospechas recaen sobre el hombre con quien ella bailó en el club, pero cuando su cuerpo es encontrado posteriormente en una iglesia, colocado como un ángel, las mismas sospechas empiezan a apuntar hacia un asesino calculador, sereno y sádico.

Descargar El Ángel de la Muerte

LIBRO 7: EL SALVADOR DE LA MUERTE

Durante una fuerte tormenta, un DJ de radio local es brutalmente asesinado en su mansión de Essex. Cuando las nubes y la lluvia se disipan a la mañana siguiente, el DS Tomek Bowen y su equipo descubren una escena del crimen que parece sacada de los libros de historia.

Las pruebas sugieren que se trata de un asesinato aleatorio. Pero a medida que Tomek va desvelando las capas de la vida de la víctima, se da cuenta de que hay más en el DJ de lo que aparenta.

Descargar El Salvador de la Muerte

LIBRO 8: EL ALIENTO DE LA MUERTE

Isla de Mersea. Más de 2.500 acres de tierras de cultivo, marismas y varios parques de caravanas. Normalmente, alberga a 7.000 personas. Pero durante el fin de semana festivo de agosto, cuenta con dos residentes más: el DS Tomek Bowen y su hija, Kasia, que buscan aprovechar al máximo el final de las vacaciones escolares, el final del verano y el final del prolongado tiempo de Tomek fuera del trabajo.

Descargar El Aliento de la Muerte

DEJA UNA RESEÑA

Aquí estamos. Fin.

Bueno, digo "nosotros"... Me refiero a ustedes. Gracias.

Gracias por llegar hasta aquí y acompañarme mientras imagino estas historias tan disparatadas y extrañas en mi cabeza, y luego las traduzco al papel (o mejor dicho, a archivos digitales).

Amazon está repleto de millones de libros (literalmente, y no uso ese término a la ligera), por lo que a menudo es difícil encontrar tu próxima lectura. Solo quieres saber qué libro leer a continuación. Pero a veces no tienes tiempo para revisarlos todos, así que ¿qué haces?

Mira las reseñas, por supuesto.

Las usamos en todos los aspectos de nuestra vida. Restaurantes. Películas. Nuestro próximo televisor. Unos auriculares. Casi todo está regido por los pensamientos de otras personas.

Una locura, ¿verdad?

Pero ¿qué pasa cuando te encuentras con un libro sin reseñas? Puede que lo rechaces. Es difícil confiar en el libro.

Tu tiempo es oro. Tu tiempo es valioso. No quieres desperdiciarlo en historias decepcionantes. Nadie lo hace. Y yo no quiero eso para ti. A veces me preocupa que le pase lo mismo a esta historia. Pero hay una solución.

Una reseña es muy valiosa. Y me da la confianza para seguir dándole vueltas a las ideas locas que tengo en la cabeza. Si tienes un momento libre, te agradecería mucho que dejaras una reseña. No tiene que ser larga, solo unas palabras sobre tu opinión del libro.

Gracias.

Tu amable autor,

Jack Probyn

SOBRE EL AUTOR

Jack Probyn es un escritor británico de novela negra y autor de la serie de thrillers policíacos de Jake Tanner, ambientada en Londres.

Actualmente vive en Surrey con su pareja y su gato, y está trabajando en una nueva serie de misterio y asesinatos ambientada en su ciudad natal de Essex.

¿No deseas registrarte en otra lista de correo? Puedes mantenerte al día con los nuevos lanzamientos de Jack siguiendo alguna de las siguientes cuentas. Te enterarás cuando tenga un nuevo libro a punto de salir, sin la molestia de unirte a mi lista de correo.

Botón de "Seguir" en la página de autor de Amazon:

1. Haz clic en este enlace: https://geni.us/AuthorProfile

2. Debajo de mi foto de perfil hay un botón que dice "Seguir"

3. Haz clic en él y Amazon te enviará correos sobre nuevos lanzamientos y promociones.

Botón de "Seguir" en la página de autor de BookBub:

1. Similar al de Amazon, haz clic en este enlace: https://www.bookbub.com/authors/jack-probyn

2. Junto a mi foto de perfil hay un botón que dice "Seguir"

3. Haz clic en él y BookBub te notificará cuando tenga un nuevo lanzamiento

Si quieres información más actualizada sobre nuevos lanzamientos, mi proceso de escritura y todo lo demás, el mejor lugar para estar al tanto es mi página de Facebook. Tenemos una pequeña comunidad creciendo allí. ¿Por qué no formas parte de ella?